훈민
&
정음

훈민&정음 1

초판 1쇄 찍은 날 | 2015년 3월 10일
초판 1쇄 펴낸 날 | 2015년 3월 18일

지은이 | 정미림, 희현
펴낸이 | 서경석

편 집 장 | 권태완
편집책임 | 최고은
편   집 | 나정희

펴낸곳 | 도서출판 청어람
등록번호 | 제387-1999-000006호
등록일자 | 1999. 5. 31
어람번호 | 제5-0403호

주소 | 경기도 부천시 원미구 부일로 483번길 40 서경B/D 3F (우) 420-822
전화 | 032-656-4452 팩스 | 032-656-4453
http://www.chungeoram.net
E-mail | chungeorambook@daum.net

ISBN 979-11-04-90139-3 04810
ISBN 979-11-04-90138-6 (SET)

Chungeoram romance novel

정미림 · 희현 장편 소설

훈민 & 정음

1

도서출판 청어람

목차

프롤로그

FRESNO University High School(프레즈노 유니버시티 하이
스쿨).

금요일의 마지막 수업이 끝나갈 무렵 따스한 햇살이 캐시미
어 구름 사이로 삐죽한 꼬리를 드러내기 시작했다.

'오예! 해 떠주시고!'

내내 흐리다 고백의 시간이 다가오자 해가 뜨다니. 맑은 햇살
은 고백의 성공을 암시하는 아주 좋은 징조였다. 회심의 미소를
짓는 정음의 시야에, 긴 모래 언덕 위를 날아온 작은 새가 푸드
득거리던 날갯짓을 멈추고 키 작은 나뭇가지에 사뿐히 내려앉
아 고개를 까닥이는 모습이 들어왔다.

'에헤라디야! 헹운의 파랑새까지!'

완벽한 타이밍! 정음은 교실 밖 풍경을 힐끔거리며 흐뭇함에 환한 미소를 짓다 갑자기 소리를 높이는 발표자를 의식하여 황급히 칠판 쪽으로 시선을 돌렸다.

「……지금까지 봐서 알겠지만 언어 하면 역시 우리 중국어가 최고라고 생각해. 어순을 놓고 볼 경우 영어와 비슷하지만, 한자의 유구함과 우수성은 소름이 돋을 정도로 섬세하고 다양하지. 배우기가 어려워서 그렇지, 한번 배웠다 하면 그 깊이와 탁월함에 놀라게 될 거야. 일단 우리 민족의 숭고하고 장엄한 역사를 보라고. 우리의 언어야말로 그 역사와 함께 숨을 쉬고 살아온 판타스틱한 언어야.」

정음이 사막 풍경에 빠져 있는 동안, 같은 반 친구인 칭은 조사해 온 과제 발표를 마치고 있는 중이었다.

「지금까지 연구한 조사를 통해 나는 내가 중국인이라는 사실에 다시 한 번 무한한 자부심과 기쁨을 느끼게 되었어.」

칭의 발표가 끝나자 박수가 쏟아졌다. 정음도 친구들과 함께 열심히 박수를 쳤다.

중국어? 좋지, 좋아! 그럼, 그럼! 자부심을 가질 만하지. 중국 무술 영화 완전 좋잖아.

고모가 좋아하는 중국 무협 시리즈가 떠오르자, 애써 제자리를 찾았던 정음의 고개가 또다시 창밖으로 돌아가고 있었다.

바람을 품은 듯, 흐트러졌다 모였다를 반복하는 수줍은 모래

언덕. 사실 저 모래 밑에는 초절정 고수들이 몸을 숨긴 채 적의 기습에 대비하고 있을 거야. 숨을 죽이며 모래언덕 밖을 응시하던 남자 고수와 여자 고수의 시선이 자꾸 마주치는 거지. 한순간 날아온 모래 알갱이가 여자 고수의 눈에 들어가고, 그걸 빼주려던 남자 고수가 그녀의 깊은 눈을 향해 입김을 후후 불어주시고……. 그러다 둘이 눈이 맞아버리는 거지. 후후후.

모래바람이 휘몰아치던 어느 날, 두 사람은 마음속 깊이 숨겨왔던 서로에 대한 감정을 하나둘씩 표출하기 시작해. 그렇게 두 사람은 속수무책 사랑에 빠져 버리는 거야.

아! 아! 척박한 환경 속에서도 남녀 간의 사랑이 싹트고 있으니 이 얼마나 아름다운 일이야!

정음은 감동으로 떨려오는 두 눈을 지그시 감으며 달콤한 상상의 마침표를 찍었다. 오늘 자신의 연애사도 이렇게 아름다운 결말을 맺어야 할 텐데……. 그녀는 오늘 학교 안 여학생들의 관심을 한 몸에 받고 있는 끝내주는 비주얼의 전학생 이훈민에게 고백할 예정이었고 그녀의 계획을 응원하기라도 하듯 여러 가지 행운의 징조들이 눈앞에 속속 펼쳐지고 있었다.

앞으로 20분! 고백받은 그는 어떤 표정을 지을까? 이상하게 생각할지 모르지만, 왠지 그가 자신의 고백을 거절하지 않을 것이라는 확신이 들었다. 샘이 들으면 근거 없는 자신감이라며 고개를 내젓겠지만, 아무튼 느낌이 그랬다. 그와 한 번도 이야기를 나눈 적은 없지만, 왠지 같은 한국인끼리 통하는 무엇인가가 있을 것이라 생각했다.

약간은 쑥스러운 듯 고개를 끄덕이는 그의 모습을 상상하며, 아니, 어쩌면 기다렸다는 듯이 뜨겁게 포옹을 할지도 모를 그를 그려보며 정음은 슬며시 미소를 지었다. 길고 든든한 팔에 안겨 행복하게 미소 짓고 있는 자신의 모습과 그 모습에 배가 아파 뒹굴, 못돼 처먹은 리에와 잘난 척 대마왕 칭을 상상하는 것만으로도 정음의 입꼬리는 저절로 승천을 할 지경이었다.

'오정음, 진정해야 해. 김칫국부터 마시다가 체하는 수가 있잖아.'

정음은 벅차오르는 감정을 애써 삼키며 마음을 진정시켰다. 휴우, 깊은 심호흡으로 마음을 가라앉힌 뒤, 앞자리에 서서 인사를 하는 칭을 바라보았다.

「칭! 정말 훌륭한 발표였어. 아주 근사했다고. 그럼 리에, 일본은 어때? 너희도 중국에 뒤지지 않는 훌륭한 역사와 언어를 가지고 있잖아.」

「그렇지. 중국어도 훌륭하지만 언어 하면 역시 우리 일본어야.」

소니에 다니는 아버지 덕에 일본을 몇 번이나 다녀왔다는 모리슨이 묻자, 일본인 2세 리에가 자랑스럽게 대답했다. 남에게 피해가 되는 행동은 하지 않지만, 철저하게 이기적인 리에는 아르바이트를 하며 용돈을 벌어 쓰는 정음을 은근히 무시하고 업신여겼다.

「칭, 너희 나라에서 노벨문학상을 받은 사람이 몇이나 되지?」

발표를 마치고 한껏 고무되어 있던 칭에게 또 다른 일본 학생 주리가 물었다.

「그, 글쎄…….」

붉어진 얼굴로 더듬거리는 칭을 보며 주리가 보일 듯 말 듯한 미소를 짓는다. 얄미우리만치 영리하고 똑똑한 주리는 명품으로 도배를 하고 다니는 리에와 달리 검소하고 소박하며, 외모 꾸미기보다 학업에 집중하는 스타일이었다. 전혀 다른 성향을 가진 두 사람이 같은 일본인이라는 이유로 둘도 없는 단짝처럼 지내는 것이 정음은 부럽기도 하고 신기하기도 했다.

「2000년도 가오싱젠이 있긴 하지만 국적은 프랑스였어. 그렇지? 너희도 알다시피 아시아에서 우리 일본문학이 차지하는 영향력은 엄청나. 1968년도 노벨문학상 수상자인 '가와바타 야스나리'와 1994년 '오에 겐자부로' 같은 훌륭한 문학가를 배출한 것도 우리 일본이야. 이 점 하나만 봐도 우리 일본어의 우수성은 증명되었다고 봐. 한국을 비롯한 다른 아시아 나라들이 중국 문자에 의지해 자신들 고유의 문자를 가지고 있지 못할 때, 우리 일본인들은 가다가나와 히라가나를 창조했지.」

쟤는 어쩜 저렇게 따박따박 말을 잘할까? 저 기억력은 어떻고. 반 친구들 모두 정음과 같은 생각이었나 보다. 해박한 지식으로 자신의 의견을 발표한 주리의 말에 여기저기서 낮은 감탄사가 쏟아졌고, 때를 놓치지 않은 리에가 의기양양한 눈빛으로 정음을 바라보았다.

「정음, 너도 할 말이 많을 것 같은데. 너희 나라 글과 우리 글을 비교하면 재미있을 것 같지 않아?」

리에의 말에 교실 안, 스무 명의 시선이 창가에 앉아 허공을 헤매고 있는 정음에게로 향했다. 젠장맞을! 이건 또 무슨 경우야! 왜 화살이 내게 날아오는 거냐고! 훈민과의 달콤한 데이트를 꿈꾸느라 정신이 반쯤 나가 있던 정음의 얼굴이 갑자기 쏠린 시선들로 인해 화끈 달아올랐다.

「뭐어? 뭐라고?」

「정음! 너 수업시간에 무슨 생각 하고 있는 거니? 너희 나라 글과 우리나라 글을 비교하면 재밌지 않겠냐고 말을 하는 중이었어!」

잘난 척이 몸에 밴 리에가 거만하게 물었다.

「어…… 어. 그, 그래. 일본 글도 훌륭하긴 하지만 우리 한글도 매우 훌륭한 글이야.」

「한글? 너희 나라 글이냐? 뭐야? 코리아에도 문자가 있었던 거야?」

일본이 세상에서 가장 살기 좋은 나라라고 믿는 모리슨이 노골적으로 정음을 비웃었다.

「모리슨, 다른 나라의 문화에 대해 그렇게 말하는 것은 좋지 못한 태도야. 어때? 정음, 한글에 대해 아는 대로 설명해 주겠니?」

욱, 치밀어 오른 정음 대신 담당 교사인 사라가 모리슨을 타이르자, 모두의 시선이 모리슨을 거친 후 다시 정음에게로 쏠렸고, 그중에 단연 돋보이는 인물은 바로 잘난 체하는 리에였다.

'이럴 줄 알았으면 공부 좀 해둘걸.'

정음은 아주 어린 시절부터 선교사인 아버지를 따라 인도네시아와 중국, 일본의 오지에서 생활했었다. 다행히 언어에 대한 남다른 감각으로 큰 어려움은 없었지만, 영어에 익숙해져야 할 나이에 집에서만큼은 한국어를 써야 한다고 고집하는 고모 때문에 정말 힘들 때도 있었다. 지금 생각하면 정말 고마운 일이지만, 그때는 왜 그렇게 한국말을 하기가 싫던지. 반항하는 자신을 어르고 달래며 설득해 주신 고모 덕에 유창한 한국어를 구사하게 되었지만, 딱 거기까지였다. 한글을 남들에게 설명할 수 있을 만큼 학문적으로는 알지 못했다.

"휴우."

정음은 작은 한숨을 내쉬었다. 주리의 개입으로 왠지 한, 중, 일 간의 자존심이 걸린 대결 구도로 변해 버렸지만, 자신이 할 수 있는 일이 아무것도 없어 속이 상했다. 다들 이렇게 열심히 공부하는데 혼자 딴생각하느라 넋을 놓고 있었던 것도 너무 부끄러웠다. 게다가…… 전학생인 훈민이 자신을 얼마나 멍청하게 생각할까? 쥐구멍으로 숨고 싶을 만큼 창피하고 속상했다.

'이럴 줄 알았으면 한글에 대해 공부라도 좀 해올걸.'

한글.

세종대왕.

집현전?

자음과 모음.

소리 나는 대로 읽고 쓸 수 있는 글.

고작 이 몇 가지가 정음이 한글에 대해 알고 있는 것의 전부였다.

「그러지 말고 간단하게라도 설명을 해줘. 우린 너희 나라 글이 무척이나 궁금하다고.」

주저하는 정음을 보며 리에가 얄밉게 물고 늘어지자, 얄밉기로는 리에 못지않은 모리슨이 책상을 치며 '컴온!'을 외치기 시작했고, 교실 안은 순식간에 책상 치는 소리로 가득해졌다.

「정음, 친구들이 원하는구나. 아주 짧게라도 괜찮으니 한글에 대해 아는 것만이라도 설명해 주렴.」

사라가 어쩔 수 없다는 듯 정음에게 권유했다.

휴우, 리에 저 밉상이 정말…….

장난 반, 기대 반의 흥분으로 가득한 아이들을 보며 정음은 자리에서 일어나 교실 앞으로 나갔다. 그리고 생각을 더듬어가며 천천히 설명을 시작했다.

「우리나라, 그러니까 대한민국의 글은 한글이라고 해. 우리 한글은 세종대왕이라는 훌륭한 왕이 글을 몰라 고통받는 백성들을 위해 만드셨어. 한글은 유네스코가 인정하는 과학적인 글자야. 자음과 모음으로 이루어진 한글은 소리 나는 대로 만들어진 글이래. 예를 들면…… 음…… 그러니까 예를 들면…….」

적절한 예를 찾지 못해 머뭇거리던 정음의 시선이 제일 뒷자리의 훈민에게로 향했지만, 그는 이런 경쟁 따위는 관심도 없는 사람처럼 의자를 허리에 기대고 앉아 멀리 창밖만 바라보고 있을 뿐이었다. 이런 젠장! 이 클래스에서 고작 둘밖에 없는 한국인인데 좀 돕고 살면 좋으련만. 가슴을 설레게 했던 전학생의 외면에 정음은 좌절감을 느꼈다. 고모의 말처럼 세상에는 정말 믿을 놈이 하나도 없는 모양이다.

어째 한국에서 오는 애들은 하나같이 저 모양일까? 일본 애들, 중국 애들은 똘똘 뭉쳐서 지내는 거 보면 정말 부럽기도 하고 화도 났다. 거죽만 멀쩡하면 뭐 해. 머리가 텅텅 비었는데. 차라리 사라와 아이들에게 양해를 구한 뒤 발표는 다음 시간으로 미루는 것이 좋을 것 같았다.

「정말 죄송합니다. 부끄럽게도 저는 한글에 대해 잘 알지 못합니다. 대신 다음 시간까지 철저히 조사를 해오도록 하겠습니다.」

정음이 얼굴을 붉히자, 앞자리에 앉은 리에의 입가에 얄미운 미소가 떠올랐다.

마트에서 세일하는 옷만 걸치고 다니는 오정음. 옷 입는 것도 촌스럽고 예쁘지도 않은 정음이 자신보다 인기가 많은 것이 늘 못마땅했던 리에의 입장에서는 이런 좋은 기회를 놓칠 리가 없었다.

「모르는 게 아니라 한글 자체가 우리에게 알려줄 자랑거리가 없는 거 아니야?」

「그럴 거야. 그 조그만 나라에서 무슨 좋은 것들이 나오겠니.」

리에의 말에 칭이 신나게 맞장구를 쳤다. 자신이 짝사랑하던 조나단이 정음에게 마음이 있다는 것을 안 뒤로 칭은 리에의 편이 되어 정음을 헐뜯고 다니고 있었다. 조나단 따위에게 관심 없으니까 제발 데려가라고, 너희 둘의 문제는 너희끼리 해결하란 말이야! 하고 소리치고 싶었지만 공허한 외침이 될 것이 뻔했다.

「왜. 한국 하면 김치가 있잖아. 빨갛고 냄새나는 김치. 그것도 사실 우리나라에서 배운 저장법이면서 말이지. 너희들은 잘 모르겠지만, 김치는 원래 중국 쓰환성에서 전해진 파오차이야.」

이번에는 한국은 원래 중국의 속국이었다고 우기는 중국계 미국인 찰스도 거들고 나섰다. 치사한 녀석! 지난주, 그의 데이트 신청을 거절한 뒤로 내내 뚱해 있더니 이런 식으로 복수한단 말이지? 아예 한글도 너희 거라고 우기시지.

정음은 리에와 찰스 등을 노려보며 반박할 말을 생각해 보았다.

'김치는 누가 만든 거지? 김씨 가문에서 만든 건가? 아님 원래 조상 대대로 내려온 요리법? 차라리 우리 할머니의 할머니의 할머니가 만들었다고 뻥을 쳐? 지들이 어떻게 알겠어? 이런 젠

장. 오정음. 넌 뭐 한 거니?'

정음은 자신의 무지를 자학하며 낮은 한숨을 내쉬었다.

「김치. 그거 먹다 옷에 튀면 꼭 코피 난 것처럼 지저분해지잖아. 지난번 사스 유행할 때 자기네 나라에는 김치 덕분에 한 명도 안 걸렸다고 한국 애들이 자랑하던 거 기억나니?」

리에의 말에 아이들이 키득거렸다. 사스로 인한 사망자로 전세계가 들썩일 때, 한국 매스컴에서는 저항력을 높여주는 김치 덕분에 감염자가 없다고 자랑을 했지만, 이곳 미국과 일본 등지에서는 한국의 열악한 의료기술로 인해 감염자를 발견하지 못한 것이라고 평했었다. 분하지만 뭐라 반박할 말이 없어진 정음은 놀리는 아이들보다 준비성이 부족한 자신에게 더 화가 났다. 그때였다, 낮고 힘 있는 목소리가 들려온 것은.

「중국뿐만이 아니라 세계 여러 나라에는 채소를 저장해서 먹는 고유의 방법이 있지.」

갑자기 좌중을 압도하는 위엄 있는 목소리가 흘러나왔다. 모두 무엇인가에 홀린 사람처럼 소리의 근원지를 찾아 시선을 옮겼고, 그 누구보다 놀란 정음은 두 눈을 크게 뜨고 교실 끝을 쳐다보았다.

세상에나! 목소리의 주인공은 바로 전학생 이훈민이었다. 여태 아무 관심 없는 사람처럼 앉아 있던 훈민이 소란스러움을 뚫고 생김새만큼이나 근사한, 울림이 깊은 음성으로 교실 안 모두의 시선을 단박에 사로잡은 채 천천히 설명하기 시작했다.

「중국의 파오차이, 일본의 츠케모노, 이곳의 피클처럼 김치는 대한민국을 대표하는 발효식품 중의 하나야. 11세기 이규보라는 학자가 쓴 자료에서 보면 김치 담그기라는 말이 나와. 16세기 자료집에도 무딤채라는 말이 나오는데, 이것은 무로 만든 김치를 표현하는 말이지. 김치는 오래전부터 한국의 여러 가지 채소로 만들어지던, 사랑받는 저장식품이야. 한국의 김치가 일본의 츠케모노와 다른 점이 있는데……. 혹시 알아?」

훈민이 리에를 바라보며 물었다. 스크린에서 쏙 튀어나온 듯한 무결점의 얼굴이 리에를 뚫어지게 바라보며 묻자, 리에는 머리에 번개라도 맞은 사람처럼 붉게 타는 얼굴로 입만 벙긋거릴 뿐이었다.

흥! 못돼 처먹은 게 잘생긴 건 알아가지고.

정음은 코웃음을 치면서도 훈민의 말을 놓칠까 귀를 쫑긋거리며 이어지는 그의 설명을 들었다.

「김치가 다른 나라의 저장 채소와 다른 점은 바로 두 번 발효를 한다는 데 있어. 그 과정에서 더 풍부하고 질 좋은 유산균이 생성되는 거지. 발효 과정에서 생성되는 유익한 박테리아는 유해 미생물을 퇴치하는 효과가 있고, 감염 억제 효능도 있다는 연구 발표가 2003년도에 나왔어. 김치의 좋은 유산균이 사스 감염을 막아낼 정도로 면역 증진 효과가 있다는 보고와 함께.」

「오우! 훈민, 몰랐던 사실을 이야기해 줘서 정말 고마워. 나도 이제부터 김치를 먹어봐야겠어. 혹시 한글에 대해서도 설명을 해줄 수 있어?」

정음과 마찬가지로 전학생 훈민에게 반쯤 넘어가 있는 정음
의 단짝 샘이 흥이나 소리쳤다.

「맞아! 지금 우리는 김치가 궁금한 것이 아니라 언어에 대해
이야기를 하고 있는 중이었다고.」

리에가 새침한 표정으로 말했다.

「내가 재밌는 제안을 하나 할게. 내가 제시한 방법을 통해 아
시아의 3개국 언어를 서로 비교해 보자고. 어때?」

훈민은 선생님을 향해 동의를 구하는 듯 시선을 보냈고, 사라
는 흥미로운 표정으로 고개를 끄덕였다.

「그거 재밌겠다!」

「우리도 알고 싶다고.」

「아시아 언어들의 차이점을 비교해 보자.」

당사자인 정음이 안 된다는 말을 꺼내기도 전에 교실 안은 환
호성에 휩싸였다.

이게 뭐야! 집단 최면이라도 걸린 것 같잖아. 게다가 애들은
또 왜 이래? 과연 내가 제안했어도 이렇게들 좋아했을까? 이훈
민. 대체 무슨 생각으로 이러는 거야?

정음은 창백하게 질린 얼굴로 훈민을 바라봤지만, 성큼성큼
걸어오는 그의 얼굴은 평온하기만 했다. 이 급박한 상황에서도
눈에 들어오는 저 완벽한 비율. 얼굴이 왜 저렇게 작아? 같은 동
양인으로서 저 이기적인 다리 길이가 말이 돼? 저 손가락 봐.

아주 도자기처럼 빚어놓으셨구만. 도대체 내 눈은 아름다움에 왜 이렇게 집착하는 거야.

정음은 가슴 깊은 곳에서 저절로 터져 나오는 한숨을 내쉬면서도 정신을 차리려 애썼다. 대체 무슨 수로 애들을 집단 체면에 빠지게 한 건지 모르겠지만, 자신이라도 정신을 차려 이 고비를 넘겨야 했다.

"저기…… 무슨 생각에서 이러는 건지 모르겠지만, 아무런 준비도 안 된 상태에서 섣불리 나섰다가는 망신만 당할 것이 뻔해. 그리고 난 한글에 대해 아는 것이 별로 없다고."

정음은 자신의 옆을 지나치는 훈민에게 재빨리 속삭였다. 수줍음을 가득 담은 사랑스러운 눈빛과 감미로움이 가득한 소곤거림도 잊지 않았지만, 그에게서 돌아오는 대답은 실로 충격적이었다. 마치 처음 그를 본 순간처럼!

"비켜, 닭대가리."

"헉!"

닭대가리라니……. 누가? 내가?

일주일 전 전학을 온 이훈민을 처음 본 순간 심장이 쿵 내려앉는 기분을 맛보았었다. 오호라! 드디어 올 것이 왔구나! 그렇게 기다리고 고대하던 이상형을 드디어 만나다니. 마음이 설레었다. 벼르고 벼르다 오늘은 꼭 고백하리라 다짐을 했다. 그런 훈민의 입에서 나온 말이 '잘해보자' 도 아니고, '부탁한다.' 는 말도 아닌 '닭대가리!' 라니. 그것도 면전에다 대고. 살아오면서 이렇게 황당한 경우는 처음이었다. 정음은 믿어지지 않는 현실 앞에 망연자실할 수밖에 없었다.

"뭐? 닭, 닭대가리?"

"닭대가리, 너 웬만하면 어디 가서 한국 사람이라고 말하지 마라. 쪽팔린다."

평소 흥분하면 얼굴이 지나치게 달아오르는 정음이었다. 고모는 그런 정음이 새색시의 볼따구니처럼 귀엽다고 했으나 정음은 정말이지 질색인 신체적 특징이었다. 바로 지금 같은 이런 경우 때문이다.

"세, 세상에나……. 이렇게 어처구니가……."

"어처구니는 미국에 없으니까 나중에 한국 가서 봐. 그리고 나 바쁘니까 저리 비켜라. 아, 그리고 너 말이야. 다음부터 아무것도 모르면서 설치면 죽는다. 그리고 한국어 가르친다고 설쳐도 죽어."

매력적으로 말려 올라간 촉촉한 입술로 싸가지 없는 말들을 방언처럼 쏟아낸 그는 긴 팔 끝에 달린 검지를 쭉 뻗어 정음의 이마를 밀어냈다.

「어맛!」

「뭐야!」

이마를 아프도록 꾹 누르는 그의 모습이 장난스럽게 보이는지, 한국어를 모르는 여학생들의 입에서는 연신 감탄사가 터져 나왔다. 완전 재수 없는 인간! 그동안 근사하다고 생각했던 거다 취소야! 훈민을 쏘아보며 정음은 생각했다.

"어이. 그 정도 눈빛으로 얼굴이 뚫어지겠냐?"

"흥. 웃기셔. 좋아서 본 줄 아나 봐."

"아. 됐고. 너랑 말싸움할 시간 없으니까 분필이나 들어."

"뭐?"

"보기보다 말은 잘하던데, 쓰고 설명하라고. 설마 설명도 못하는 건 아니지? 아니다. 너 혹시 한글도 못 쓰는 거냐?"

"뭐, 뭐야?"

얼굴이 빨갛게 변한 정음을 보며 훈민이 얄밉게 미소를 지었다.

「정음, 훈민과 벌써 작전을 짜는 거야? 그럼 안 되지. 훈민의 제안, 우리도 참여해 보겠어. 흥미롭겠는걸.」

두 사람의 옥신각신을 바라보던 리에와 주리도 자리에서 일어났다. 서로 마주 보며 결의를 다지는 두 사람의 얼굴은 자신감이 가득했다.

"주리가 얼마나 똑똑한 줄 알아? 쟤 할아버지는 일본에서 제일 유명한 학자고, 쟤는 우리 학교 톱이란 말이야. 이제 어쩔 거야?"

정음이 훈민을 쏘아보며 말했다.

"걱정하지 말고 닭대가리, 넌 내가 하라는 대로만 하라고."

대체 무슨 자신감인지 모르겠지만, 바짝 침이 마르는 정음과 달리 훈민은 여유로워 보였다.

"참. 닭대가리, 너 교포 2세는 아니지?"

"아, 아니, 열 살 때 왔어."

"됐어, 그럼."

확신에 찬 그의 목소리를 들으니, 어쩌면 그가 자신만만해할 이유가 있을지도 모른다는 실낱같은 희망이 생기기 시작했다.

「좋아. 우리 중국어도 빠질 순 없지.」

오늘의 발표자 칭도 제안을 받아들였다.

「나도 칭을 돕겠어.」

중국공정의 꼬마 대변인 찰스도 칭을 돕겠다고 나섰다.

「좋았어. 그럼 한국 대표로는 정음과 훈민이 나서야겠구나. 준비됐지?」

사라의 물음에 정음이 고개를 끄덕였다.

「네.」

훈민이 담담한 표정으로 한 걸음 앞으로 나섰다. 흔들림 없이 침착한 모습, 그 누구에게도 지지 않을 다부진 표정 위로 가득한 자신감, 게다가 교실 안을 가득 채우는 강력한 기운까지. 그가 앞에 서는 순간, 교실 곳곳에서 여학생들의 환호성과 탄식 소리가 들려왔다. 이 기세라면 내기를 하기도 전에 우승할 수 있을 것 같다. 정음은 환호성의 주인공인 자신의 파트너를 바라보았다. 떨리고 긴장된 정음과 달리, 이 어처구니없는 3개국 언어 비교 시합의 원인 제공자는 아무렇지도 않은 덤덤한 모습이었다.

「좋았어요. 여러분, 지금부터 아주 흥미로운 시간이 될 것 같아요. 아시아에 있는 한국, 일본, 중국은 아주 오래된 역사를 가지고 있는 나라들이죠. 그럼 지금부터 이 세 나라의 언어들을 비교해 보는 시간을 가지도록 할게요. 자, 그럼 훈민이 제안하는 내기가 뭐죠?」

「아주 간단한 겁니다. 세 개 나라의 언어와 영어로 맥다늘드(McDonald′s) 햄버거를 써보도록 하는 거죠.」

그의 말이 끝나자 곳곳에서 작은 탄식이 터져 나왔다.

왜들 이러는 거야? 의아함을 담은 정음의 시선이 단짝 친구 샘과 마주쳤다.

「포스가 완전 끝내줘. 환상적이야.」

샘이 소리 없이 입 모양으로 말했고, 정음은 알겠다는 듯 눈을 깜박였다. 하나님도 참 불공평하시지. 어떻게 저렇게 쟤한테만 집중적으로 축복을 몰아주셨을까? 싸가지가 없긴 하지만, 아무리 봐도 정말 그 모든 것이 용서될 만한 미모이긴 했다. 정음은 입술을 잘근잘근 씹으며 훈민을 훔쳐보다 그와 눈빛을 마주쳤다.

"안 적고 뭐 하냐?"

아차, 지금 개인적인 감정은 잠시 접어둘 때다. 창피해진 정음이 칠판으로 돌아섰다. 그리고 그가 말한 대로 '맥다늘드'를 쓰기 시작했다.

—McDonald's Hamburger 麥當勞 漢堡

McDonald's Hamburger マクドナルドハンバーガー

McDonald's Hamburger 맥디늘드 햄버거

「이제 다 쓰셨으면 자국의 언어로 읽어주시면 됩니다.」

훈민의 말에 칭이 한 발자국 앞으로 나왔다.

「내가 먼저 할게. 우리 중국은 일본, 한국을 이끌어온 대국이니까. 우리나라 말로는 '마이당로우 한뽀우'라고 해.」

칭의 목소리는 자부심과 우월감이 가득했다.

「나라가 크다고 해서 꼭 앞서 간다고 말할 수는 없지. 우리 일본은 작지만 경제적으로나 문화적으로 최고의 나라라고. 중국과 한국이 우리의 식민지였던 적도 있었지, 아마.」

얼굴 가득 비웃음을 띤 리에가 다음 순서였다.

「우리는 '마꾸도나르도 함바가'라고 읽어.」

「자, 그럼 정음이 한국어로 읽어주겠니?」

담당 교사의 말에 아이들의 시선이 정음에게로 쏠렸다. 훈민은 왜 이런 걸 제안했을까? 호기심이 가득한 눈빛들이었다.

"잘 읽어라."

훈민이 거만하게 말했고, 정음은 훈민을 쏘아보았다.

'재수 없는 놈. 그래도 머리가 아주 황은 아닌 모양이야.'

속으로 투덜거렸지만, 칭과 리에가 발표하는 것을 들은 정음은 훈민의 의도에 내심 감탄을 하고 있었다. 한국 사람이면 누구나 공감할 수 있는, 세계 어느 나라 언어도 갖지 못한, 소리 나는 대로 읽혀지는 한글만의 독창성과 과학적인 발음기호를 알리기 위해 이런 내기를 제안한 것이다.

「맥.다.늘.드.」

조금 전까지만 해도 긴장으로 하얗게 질려 있던 정음이 한결 편안해진 표정으로 칠판에 적힌 글자를 읽어 내려갔다.

「정음?」

담임의 지적에 정음이 빙그레 웃으며 다시 한 번 읽어 나가자 교실 안은 잠시 어리둥절한 정적이 흘렀다.

「선생님, 한글로 읽어도 맥다늘드예요. 대한민국의 언어인 한글은 소리 나는 대로 읽고 쓰거든요. 다른 나라 언어와 완전히 같을 순 없지만, 거의 유사할 정도의 발음이 나와요. 아까 제가 말하고 싶었던 것도 이거예요. 마침 훈민이 재밌는 제안을 했고요.」

정음이 야무진 목소리로 조목조목 설명을 하자 웅성거림이 일어났다.

「문자와 발음은 거의 비슷한데.」

「어떻게 소리 나는 대로 쓰기가 가능한 거지?」

「훈민, 한글에 대해 더 아는 것이 있니? 가능하다면 설명을 더 듣고 싶구나.」

유독 언어에 관심이 많았던 사라의 재촉에 훈민은 칠판 앞으로 가 분필을 들었다. 그리고 'ㄱ, ㄴ, ㅁ, ㅅ, ㅇ'과 'ㅏ, ㅡ, ㅣ'를 쓰기 시작했다.

「한글의 자음과 모음은 제각각 만들어진 것이 아니라 몇 개의 기본자를 먼저 만든 다음, 이것들로부터 파생해 나가는 체계로 만들어졌습니다. 자음 17자는 발음기관의 모양을 본떠서 'ㄱ, ㄴ, ㅁ, ㅅ, ㅇ'의 기본자를 만들고, 이 기본자에 획을 더해 나머지를 만들었습니다. 모음 11자 역시 'ㅏ, ㅡ, ㅣ'의 기본 세 자를 만든 다음, 나머지는 그것들을 조합해서 만들었습니다. 그러므로 익히기 쉽고 기억하기 쉽습니다. 마음만 먹으면 몇 시간 안에도 가능하지요. 또한 한글의 모음은 언제나 일정한 소리를 가지고 있습니다. 예를 들어 영어의 모음인 a는 위치나 쓰임에 따라 아[a], 어[eo], 에이[ei], 애[æ] 등으로 소리가 달라지지만, 한글은 항상 같은 소리로 발음됩니다. 한글은 아주 과학적이고 체계적임과 동시에, 쉽고 간단하게 익힐 수 있는 특징을 가진 글자입니다.」

훈민의 설명이 끝나자 여기저기서 탄성이 터져 나왔다. 조금 전, 훈민에 대한 감탄사와는 또 다른 경외의 감탄사였다. 어쩌면…… 이라는 자신감이 생기기 시작했다. 그래서 이번에는 정음이 나섰다.

「예를 들어 '사라'라는 이름을 한글로 쓰려면 'S'의 소리 발음인 'ㅅ'과 모음 'A'의 발음인 'ㅏ'를 붙여 '사'가 되고 'ㄹ'과 'ㅏ'가 붙어 '라'가 되는 거예요. 자음과 모음, 스물여덟 자만 익히면 웬만한 글은 다 쓰고 읽을 수가 있게 되어 있습니다.」

한동안 어리둥절하던 교실 안으로 점점 감탄의 속삭임이 흘러나오기 시작했다.

「중국의 한자는 이미 그 유구성과 다양함으로 두말할 필요가 없을 것이고, 일본의 문학성이야 세계적으로 이미 평판이 자자하죠. 이에 비해 한글은 소박하지만 신비하고 과학적인 문자라고 해야 할까요?」

「신비하고 과학적인 문자?」

사라의 물음에 훈민이 부드러운 미소를 지었다. 꼭 아이스크림처럼 달콤한 미소에 여학생들의 감탄 어린 신음이 곳곳에서 터져 나왔다.

「한글은 세계 문자 가운데 유일하게 그것을 만든 사람과 반포한 날일, 글자를 만든 원리까지의 기록이 남아 있는 언어이거든요. 어떻게 이렇게까지 과학적일 수가 있을까, 신비하리만큼 과학적이라고들 해요.」

「오! 그렇구나.」

「네. 그러니 3개국의 글자를 비교하는 데 의의를 둬야지, 어느 것이 낫다고 할 수는 없을 것 같습니다.」

의젓한 훈민의 말이 끝나자 교실 안은 침묵이 감돌았다. 자신들의 말이 최고라며 자랑을 하던 리에와 칭도 부끄러운지 고개를 숙였다.

「선생님도 오늘 처음으로 한국과 중국, 일본 언어의 훌륭한 점을 알게 된 것 같아. 무엇보다 잘 모르던 한글에 대해 알게 돼서 참 기쁘구나. 훈민, 정음, 새로운 것을 알게 해줘서 정말 고맙다.」

한참 만에 침묵을 깬 사라의 말에 정음은 활짝 웃으며 고개를 끄덕였다.

한글을 발명한 세종대왕도, 집현전 학자들도 존경스러웠고, 오랜 일제강점기 동안에도 한글을 잃어버리지 않은 조상들도 자랑스러워졌다. 무엇보다 이훈민이 한국인이라는 점이 참으로 다행스러웠다.

"너…… 좀 근사하다."

"닭대가리도 아주 쓸모가 없진 않더라."

"허얼! 너어, 그렇게 목만 뻣뻣이 세우고 다니다간 친구 한 명도 못 사귄다. 멀리 타국에서 남의 말로 생활하면서 친구까지 없으면 이 퍽퍽한 인생을 어떻게 사니?"

"신경 끄시고 네 앞가림이나 잘하셔."

훈민이 비웃듯 툭 던지고는 제자리로 돌아갔다.

말만 곱게 하면 얼마나 예쁠까?

정음은 입술을 비죽이며 훈민을 노려보다 창문을 통해 들어오는 밝은 햇살에 눈을 찡그렸다. 그리고 그 순간, 훈민의 입가에 얼핏 떠오른 미소를 본 것 같다는 착각을 했다.

1. 또 다른 만남

"따르릉, 따르릉, 비켜나세요~ 자전거가 나갑니다, 따르르릉
~"

안개가 심하게 끼긴 했지만, 콧노래가 저절로 나오는 새벽길
이었다. 지난밤, 잠을 설쳤음에도 하나도 피곤하지 않은 건 도
무지 무슨 이유일까?

"닭대가리도 아주 쓸모가 없진 않더라."

스쳐 지나가며 말하던 훈민의 옆모습이 자꾸만 생각났다. 비
록 일주일간 망설였던 고백이 물거품이 되어버렸지만, 과묵한

왕자님인 줄만 알았던 이훈민이 독설 대마왕이라는 사실을 알게 되었지만, 그와 함께 무엇인가를 해냈다는 성취감은 뭐라 표현할 수 없을 정도로 흡족했다.

"흐흐."

다소 모자란 사람처럼 실없는 웃음을 토해내던 정음이 힘차게 자전거의 페달을 밟으려던 찰나, 이상한 물체를 발견했다.

어라? 정음은 달리던 자전거를 멈추었다.

혹시 잘못 본 것은 아닐까?

오른쪽 골목 가장 끝자리에 자리 잡은 '탐스 서점.' 방금, 그 앞에 검은 물체가 서 있는 것을 얼핏 본 것 같았다. 정음은 고개를 갸우뚱거리며 후진을 했다.

"헉!"

잘못 본 것이 아니다. 짙은 안개가 시야를 방해했지만, 가게 앞에 서 있는 검은 물체는 사람의 형상이 틀림없다. 주위를 두리번거리는 수상한 몸놀림, 얼핏 봐도 6피트는 훌쩍 넘을 것 같은 큰 키에 검은 비니를 눌러쓴 미심쩍은 옷차림까지. 그녀의 예리한 직감이 맞다면 저놈은 분명 지난번 서점 낙서 사건과 무관하지 않은 용의자 중의 한 명이리라.

"넌 이제 죽었어!"

조금 전까지 정음을 흐뭇하게 만들었던 훈민에 대한 생각은 일시에 날아가 버렸다. 대신 탈모로 고생하시는 홍숙자 사장님의 말씀을 떠올리며 정음은 쾌재를 불렀다.

"서점 입구에 환칠을 해대는 오살할, 개노므 새끼를 잡는 사람에게는 200달러의 상금을 하사하겠노라."

어쩜, 고모의 친구 아니랄까 봐 욕하는 표정까지 닮은 사장님의 울분에 찬 목소리가 지금까지 귀에 생생한 정음이다. 범인 때문에 머리가 한 움큼이나 더 빠져 버렸다는 사장님의 암울한 얼굴에 드디어 미소가 지어지겠구나.

한 발 두 발, 남자와의 거리가 가까워질수록 정음의 심장은 미친 듯이 뛰기 시작했다. 이제 그의 뒤를 밟아 사장님께 신고를 하기만 하면 200달러의 상금은 정음의 것이 된다. 혹시라도 범인이 눈치를 챘다면 쥐고 있던 돌멩이를 투척한 후, 자전거를 타고 삼십육계 줄행랑을 치면 그만이다. 잔디 깎기 아르바이트에 조금 늦을지도 모르겠지만, 교수님께 사정을 설명하면 이해해 주실 일이다.

'사장님! 이제 탈모 걱정 그만하시고 환하게 웃으세요. 200달러의 현상금은 절대 잊지 마시고요. 호호홋.'

환하게 웃으실 사장님의 모습과 자신의 손에 안착할 달러를 생각하니 오달지게 달아오르는 정음이었다.

지난 석 달 동안 일어났던 네 번의 낙서 사건. 신성한 서점 출입문에 해괴망측한 그림과 욕설로 도배를 하는 몰상식한 놈. 월요일, 화요일, 수요일 등등 하고많은 요일 중에 하필이면 토요일 아침마다 사고를 칠 게 뭐람. 그 덕에 토요일 아르바이트생인 정음만 죽어라 고생을 해야 했다. 더구나 지난주는 스프레이로 환칠을 해놓은 바람에 하루 종일 유리창에 붙어 창을 닦아대야 했었다.

내 그동안의 원한을 모조리 갚아주리라!

정음은 숨을 죽이며 조심스레 남자에게 다가갔다. 그런데 용의자와의 거리가 가까워질수록 현상금으로 들뜬 마음이 두려움으로 바뀌기 시작했다. 혹시 들키면 어쩌지? 들키면 도망가지, 뭐. 지가 저스틴 게이틀린(Justin Gatin, 2004년 아테네 올림픽 육상 금메달리스트)도 아니고, 내리막길 자전거를 어떻게 따라오겠어. 그리고 따라와서 잡는다고 쳐. 설마 해코지야 하겠어? 스스로를 위로하며 마음을 다잡았지만, 손발이 떨려오는 것을 멈출 수가 없다.

짙은 새벽안개가 조금씩 옅어지고 있었다. 리듬을 타듯 흔들리는 안개 속에 우두커니 서 있는 남자의 모습이 인상적이다. 큰 키에 검은 머리……. 검은 머리?

'백인은 아닌데. 동양인일까? 아니면 혼혈? 날만 밝았어도 자세히 볼 수 있었을 텐데.'

꿀꺼억!

조바심이 난 정음은 침을 삼켰다. 50미터, 40미터, 30미터점점 가까이 다가갔을 때, 벽을 보고 서 있던 남자가 가방 속으로 손을 넣는 것이 보였다.

벌써 범행을 저지르려는 걸까?

정음은 껍질이 벗겨진 자신의 손가락을 내려다보았다. 스프레이를 벗겨내기 위해 사용한 약품 때문에 얼마나 고생을 했던가? 이번 주까지 이런 개고생을 하지 않으려면 오늘 범행은 아예 시작 전에 막아야 했다.

「이것 봐요!」

마음이 다급해진 정음은 원래의 계획과 달리 큰 목소리로 남자의 주의를 끌었다.

다행스럽게도 범인이 움직임을 멈추었다. 비록 손을 빼지는 않았지만 뒤돌아보는 범인. 안개가 가득한 이른 아침이지만, 유난히 반짝거리는 눈빛이 예사롭지 않다.

'장난이 아니야.'

애써 억눌렀던 두려움이 스멀스멀 올라오기 시작했다. 설마 흉악범은 아니겠지? 즐겨 보던 CSI의 연쇄 살인범들이 정음의 뇌리를 주르륵 훑고 지나갔다. 또래의 친구들보다 강심장을 가진 정음이었지만, 다리가 후들거리는 것을 멈출 수가 없다.

"화가 날 때일수록 표정을 드러내지 말아야 한다니까. 대신 눈빛을 강하게. 잡아먹을 듯이 쏘아보라고. 이 씹새야! 너 내 손에 잡히면 뒈져. 이런 눈빛으로 째려봐."

학교에서 자신을 괴롭히던 흑인 친구에 대해 교수님께 상담을 했었다. 걔가 너무 싫은데 무서워서 싸우질 못하겠다고. 어떻게 하면 좋을까요? 라고 묻는 정음에게 고명하신 국어학자, 신정숙 교수님은 아무렇지도 않은 표정으로 천연덕스럽게 말씀하셨다.

"욕을 하라고요?"
"괜찮아, 괜찮아. 한국 애들이 그냥 하는 말이야. 일상생활 용어라니까."
"그, 그래도……."
"괜찮다니까. 그냥 마음속으로 하는 말인데 지가 어떻게 알아처먹을 거야. 걱정하지 말고 그냥 그런 눈빛으로 째려봐. 너 태권도 하잖아. 태권도는 배웠다 어디다 써먹니? 미친 척하고 불알을 날려 버리든가."

평소 이마 한가운데 근엄이라는 글자가 새겨진 것처럼 보이던 교수님이 너무도 태연한 표정으로 말씀하셨다. 그 순간, 정음은 생각했다. 고모와 사장님의 찰진 욕이 스승이었던 교수님께 가르침을 받은 것이 틀림없다고.

"교수님! 태권도는 방어용 무술이라고요."
"바보. 그러니까 직접 싸우진 말고 그런 맘으로 잡아먹을 듯이 쏘아보라고."

"그러다 진짜 싸움 나면요?"

"일단, 삼십육계 줄행랑. 죽어라 도망가야지."

존경해 마지않는 신 교수님이 가르쳐 준 싸움의 비법을 되새기며 정음은 범인을 노려보았다.

「뭡니까?」

뻔뻔스럽게도 범인이 까칠하게 물었다.

「뭐냐니? 댁이 지금 그걸 물을 때예요? 대체 이게 뭐 하는 짓이에요?」

「뭐 하는 짓이냐니?」

남자가 천천히 가방에서 손을 빼냈다.

오호라! 아닌 척 발뺌을 하시겠다? 이런 뻔뻔스러운 범인을 봤나. 현장을 들킨 범인이 움찔거리지도, 도망치지도 않은 채 평온한 목소리로 대꾸를 한다. 거기다 낮고 침착한, 꼭 동굴에서 말하는 듯 울림이 좋은 목소리다. 저런 매력적인 음성을 가진 사람이 범인이라니 정말 아까운 일…… 아니지! 지금은 범인의 목소리에 연연할 때가 아니었다. 정음은 재빨리 정신을 차렸다.

「이것 봐요. 지금 뭘 잘했다고 큰소리치는 거예요? 서점 주변에 이런 음란물과 욕설을 그려놓으면 어떻게 해요? 이런 짓이 얼마나 큰 범죄인지 모른단 말이에요? 더구나 자라나는 아이들이 매일 왔다 갔다 하는 학교 앞에서. 정말 양심도 없는 사람이네요.」

화가 난 정음의 목소리가 점점 높아졌다.

「목소리 좀 낮춥시다. 사람들 다 깨울 겁니까?」

「하. 사람들 깨는 게 그렇게 걱정이 되는 사람이 그따위 짓을 해요?」

「그따위 짓이라니? 그러는 그쪽이야말로 무고한 사람에게 그따위로 시비를 겁니까?」

「뭐라고요? 적반하장도 유분수지. 사람이 어쩜 그렇게 뻔뻔스러워요.」

「그래서? 폭력이라도 휘두르시게? 주먹을 아주 꽉 쥐셨네?」

듣기 좋은 음성에 비웃음이 섞여 있다.

「흥. 미리 말해두지만 여자라고 얕봤다간 큰코다칠 거예요. 이래 봬도 태권도가 3단…….」

공격 자세를 잡으며 호흡을 가다듬던 정음은 가까이 다가온 남자를 바라보다, 그만 말을 멈추어 버렸다. 바보처럼 벌린 입조차 다물지 못했다. 세상에나, 이렇게 생겨먹은 범인도 있구나. 이런 눈빛을 가진 애가 정말 범인일까? 정음은 혼란스런 심정으로 남자의 오드아이를 바라보았다. 회색과 황금색 눈빛을 가진 범인.

「눈빛이 정말 예뻐요.」

아차! 놀라 입을 막아버렸지만, 저도 모르게 속엣말이 튀어나와 버린 뒤였다. 당황하는 남자를 보며 정음은 자신의 실수를 덮으려 허둥거려야 했다.

「그, 그러니까 제 말은 이런 멋진 분이 왜 이런 짓을 하는지…….」

「그래서 지금, 내가 흉물스러운 낙서의 주인공이라는 겁니까?」

혼란을 가다듬기도 전에 용의자가 까칠하게 물어온다.

「그럼 아니에요?」

「아닙니다.」

「아니긴 뭐가 아니야. 내가 보니까 딱 범인 맞구만. 이봐요. 사람이 그렇게 살지 말아요. 세상에 이렇게 멀쩡하게 생긴 사람이 할 일이 없어서 이런 짓을…….」

"젠장!"

남자가 낮게 뇌까렸다.

「뭐, 젠장? 이 사람이 언제 봤다고…….」

나를 언제 봤다고 막말을 하냐 물으려던 참이었다. 하지만 정음은 할 말을 꿀꺽 삼켜 버리고 말았다.

「방금 젠장이라 그랬어요?」

젠장은 분명…… 한국말이다. 경찰에 신고를 하려고 벼르던 정음이었지만, 범인이 같은 언어를 쓰는 사람이라는 것에 마음이 흔들렸다. 왜 하필 한국말을 할까? 일본어나 중국어를 썼으면 얼마나 좋아? 직장애와 동포애 사이에서 깊은 갈등을 하던 정음이 동포애로 마음을 정한 뒤 한결 부드러워진 음성으로 물었다.

"한국 사람이에요?"

"그건 댁이 상관할 일이 아니지."

이런, 싸가지에 밥 말아 먹을 인간을 봤나! 한국어로 묻자 한국어로 대답을 하는 것까진 아주 바람직하게 좋은 현상이었다. 그것도 거의 완벽한 발음과 억양으로. 헌데 말하는 태도가 영 거슬린다. 정음은 새침한 표정으로 남자를 쏘아보았다.

"이것 봐요. 보아하니 한국 사람 맞는 것 같은데, 내가 같은 동포로서 충고하나 할게요. 여긴 한국이 아니거든요. 미국에서는 이런 짓이 아주 큰 범죄에 해당한다고요. 앞으로 이러지 말고 똑바로 살아요. 네?"

"남의 일에 상관하지 말고 자기 볼일이나 보시죠."

기껏 충고를 해줬건만, 정음에게 돌아온 것은 비웃음뿐이다.

"멀쩡하게 생긴 사람이 왜 그렇게 살아요? 혹시 이런 그림…… 그리면서 만족을 느끼고 그런 거예요? 혹시 그런 거면 꼭 병원에 가서 상담을 받아봐요. 보아하니 나이도 얼마 안 된 것 같은데, 어린 나이에 이렇게 더러운 짓거리 하지 말고요. 내가 인심 써서 이번 한 번만 봐줄 테니까요."

정음은 자신이 낼 수 있는 가장 차분하고 부드러운 목소리로 설득을 했다. 기본적인 양심이 있는 사람이라면 부끄러움을 느끼고 사과를 할 것이라 생각했다. 그런데 '풋!' 하고 돌아온 그의 비웃음을 듣고 정음은 자신이 얼마나 어리석었는지 깨달았다. 기회를 줬건만 하찮게 날려 버리는 이런 양심 불량한 인간은 절대 용서하면 안 된다. 이런 사회악 때문에 대한민국 사람들이 단체로 욕을 먹는 법이다.

"이 인간이 정말!"

정음은 범인을 향해 전광석화와 같이 달려들어 방심하고 있던 그의 가방을 재빨리 낚아챘다.

"내가 여자라고 얕보지 말라 그랬지? 다시는 이런 짓 못 하게……."

카리스마 있게 말하며 가방을 흔들자 안에 든 내용물들이 속 시원하게 쏟아진다. 명품 로고가 박힌 검정색 지갑, 검정색 수첩, 그리고 여기저기 구겨진 종이 뭉치들…… 종이 뭉치들, 종이 뭉치들이…… 지난밤 누군가가 뱉어놓은 정체불명의 구토물 위로 춤을 추듯 떨어져 버렸다.

"이…… 이게 뭐야?"

스프레이 물감 대신 쏟아져 나오는 종이 뭉치를 발견한 정음은 어리둥절한 눈빛으로 범인과 바닥에 떨어진 것들을 번갈아 보았다. 이건 흡사 벽에 붙은 것을 떼어낸…… 일부러 떼어낸 것 같은 파지들이다.

"지금 뭐 하는 짓이야?"

범인의 목소리가 어느새 더 낮아졌다. 얼마나 위협적인지, 보이지 않는 손아귀가 숨통을 잡고 흔드는 것 같다. 온몸에 소름이 돋을 만큼 겁이 났다. 살면서 이렇게 겁을 먹어보기는 처음이다.

"내가 아니라 그랬지?"

"허억!"

정음이 외마디 신음을 뱉어냈다. 눈앞의 상황들은 유추해 볼 때 범인은, 아니, 유력한 용의자였다가 혐의를 벗은 이 사람은 낙서를 하고 다니는 쪽보다는 음란 선전물을 떼고 다니는 중일 확률이 훨씬 더 높았기 때문이다.

"상황 파악됐으면 이제 주워담지."

낮은 목소리로 뱉어내는 범인, 아니, 남자의 목소리는…… 한겨울 시린 눈밭에 맨발로 서 있는 듯, 소름이 들게 했다. 버럭 화를 내고 소리를 질러대는 것보다 낮은 목소리로 느릿하게 뱉어내는 한마디가 사람의 심장과 간을 얼마나 졸아붙게 만드는지 정음은 처음으로 알게 되었다.

"이, 이걸 어떻게 주워담아요."

정음이 아무리 비위가 좋다지만, 구토물 위에 떨어진 것들을 주워담을 만큼은 아니다.

"담아."

"힘, 힘들어요."

"그건 그쪽 사정이고."

"그, 그쪽도 아주 책임이 없는 건 아니라고요. 처음부터 붙이는 게 아니라 떼고 있는 중이라고 말을 하지 그랬어요."

"나는 분명 아니라고 했어."

맞다. 그는 분명 그렇게 말을 했었다. 하지만 세상에 자기가 범인이라고 나대는 사람이 어디 있겠는가?

"누구나 그런 상황이면 오해를 할 거라고요."

"누가? 증거도 없는 마당에 누가 그런 오해를 하겠어? 그리고, 지금 잘했다는 거야?"

"아니, 아니, 그건 아니고. 미안! 정말 미안해요!"

정음은 진심을 담아 간곡하게 사과를 했지만, 구겨진 남자의 얼굴은 제대로 펴지지가 않았다.

"말로만?"

보상을 바라는 건가? 어떻게 보상을 해야 하지? 저 지갑 안에는 대체 얼마나 들어 있을까? 아님, 지갑이 비싼 건가? 정음은 낮은 한숨을 내쉬며 남자의 눈치를 살폈다.

"아뇨, 말로만 그러겠다는 게 아니라……."

정음은 더듬거리며 주머니 속을 뒤졌다. 다행히도 생리대를 사려고 챙겨 온 10불짜리 지폐가 손에 잡힌다.

"지, 지금 가지고 있는 건 이것밖에 없어요. 이거라도……?"

"적어!"

"네? 뭐, 뭘요?"

"전화번호! 거기에 전화번호 적어."

헉! 이런 집요한 인간……. 정음은 10불짜리 지폐에 전화번호를 적은 뒤, 쭈뼛거리며 남자에게 내밀었다.

"정말, 정말 미안해요. 그럼 난 이만……."

끈질기게 자신을 노려보는 남자에게서 등을 돌린 정음의 이마에 식은땀이 송골송골 맺혔다. 이러다 등에 칼침이라도 맞는 건 아닐까……. 두려운 마음에 재빨리 자전거의 발판을 밟았다. 그리고 진짜 삼십육계 줄행랑을 쳐버렸다.

드드드드드…….

새벽부터 지축을 울리는 요란한 소리가 들려왔다. 웬만하면 무시하고 계속 잠을 청하려 했으나 도저히 그럴 수가 없을 정도로 엄청난 소음이다. 억지로 눈을 뜨려니 '끙' 소리가 절로 나오는 훈민이었다.

불만 있으면 그냥 깨우시지 않고.

평생을 여섯 시 전에 일어나신 할머니께서는 해가 중천에 뜬 지금까지도 이불 속에서 뭉그적거리는 손자가 심히 거슬리겠지만, 무려 3년 만의 만남이었다. 게다가 그냥 손자도 아니고 모국인 한국에서 날아온 손자, 그것도 억지로 등 떠밀려 미국까지 건너온 손자였다. 최소한 시차를 극복할 시간은 줘야지 않겠는가.

유치한 학교생활에 시달리다 이제 겨우 한숨 돌릴 수 있는 주말 아침이 되었다. 그에게는 긴 휴식이 필요했다. 허리가 아플 때까지 침대에 누워 있으면서 지긋지긋한 시차를 오늘부로 날려 버리리라 마음을 먹었다. 그런데 미국에서 맞이하는 첫 번째

휴일 아침부터 잔디 깎기 소리에 눈을 떠야 하다니. 앞으로의 나날들이 평탄지 않음을 알려주는 예고편 같아 힘들게 눈꺼풀을 들어 올리는 훈민의 마음에 그늘이 드리워졌다.

역시 건너오는 게 아녔어. 아버지가 호통을 치든 말든. 소꿉친구 우정이가 전화기를 붙들고 통사정을 하든 말든 끝까지 모른 체를 해야 했어. 후회를 해봤지만, 때늦은 뒷북일 뿐이다. 훈민은 가슴 저 깊은 곳에서부터 터져 나오는 탄식을 토해내며 자리에서 일어났다.

드르르르. 드르르르.

여전히 울리는 기계 소리는 우렁차다 못해 가히 폭발적이었다.

"노인네가 아침부터 기운도 좋으시지."

심드렁한 표정으로 커튼을 들췄더니 풍채 좋은 할머니의 실루엣 대신 매끈한 다리를 자랑하는 핫팬츠 차림의 여자아이 하나가 덜덜거리는 잔디 깎기에 맞춰 노래를 흥얼거리고 있었다.

Amazing Grace, how sweet the sound,
(놀라운 은혜, 그 소리가 얼마나 부드러운지)
That saved a wretch like me······.
(그것이 나와 같은 벌레를 구원했네.)
I once was lost but now am found,
(나는 한때 잃어버린 자였지만, 누군가 나를 찾아주었네.)

Was blind, but now, I see.
(한때는 눈이 멀었지만, 지금은 볼 수 있네.)

T' was Grace that taught my heart to fear.
(내 마음이 두려워하게 가르쳐 준 것도 은혜였고)
And Grace, my fears relieved.
(그 두려움이 옅어지게 한 것도 은혜였네.)
How precious did that Grace appear.
(그 은혜가 내게 온 것이 얼마나 소중한지)
the hour I first believed.
(내가 처음 믿은 그 시간.)

허참. 맹랑한 꼬맹일세.

노래에 흠뻑 빠진 여자아이는 뮤지컬 여주인공처럼 '고개 뒤로 꺾기'와 '가슴 짚고 허공 보기'를 서슴지 않는다. 전동기를 사용한 잔디 깎기도 아니고 예초기를 사용한 잔디 깎기라 어린 여자애 힘으로는 무리일 텐데 엉덩이까지 씰룩씰룩, 완전 흥에 취한 모습이다. 저 마른 몸 어디에 초강력 파워라도 숨겨진 것일까. 피식, 웃음이 새어 나오려는데 잘나가던 잔디 깎기가 돌연 멈춰 선다.

고장 났나? 싶기가 무섭게 바닥으로 몸을 숙이는 여자아이. 잠시 바닥을 뒤지던 손이 무언가를 번쩍 들어 올린다. 내리쬐는 햇살 아래 미끈한 몸을 드러낸 그것은 다름 아닌 지렁이!

허걱! 커튼 뒤 훈민의 입이 벌어지는 것도 모르고 여자아이는 방실방실 웃으며 지렁이와 아이컨택을 하고 있다. 오랜만에 놀러 나온 동네 아가 대하듯 두 손 고이 받쳐 들고 바짝 깎아놓은 잔디밭으로 이주까지 시켜주신다.

'안녀엉! 잘살아!'

손까지 흔들면서.

독특한 캐릭터군.

흥미롭게 구경을 하고 있던 훈민이 피식거리던 입가를 수습할 겨를도 없이 소녀가 느닷없이 휙 고개를 돌렸다.

"헉!"

깜짝 놀란 훈민은 커튼을 잡고 뒤로 넘어갈 뻔할 상황을 겨우 피하며 몸을 숨겼다.

봤나?

벌렁대는 가슴을 진정시키고 조심스레 창밖을 내다보던 훈민은 뒤로 넘어갈 듯이 놀라 버렸다. 창가 쪽을 바라보고 있는…… 낯익은 얼굴. 학교에서 봤던 익숙한 얼굴이 틀림없었다.

"닭대가리?"

저도 모르게 터져 나오는 너털웃음을 수습할 겨를도 없이 그녀는 아무 일 없었다는 듯 다시 잔디 깎기에 매진 중이다.

도라지, 도라지, 배애애액도라지~

얼씨구! 이번엔 민요다.

완전 버라이어티하군. 보스 같은 할머니에, 어디 사는지 모르 겠지만, 진작부터 아줌마 포스를 풍기는 발랑 까진 닭대가리까 지. 저 나이에, 저 다리에, 저 핫팬츠가 웬 말인가. 침대 위로 도 로 눕는 훈민의 얼굴이 처연하다.

"역시 나랑 미국은 안 맞아."

중얼거리던 훈민은 창밖의 노랫소리가 점점 커지자, 결국 몸 을 일으켰다. 다시 잠들긴 글렀으니 찬물에 샤워라도 하는 게 나을 듯했다. 그는 긴 한숨을 내쉬며 욕실로 향했다.

"편히 주무셨습니까?"

세수를 마치고 주방으로 들어서던 훈민은 환한 미소로 자신 을 반기는 할머니를 향해 예의 바르게 몸을 숙였다.

"그래, 나야 잘 잤지. 우리 훈민이도 편히 쉬었니?"

뉘 집 손자인지, 어쩜 저리 반듯하게 잘생겼을까? 생김새처 럼 심지도 곧고 총명한 아이. 꿈 많던 열일곱 시절, 친구들을 설 득해 삼일만세운동에 앞장섰던 남편과 꼭 빼닮은 손자를 바라 보던 신정숙 교수의 입가에 그리움의 미소가 맴돌았다.

"푹 쉬었습니다."

지렁이와 인사를 나누는 특이한 친구가 모는 잔디 깎기 기계 때문에 자다 깨긴 했지만, 비교적 편안한 아침이었다.

"그래? 정말 다행이구나. 여기 물이 좋긴 한가 보다, 이렇게 적응을 잘하다니."

식탁에 앉은 할머니는 시차의 피곤이 전혀 느껴지지 않는 팔팔한 훈민을 보며 더없이 부드럽고 인자한 미소를 지어 보이셨다.

능청스럽기도 하시지.

훈민은 식탁에 차려진 샌드위치와 샐러드 접시를 지나쳐 물컵으로 손을 뻗었다. 주말 아침 식탁이라 잡채에 갈비찜은 아니라도 된장에 김치, 밥은 나올 줄 알았건만.

"늘 이렇게 드십니까?"

"왜? 빵이 싫어? 너도 돌아가신 네 할아버지처럼 한식 입맛이니? 그렇담 미안하구나. 내가 팔목을 좀 다쳐서."

신 교수가 당신의 오른팔을 가리키며 안타깝다는 듯 웃었다. 주방으로 막 들어설 때, 다치셨다는 그 오른팔로 의자를 들어 옮기는 것을 봤다고 말하려던 훈민은 그냥 고개를 끄덕였다.

"그래도 쌀은 사놨는데. 시간이 좀 있는데 지금 해볼까? 물론 네가 도와야 가능하겠지만."

"그냥 빵 먹죠."

해맑게 웃으시던 할머니의 얼굴에 실망감이 깃들었다 사라지는 것을 보며 훈민은 고개를 숙여 미소를 숨겼다.

"여전하구나? 하긴, 그러니까 내 손자지. 그래, 오늘 스케줄은 뭐니?"

"그냥 책도 좀 읽고 잠도 자고 쉴 예정입니다."

"어머? 쇼핑은 안 해도 되는 거니? 이것저것 필요한 게 많을 텐데."

할머니의 말에 훈민은 피식 웃음을 터뜨렸다. 손자가 필요한 것보다 당신이 필요한 게 더 많으실 테지. 고분고분 할머니를 따라나섰다가 양팔 가득 쇼핑백을 들고 따라다닐 자신의 모습이 눈에 선하게 그려졌다.

"그다지 필요한 건 없습니다."

"그러지 말고 쇼핑이나 다녀오자꾸나. 너 혼자 심심할 것 같으면 내가 아주 예쁜 또래 친구 한 명 더 부르고. 어떠냐?"

신 교수가 의미심장한 미소를 지으며 훈민을 바라보았다. 그 불편한 미소 위로 지렁이와 눈을 맞추던 그 아이가 생각나는 건 왜일까? 훈민은 반사적으로 고개를 흔들며 할머니의 호의를 거절했다.

"별생각 없습니다."

"쯧쯧. 그러지 말고 가자니까. 너도 만나보면 아주 좋아할 친구야. 요즘 세상에도 그렇게 순수하고 밝은 애가 있나 싶어. 이름이 오정음이라고, 아주 예쁘고 착하고 영리한 애지 뭐니. 어쩌면 그렇게 예의가 바르고 순수한지. 내가 네 얘길 하니까 자기가 기꺼이 도와주겠다고 하지 뭐니. 세상에나 배려심도 깊지."

오정음 양이 그럴 리가요. 쌈닭처럼 파르르 떨며 자신을 노려보던 정음을 생각하며 훈민은 마지못해 웃음을 돌려 드렸다.

"역시 전…… 집을 지키는 게 좋겠습니다."

아쉬움이 가득한 눈빛으로 쳐다보는 할머니를 배웅하고 홀로 남은 훈민은, 한국과 다른 느슨한 시간을 제대로 만끽하기로 했다. 토요일 오전에 이런 호사라니. 동진이 녀석이 알면 배가 아파 죽으려 하겠지.

"뭐야? 집안이면 집안, 외모면 외모, 머리면 머리. 하나만 하란 말이다, 이 자식아! 자식이 아주…… 재수가 없게 다 가지고 있어."

"왜 부럽냐?"

"미쳤냐? 부럽게. 부러우면 지는 거야, 인마!"

"좋은 자세네."

투덜거리던 동진이 녀석의 말처럼 우주그룹 이영민 회장의 외아들인 자신이 남들과 다른 특별한 환경에서 자란 것을 알고 있다. 거기다 남들보다 눈에 띄는 외모는…… 득보다 실이 많은 편이었다. 동진이 녀석이 들으면 잘난 척한다고 하겠지만, 관심도 없는 여자애들이 먼저 대시하고 덤벼들고 자신 때문에 싸우는 것은 정말이지 딱 질색이었다. 그런데 그 피곤한 일이 미국에서까지 이어지는 것은 정말 원치 않았다. 이곳에서는 그냥 남들처럼 평범하게 살고 싶었다. 어디에서나 눈에 띄는 이훈민이 아니라 그냥 평범한 이훈민이 되고 싶었다.

"동진이 자식…… 또 재수 없다고 난리 치겠네."

혼잣말을 중얼거리며 훈민은 할머니의 서재에 꽂혀 있는 책을 들고 잔디밭으로 나섰다. 전날 비가 와서일까. 맨발에 닿는 잔디의 촉감이 제법 촉촉하다. 천천히 걸음을 옮기며 책을 펴려는 찰나 그에게 미국 유학을 적극 권장한 우정에게서 전화가 걸려왔다.

[우리 산책하지 않을래?]

조심스럽지만 다정한 목소리가 들려왔다.

"산책? 별로 생각 없는데."

[그러지 말고 나와. 나 너희 집 근처 공원이야.]

"예나 지금이나 저돌적인 건 변함이 없네."

[치! 내가 이러지 않았어 봐. 너랑 친구나 됐겠어?]

"알았어. 조금만 기다려."

우정의 투덜거림에 훈민은 피식 웃음을 터뜨리며, 정원에 세워져 있던 자전거에 몸을 실었다. 미국으로 이사를 와서 가장 마음에 드는 것은 한적한 도로와 집 근처에 드넓은 공원이 있다는 것이었다. 복잡한 서울의 거리와 판이하게 다른 여유로움. 이거 하나는 정말 마음에 들었다. 5분가량을 달려 도착한 공원은 아늑하고 따뜻한 기분이 드는 곳이었다.

"미국은 공원이 많아서 좋아. 공원마다 그릴이 설치되어 있는 것도 맘에 들고. 한국에선 고기 한번 구워 먹으려면 바리바리,

피난민이 따로 없잖아."

"패밀리 레스토랑 피크닉 세트파 아녔어? 고기 구워 먹는 건 냄새 배서 싫고 집에서 만들어가는 건 궁상맞아 보여 싫다 하지 않았나."

꿈을 꾸듯 해맑은 미소를 짓는 소꿉친구를 향해 찬물 한 바가지를 끼얹었더니 곧장 샐쭉한 표정이 돌아왔다.

"말이 그렇단 말이지. 하여간 이훈민, 분위기 못 맞추는 건 알아줘야 한다니까. 동진이었어 봐. 벌써 노후 스토리까지 이야기가 번졌을 거다. 참! 동진이와 통화는 해봤어? 잘 지내나?"

"본인의 표현에 따르자면 한국에 홀로 버려진 슬픈 인생이래."

"큭. 오버는."

헤어지기 전날 밥 한 끼 하자던 동진은 호기롭게 불닭 3인분을 먹고, 속을 진정시켜야 한다며 꼬치 세 개와 시원한 잔치국수까지 말아 잡숫는 폭식으로 이별의 슬픔을 승화시켜 나갔다. 보통 이런 경우 유학 떠나는 쪽이 아니라 환송해 주는 쪽에서 계산해야 맞지 않나 의구심이 일었지만, 찡찡대는 녀석의 분위기가 심상치 않아 실내포차 계산은 물론이고 편의점 아이스크림까지 대접해 드렸었다.

"가서 우정이 누나 잘 돌봐야 해. 느끼한 미국놈들이 껄떡대지 않도록 네가 잘 지켜주고. 알았지?"

"학교도 다르고 동네도 달라 자주 볼 일 없을 것 같다."

"니 놈이 뭘 모르는군. 그건 네 생각이고. 미국 가거든 너무 야박하게 굴지 마."

동진의 말에 훈민은 침묵을 지켰다. 훈민과 동진을 대할 때 우정의 태도가 묘하게 다르다는 것은 훈민 자신도 알고 있었다. 지금처럼 슬며시 팔짱을 껴오는 행동 또한 동진에겐 절대 하지 않는다는 것도. 우정은 동진에게 팔을 당겨 몸을 밀착시킨다든가 기대에 부응하듯 다정히 어깨에 손을 올리는 행위 따윈 절대 하지 않았다.

날 선 말이 날아들기 전에 서로의 온도 차를 깨닫기를.

훈민은 주머니에 넣었던 손을 빼내 방향 잃은 우정의 손을 제자리에 돌려놓았다.

"치. 팔짱 좀 끼면 어때서. 너 이럴 때마다 빨랫줄에 걸려서 몇 날 며칠 방치된 천 쪼가리 티셔츠가 된 기분이야. 오늘 같은 날은 이국땅에서 만난 친구를 위해 그 비싼 팔 한 번쯤 내어주는 것도 괜찮지 않아?"

못내 서운한 맘을 감추지 못하는 우정을 보니 마음이 좋지 않은 훈민이었다. 몸만큼 커버린 '우정(友情)' 탓인가?

"미안. 다른 사람손이 내 몸에 닿는 거 싫어하는 거 알잖아."

"내가 그냥 다른 사람이야?"

우정이 섭섭한 듯 말했다.

"네가 나는 아니잖아. 나 외에 다른 사람 손은 다 그래. 그러니 이해해라. 이렇게 생겨 먹은 걸 어쩌겠냐? 기분 상했으면 미안."

분위기 조절을 위한 해명에 우정이 겨우 인상을 풀었다.

"하여간 멋이라고는 약에 쓰려고 해도 없어요. 그럼, 손잡는 건 괜찮지? 어릴 때처럼."

미안해하는 훈민의 마음을 읽기라도 한 것인지, 우정이 해맑게 웃으며 손을 내밀었다. 자존심 세고 도도한 우정에게 이런 의외의 모습이 있다는 걸 알면 그녀의 추종자들은 어떤 표정을 지을까? 한 살 많은 소꿉친구의 어리광이 어쩐지 귀엽게 느껴져, 훈민은 홀가분한 맘으로 내민 손을 맞잡아주었다.

이 광경을 동진이 본다면 '이 짜아식이 보디가드로 보냈더니만 감히 선수를 쳐?' 길길이 날뛸 테지. 흥분하는 동진의 모습이 떠올라 굳게 다물어진 입가가 부드럽게 호를 그리는 훈민이었다. 옆에 선 우정은 아무것도 모른 채, 훈민의 미소가 자신에게 향하는 것만 같아 콩닥콩닥 가슴이 뛴다.

"음…… 좋다."

영화 속 한 장면 같은 산책길이었다. 바람도 좋고 공기도 좋고 경치도 좋았다. 햇살은 신선했고 대기는 쾌적했으며 부드럽게 스치는 나뭇잎까지 모든 것이 다 조화로웠다. 하물며 운동화 뒤축으로 느껴지는 부드러운 흙까지. 비를 맞은 풀잎의 싱그러운 향기가 심신을 정화시킬 무렵, 나무 기슭에서 들리는 불협화음에 훈민이 먼저 걸음을 멈추었다.

"왜?"

"다투는 소리가 들려."

훈민의 말에 우정도 귀를 기울였다. 정말이다. 다소 위협적으로 느껴지는 투박한 남자 목소리와 어리게 들리는 여자의 목소리가 동시다발적으로 들려왔다. 뭐야? 저쪽 사정이야 어찌 됐든 간에 모처럼의 데이트를 방해받은 우정이 눈살을 찌푸리며 길을 재촉하려 할 때였다. 공원을 쩌렁쩌렁 울릴 만큼의 큰 소리로 한국말이 들려온 것은.

"이 호랑말코 같은 영감탱이!"

걸음을 재촉하던 우정이 깜짝 놀라며 훈민을 쳐다보았다.

"이훈민, 들었어? 호랑말코래. 저거 분명 한국말이지?"

"그러네."

"가보자."

난데없이 들려온 한국말에 놀란 우정이 훈민의 손을 잡아끌었다.

분명 낯익은 목소린데. 이 똘망똘망하고 카랑카랑한 목소리를 어디서 들었더라? 순순히 우정을 따라가던 훈민은 고개를 갸웃거렸다.

궁금증에 대한 답은 커다란 나무 뒤에 숨어 있었다. 뚱뚱한 관리인 아저씨와 팽팽한 눈싸움을 벌이는, 한주먹감도 되어 보이지 않는 여자아이. 무려 오정음 양이시다. 핵폭탄 급 주먹을 가셨음 직한 아저씨의 덩치에도 굴하지 않고 바짝 눈꼬리를 당긴, 가당치도 않은 의연한 모습이 훈민의 눈앞에서 펼쳐지고 있었다.

'저 바보는 겁도 없이 어딜 나서는 거야?'

훈민은 와락 짜증이 밀려오는 것을 참느라 눈살을 찌푸렸다.

「아저씨가 뿌려대는 약품 때문에 애들이 자꾸 아프잖아요!」

정음이 안고 있는 것을 쓰다듬으며 안타까운 듯 소리친다.

「글쎄, 나는 모르는 일이라니까. 나는 위에서 시키는 대로 관리를 할 뿐이라고. 그리고 우리가 사용하는 약은 전혀 해롭지 않은 약들이야.」

「전혀 해롭지 않은데 애들이 왜 아픈 거예요? 벌써 몇 마리나 없어진 줄 알아요?」

「지들 집으로 간 거겠지!」

뚱뚱한 관리인이 콧방귀를 뀌며 소리쳤다.

「여기가 이 아이들 집이에요! 그런데 대체 어디로 가겠어요?」

「내가 그걸 어떻게 알아? 이것 보라고. 난 공원을 관리하는 사람이지, 고슴도치 보모가 아니라고. 쓸데없는 소리 하지 말고 어서 비켜. 헬리콥터로 뿌리면 될 걸, 너 같은 것들이 항의를 하니까 우리만 고생이잖아.」

관리인이 정음을 밀쳐 내며 차에 오르려 하자 씩씩대던 정음이 별안간 차 앞에 드러누워 버린다.

「못 비켜요! 정 가고 싶으면 내 위로 지나가시든지.」

옆에 있던 우정이 숨을 들이켜는 소리가 들렸다. 저 대책 없는 용기라니. 훈민은 욕설을 내뱉으며 자동차에 시동을 거는 관리인을 향해 소리 없이 손을 흔들며 전화기를 꺼내 들었다. 비록 성장 중인 십대 청소년이지만, 누구보다 깊은 눈빛을 한 훈민이 과장되게 911을 누르는 시늉을 하자 'Shit' 욕설을 내뱉은 관리인이 후진을 한다.

"야호!"

정음이 환호를 지르며 일어났다. 해냈다! 아무것도 모른 채 승리의 환호성을 지르는 정음의 뒷모습을 보며 훈민은 고개를 절레절레 흔들었다.

'가자.'

입 모양으로 말하고 우정을 잡아당겼다.

"아는 애야?"

빠른 걸음을 따라잡으며 속삭이는 우정에게 사실대로 말을 해야 할까? 잠시 망설였지만, 그냥 모르는 사람으로 남기로 순간적인 결정을 내렸다.

"아니."

"그럼? 귀찮아서?"

"응. 시끄러워지는 건 질색이야."

"하여간……. 같은 동포끼리 인사라도 하면 좋잖아. 어떤 앤지 궁금하지도 않아? 난 쟤랑 인사하고 싶었는데."

성큼성큼 걸음을 옮기는 훈민을 보며 우정이 입을 비죽였지만, 훈민은 멈출 생각을 하지 않았다.

"같이 가, 이훈민. 근데 쟤 꼭 숲의 수호천사 같지 않아?"

"수호천사는 무슨. 쌈닭 같구만."

"왜 도와줘 놓고 심술이야? 내 손 뿌리치고 갈 때는 반짝 안 아서라도 구해올 기세더니."

"그렇잖아도 인종차별이다 뭐다 말 많은데, 저 남자가 홧김에 차로 밀기라도 했어봐. 공부하러 와서 피켓 들고 시위하고 싶진 않다. 한자라도 더 배우는 게 중요해."

"으, 아무튼 공부벌레! 인간미가 없어요, 인간미가."

그 비슷한 말을 바로 어제, 학교에서도 들었다.

"너어, 그렇게 목만 뻣뻣이 세우고 다니다간 친구 한 명도 못 사귄다. 멀리 타국에서 남의 말로 생활하면서 친구까지 없으면 이 퍽퍽한 인생을 어떻게 사니?"

중딩은 고사하고 초딩으로도 안 보이는 얼굴을 하고서는 충고랍시고 말을 늘어놓던 오정음. 오늘 아침의 정신 사나운 등장도 모자라 공원에서까지. 하여간 소란스러움을 몰고 다니는 이상한 녀석, 벌게진 얼굴로 버벅거리던 모습이 오래 기억에 남는다. 유학 온 지 일주일 만에 괴롭혀 주고 싶은 상대를 발견한 것도 나름 성과라면 성과려나. 여러 가지 표정으로 자신을 쏘아보던 정음이 생각나 자신도 모르게 웃음이 새어 나오려 했다.

"왜 혼자 실실 웃고 그래? 이훈민답지 않게."

"나다운 게 어떤 건데?"

웃음기를 거두며 우정에게 물었다.

"적어도 지금 이런 모습은 아니지. 방금 너 동진이 같았어."

"설마."

제가 아는 한, 가장 방정맞은 친구와 닮았다는 말에 훈민의 잘생긴 이마가 찌푸려졌다. 그러거나 말거나 슬며시 훈민의 손 위에 제 손을 얹은 우정이 발그레 미소를 짓는다. 암만 바리게 이트 쳐보라지. 친구가 애인 되고, 오빠가 아빠 되고, 남자 후배가 남친 되고 그러는 거 아니겠어. 우정은 동상이몽을 꿈꾸었다. 제 손에 얹어진 그녀의 손으로부터 오동통한 작은 손을 떠올리는 훈민의 의미심장함도 모르고서 말이다.

2. 동양인형 or 쌈닭

"수학, 과학은 너무 쉽고 미술은 따분해. 분명 레벨 테스트도 했고 장시간에 걸친 상담도 받았건만, 아무래도 카운슬러 선생이 잠시 딴생각을 한 모양이야."

또다시 시작된 월요일. 점심시간을 이용해 인적이 드문 낮은 언덕나무 밑에 자리를 잡은 훈민은 긴 한숨을 내쉬며 동진과 통화를 하고 있었다. 기억나지 않는 아주 오래전부터 그의 옆을 지킨 동진은 딱히 속내를 털어놓지 않아도 훈민의 상태를 훤히 읽어내는 아주 특별한 재주를 가진 친구였다.

[그 정도냐? 딴 건 몰라도 수학만큼은 Honor반 이동이 시급하겠네.]

"생애 최초로 수업 중 유체이탈을 경험했어. 눈만 감지 않았을 뿐이지 한국에도 갔다가, 유럽에도 갔다가, 우주여행까지. 이렇게 시간 낭비하라고 보내준 미국은 아닐 텐데."

[푸하하! 초등학교 입학 이후 단 한 번도 딴생각에 빠져든 바 없는 이훈민의 흑역사가 드디어 시작되는 거냐? 우주의 세계로 들어선 걸 환영한다, 친구.]

"애초에 유학의 목적이 모호했었어."

[큭큭. 그러게. 영어라면 네이티브 발음까진 못 되더라도, 어디 가서 '와' 소릴 들을 만큼은 하고, 미국에 발 도장 찍고 가야 할 정도로 절실한 장래희망이 있는 것도 아니었잖아.]

웃음기 가득한 동진의 음성을 들으며 훈민은 낮은 한숨을 내쉬었다.

"좋으냐? 네 목소리에 환희가 아주 가득하다."

[크크크. 그럼, 좋지. 모범생 이훈민이 학업 문제로 고민하는 소리 다 듣다니. 억지로 유학 보내신 아버님께 감사의 인사라도 드리고 싶다. 아니지. 우주그룹의 후계자라면 어차피 밟아야 할 수순이었지. 아무튼 이제야 방황의 세계에 들어선 걸 환영한다, 친구!]

"죽은 듯이 버틸 거야. 기왕 온 거 투자한 비용이 아깝다는 쉰소린 듣지 않게."

[그러다 대학도 미국에서 나오라고 한다면?]

"그땐 배 째라고 해야지. 티켓 끊고 홀랑 날아가 버리면 누가 말려."

[하긴, 그럼 되겠다. 그나저나 2년은 어떻게 견디냐? 뭔가 흥미로운 일이라도 생겨야 할 텐데 말이지.]

"휴우, 그러게 말이다."

훈민의 낮은 한숨에 전화기 너머 동진이 터져 나오는 웃음을 꾹 참는 것이 느껴졌다.

[이참에 우정이랑 진지하게 사겨볼 생각은 없어?]

"응, 없어."

[좋아, 좋아. 그 자세야! 우정인 절대 안 된다.]

벌써 몇 년째 우정을 짝사랑 중인 동진, 그의 마음을 몰라줘도 동진의 레이더는 한결같이 우정을 향해 있었다. 불쌍한 놈. 혼잣말을 중얼거리며 무심코 고개를 돌리는 그의 시야에 새빨간 구두코가 들어왔다.

"안녕! 통화 중이네?"

지나치게 맑고 경쾌한 목소리. 뭐야, 이건? 오즈의 마법사? 무시하고 돌아서려던 훈민의 눈에 빨간 구두의, 엄청난 주인공이 들어왔다.

"잠시만. 내가 다시 전화할게."

동진과의 통화를 끝내고 눈앞에 서 있는 소녀에게 시선을 주자, 그녀가 환하게 웃는다. 웃는 거 하나는 봐줄 만하군.

"미안! 내가 방해했나 봐."

구두만큼이나 앙증맞은 소녀가 또다시 이를 드러내며 웃었다. 콧잔등에 있는 주근깨 다섯 개까지 구두와 딱 어울리는 인상. 오정음 양이시다.

"이훈민, 너 교수님 손자라며? 지난 토요일, 교수님께 네 얘기 들었어. 손자분이 있다는 얘길 듣긴 했지만, 그게 넌지는 정말 몰랐네. 이제 알았으니까 내가 잘 챙겨줄게. 우리 앞으로 잘 지내보자! 정말 반가워."

해맑게 웃으며 손을 내미는 오정음 양. 악수를 하자는 건가?

"우리 호흡이 잘 맞을 것 같아. 지난번 언어 비교 때처럼. 우리 그땐 정말 멋졌었지? 호흡도 잘 맞고. 난 너랑 잘 지내고 싶어!"

내밀고 있는 손이 무안하지도 않은 모양인지 참 잘도 조잘거린다. 훈민은 가소로운 표정을 지어 보이며 정음의 머리끝에서부터 발끝까지 스캔하듯 훑어 내렸다. 앳된 얼굴에 팔다리만 길쭉한, 폭풍성장 중인 초등학생처럼 보이는 외모와 달리 무려 고등학생이라니. 세상 풍파 한 번도 겪은 적 없다는 순진한 얼굴. 또래보다 어른스러운 우정이 옆에 붙여놓으면 이모 조카 사이로 보일 것 같다.

"아하. 아무래도 악수는 좀 그런가? 한국에서는 여학생이랑 악수 잘 안 하지? 그래도 이제 미국에 살다 보면 점차 익숙해질 거야."

내밀고 있던 손을 다시 접으며 정음이 무안한 듯 살짝 웃었다. 자세히 보니 한쪽만 파이는 보조개다. 우정이만큼은 아니지만, 어디 가서 빠지는 얼굴은 아닌 것 같다. 아니, 꽤 귀엽고 예쁜 얼굴이었다.

"흐흠. 수학이 꽤 힘들지? 보니까 수학 시간에 거의 집중을 못 하고 있던데. 괜찮으면 내가 봐줄까? 이래 봬도 나 수학은 꽉 잡고 있거든."

꽉 잡았으면 진즉에 Honor반으로 진출했어야지. 불의를 보면 참지 못하는 저돌적인 성격에, 머리에 별로 든 것도 없는 주제에 남 걱정 하는 오지랖까지. 할머니를 꼭 빼닮은 이런 스타일은 되도록이면 멀리하는 것이 상책이다. 얽히면 괜히 골치만 아파지니까. 훈민은 정음의 호의에 대꾸도 않은 채, 자리에서 벌떡 일어나 걸음을 옮겼다.

"한국에선 어디까지 나갔었어? 한국 애들도 진짜 열심히 한다 그러던데. 난 아주 어릴 때 건너와서……."

눈치가 없는 걸까? 아니면 너무 해맑은 걸까? 정음은 훈민이 귀찮은 티를 팍팍 내도 모르는 듯 이러쿵저러쿵 조언을 건네기 시작했다.

"7학년 때 전학 온 중국 애도 초반엔 무진장 헤맸는데 지금은 우등생 계열에 속해 있어."

요것 봐라? 훈민이 발걸음을 재촉하자, 정음은 숨이 가빠오는지 헉헉거리면서도 그의 뒤를 놓치지 않고 곧잘 따라오며 재잘거림을 멈출 생각을 하지 않는다. 162쯤 되려나? 무려 20㎝가 넘게 차이가 나는데도 뒤처지지 않는 것을 보니 근성 하나는 빠지지 않는 모양이다.

음……. 좀 재밌어지는데. 더 빨리 걸어볼까? 따라오려나? 발걸음을 재촉하려다 그는 문득, 자신이 지금 무엇을 하고 있나 싶었다. 이건 초등학생 때도 하지 않았던 유치한 장난이었다. 아무래도 미국물이 이상한 모양이다. 훈민은 스스로도 알지 못했던 내재된 장난기에 당황해하며 일부러 더 인상을 썼다.

"아! 가끔씩 머리에 돌 맞은 애들이 인종차별 비슷한 걸 하는데 개의치 마. 네가 만만치 않은 존재라는 걸 증명해 보이면 제 풀에 나가떨어질 거야. 참! 방과 후 활동은 정했어? 고르기 어려우면 내가 설명해 줄게."

할머니와 버금가는 오지랖 소유자를 학교에서 만나다니. 이대로 두면 교실까지 내내 따라올 기세였다. 토요일 새벽의 수면 부족도 복수할 겸, 훈민은 예고 없이 방향을 틀어버렸다. 부지런히 입을 놀리느라 미처 사태를 파악 못 한 정음이 그대로 훈민의 가슴팍에 이마를 들이박았다. 쿵! 조그만 머리가 와 부딪친 심장 부근에서 예기치 않은 충격이 일어나 버렸다. 이건 또 뭐지? 가슴께가 욱신거리면서도 초조해지는 기분이다.

"엄마야!"

정음 역시 충격을 피할 수 없었던 모양이다. 훈민은 뒤로 넘어가려는 정음을 본능적으로 확 잡아끌어 눈앞으로 가져다 놓았다. 가까이에서 보니 더 귀여운 얼굴이었다. 동그란 얼굴만큼이나 커다란 두 눈을 연신 껌뻑이며 자신을 올려다보는 정음의 놀란 표정을 보며 훈민은 헛기침이 터져 나오는 것을 참아야 했다.

"어이. 오정음이라고 했지?"

"으응? 응!"

"오정음!"

"응. 그냥 정음이라고 불러."

정음이 의심 없이 환한 얼굴로 웃으며 대답했다. 이건 뭐……아무에게나 이렇게 웃는 건가?

"싫어!"

"뭐어?"

훈민은 흠칫 놀라는 말간 얼굴을 훑은 뒤 검지를 뻗어 하얀 이마에 지그시 갖다 대며 낮게 속삭였다.

"그렇게 부르면 너무 친한 것 같잖아. 난 너랑 친해지기 싫거든."

"뭐, 뭐라고?"

"어이, 오정음. 쓸데없는 데 신경 *끄고* 본인 앞가림이나 하셔."

팩 놓은 팔 힘에 정음의 몸이 휘청거린다. 탱크 버금가는 기계를 자유자재로 움직이는 것도 봤구만, 내숭은.

"이런 천하의 못된 싸가지! 쌈 싸먹을 놈. 강아지 똥꼬 같은 놈아!"

돌아서는 훈민의 뒤통수로 순 한국산 막말이 차례로 날아와 박혔다.

빙그레 미소를 지은 훈민은 정음이 뭐라거나 말거나 개의치 않고 걸음을 재촉했다. 역시 사람을 잘못 본 것이 아니었어. 고개를 끄덕이면서.

레스토랑 클레멘트.

맙소사! 이번 주도 설거지 파트였다!

아침부터 일진이 사납더니, 이훈민 그 자식이 아주 정점을 찍어준 모양이다. 좋은 마음으로 다가갔건만, 그렇게 사람을 무시하다니. 잘난 체하는 눈빛으로 자신을 내려다보며 차갑게 웃던 훈민의 얼굴이 기억에 남아 내내 기분이 좋지 않았다.

「정음. 힘을 내! 아마도 훈민의 기분이 무지 안 좋았던 때 네가 나타난 모양이야.」

「샘, 그럴 리가 없어. 전화 통화하는 내내 기분이 좋아 보였단 말이야. 개가 기분이 나쁜 건 내가 마음에 들지 않았기 때문이거나, 그 자식 성격이 원래 개떡 같기 때문일 거야. 그렇게 기다렸던 이상형의 성격이 완전 개차반일 줄이야.」

「오! 정음! 그런 건 아닐 거야. 올드미스 다이어리에 나오는 지

피디를 봐! 처음 미자에게 얼마나 쌀쌀맞게 굴었어. 그게 다 관심이 있어서 그런 거잖아.」

「샘, 내가 볼 때 넌 한국 드라마를 그만 끊어야 해. 그래야 사람을 바로 보는 눈이 생길 거라고. 휴우, 아니다. 네게 한국 드라마를 권해준 내 죄가 커.」

한국 드라마에 푹 빠진 샘의 위로도 정음에게는 도움이 되지 못했다. 그렇게 상처받은 마음으로 아르바이트를 하기 위해 레스토랑으로 온 정음은 자신의 근무지가 지난주와 마찬가지로 설거지 파트로 배정되어 있는 것을 보며 분노를 넘어 절망감을 느껴야 했다. 매니저에게 이번 주부터는 근무지를 바꾸어주겠노라 분명한 약속을 받은 상태였다.

주말 서점 아르바이트와 달리 방과 후에 하는 레스토랑 아르바이트는 여간 힘드는 게 아니었다. 체력적으로도 그랬지만, 그보다 더 싫은 것은 지독한 인종차별주의자인 매니저 존과 마주쳐야 하는 것이었다. 다른 곳보다 높은 시급에다 테이블에서 나오는 적지 않은 팁 때문에 이곳에서 계속 아르바이트를 하고 있기는 했지만, 요즈음 같아서는 정말이지 그만두고 싶은 적이 한두 번이 아니었다. 정음은 낮은 한숨을 내쉬며 존에게로 다가갔다.

「드릴 말씀이 있어요.」

「바쁘니까 나중에 와!」

「지금 말씀드려야 해요.」

금방이라도 출산할 것 같은 부푼 배를 가진 존은 자신보다 한참이나 작은 정음을 보며 인상을 찌푸렸다. 연일곱이라고 했던가? 마늘 냄새나는 동양인을 싫어하지만, 정음은 예외라고 생각한 적이 있었다. 비정상적으로 마른 몸매와 아이처럼 초롱초롱한 눈망울, 동그스름한 콧대와 도톰한 입술은 영적 신비함을 간직한 동양인형을 생각나게 했다. 하지만 매니저인 자신에게 순종하는 맛이라고는 눈곱만큼도 없는 작은 한국 여자는 툭하면 그의 심기를 건드렸다. 지금도 마찬가지다. 다른 사람들에게는 싱글벙글 잘 웃기만 하던 매력적인 두 눈에 불만을 가득 담고 자신을 노려보고 있었다. 레스토랑의 매니저로 자부심이 높은 존의 기분이 급격히 가라앉기 시작했다.

냄새나고 지저분한 것들. 거지같이 못살던 것들. 먹을 것이 없어서 굶어 죽어가던 것들에게 미국은 크나큰 은혜를 베풀어주었다. 전쟁으로 폐허가 된 나라에 끊임없이 도움의 손길을 주었고, 배고파 울고 있는 것들에게 먹을 것을 나누어주었다. 그렇게 은혜를 받았으면 은인의 나라에 와서 갚아야 할 것이 아닌가? 뼈가 가루가 되도록 몸 바쳐 충성을 해도 모자랄 판에 조금 잘살게 되었다고 두 눈을 치켜뜨고 대드는 꼴이라니……. 받아먹을 건 다 받아먹고 누릴 것들은 다 누리고 조금이라도 손해를 보면 못 견디는 뻔뻔한 것들. 지난달에 접수된 인종차별에 관한 고객 불만족 신고만 아니었다면 지금 당장이라도 정음을 해고

시기고 싶은 존이었다.

이래서 피부색이 노란 것들을 싫어한다니까.

존은 짜증스럽게 정음을 노려보았다.

「또 무슨 문제지?」

「매번 우리에게만 설거지를 시키는 이유가 뭐죠? 왜 동양인들만 주방에서 일을 하게 하는 거예요? 백인들은 홀과 카운터만 보잖아요.」

주먹을 불끈 쥔 정음이 대차게 쏘아붙였다. 고모는 백인 사회에서 돈 없고, 백 없고, 힘없는 동양인 여자가 비굴하지 않게 당당하게 살아남는 것은 자신감뿐이라고 했다. 가진 것이라고는 아무것도 없지만, 스스로를 귀하게 여기는 자존감이야말로 고모를 지탱케 하는 원동력이라고 했다.

「고작, 그것 때문에 바쁜 사람을 이렇게 붙들고 있는 거야?」

「불합리한 자리 배치가 고작 그거라뇨. 주임님이 공평하게 바꿔주겠다고 약속을 하셨단 말이에요. 그리고 지난번 매니저님이 계실 때는 이렇게까지 차별을 두지 않았어요. 시정해 주세요.」

「시정할 수 없어. 내가 너희들을 주방에 배치한 것은 너희들의 적성을 고려해서야. 너흰 손이 미개할 정도로 작아서 설거지를 아주 깔끔하게 잘하거든.」

존이 불쾌한 듯 내뱉었다. 올해로 갓 마흔이 된 그는 강한 자에게는 약하고 약한 자에게는 강한 처세의 달인이었다. 레스토랑에서도 최고 강자인 사장의 기분을 잘 맞추는 아부 근성으로 클레멘트의 지배인 자리까지 오른 인물이었다.

「말도 안 돼요. 저희들도 홀에서 일할 권리가 있어요. 이건 너무 부당해요.」

이대로 물러설 순 없었다. 지독한 인종차별주의자. 오늘은 기어코 결판을 내고야 말겠어. 정음은 고집스럽게 존을 노려보았다.

「이런! 누가 보면 내가 인종차별주의자라도 되는 줄 알겠어. 너희 같은 아르바이트생들이 잘하는 파트를 찾아내 그곳에 배치하는 것이 내 일이라고. 아무도 불평을 하지 않는데 왜 너만 그렇게 따지고 드는 거지?」

「좋아요. 그럼 수잔이라도 홀에 내보내 주세요. 수잔은 아이가 둘이나 되잖아요. 팁이라도 보태야 분유라도 살 거 아니냐고요.」

정음의 말에 존의 얼굴이 보기 싫게 일그러졌다.

「그렇게 억울하면 변호사를 사서 고소하든지, 아니면 그만두든지. 아, 그리고 너 나갈 때 네 친구들까지 다 데리고 나가! 이곳에서 일하겠다는 사람은 차고 넘치니까.」

할 말이 없어지면 항상 하는 존의 협박이 또다시 시작되었다. 노란 콧수염을 신경질적으로 쓰다듬던 존이 엄포를 놓고 나가 버리자 정음은 온몸의 기운이 한꺼번에 빠져 버린 듯, 맥이 풀렸다.

「정음, 생각해 줘서 고마워.」

옆에서 걱정스러운 눈으로 지켜보고 있던 수잔이 정음의 어깨를 다독이며 위로했다. 그녀 역시 존의 부당한 대우에 화가 났지만, 아이가 둘이나 있는 몸이라 정음처럼 맘 놓고 대들 수도 없는 처지였다.

「고맙긴요. 제대로 한 것도 없는걸요.」

정음이 기죽은 목소리로 말했다.

「그게 어디 네 탓이니? 이게 다 저 거만한 존 때문인 거지. 휴우, 저런 인간이 매니저라니. 하긴, 어디 저 인간뿐이야? 곳곳에 인종차별주의자가 천지인걸. 내가 볼 때 이 나라는 완전 썩었어. 미국은 모두에게 평등한 나라라면서 이게 뭐니. 돈이면 못할 것이 없는 곳이 바로 이곳이야. O. J. Simpson을 봐. 흉악한 살인범이라도 돈만 있다면 최고의 변호사를 사서 무죄 판결을 받을 수 있는 곳이 바로 미국이잖아.」

수잔이 십 년 전에 일어난, 미국 전역을 떠들썩하게 만든 사건을 꺼내들자 옆에서 듣고 있던 인도 출신 이샤가 부드러운 목소리로 끼어들었다.

「그만들 해. 자꾸 그렇게 부정적인 생각만 하면 점점 더 힘 빠져서 안 돼. 정음, 그래도 이곳은 다른 나라에 비해 아직도 기회가 많은 곳이야. 그러니 절대 실망하면 안 된다.」

「네.」

나이 많은 이샤의 개입으로 일단락되긴 했지만, 수잔은 내내 심통이 난 얼굴로 한숨만 내쉬었고, 정음 역시 불편한 심기로 접시만 열심히 닦아대고 있었다.

테이블에서 나오는 팁을 고스란히 빼앗기게 된 것도 속상했지만, 무엇보다 기분이 나쁜 것은 존의 태도였다. 김 씨네 세탁소 아저씨에게 동양인들에 대한 지독한 편견을 가지고 있는 사람들의 이야기를 종종 들었지만, 막상 그런 사람이 매니저로 들어오자 여간 심란하고 불편한 것이 아니었다. 똑같은 사람이건만, 그에게 피부색은 사람의 차등을 결정짓는 중요한 요소였다.

「정음, 오늘 학교에서는 별일 없었어?」

침울한 분위기를 바꾸기 위해서인지 이샤가 부드러운 목소리로 물었다.

「휴우. 그게요…… 학교에서도 그렇고, 오늘 하루 일진이 왜 이런지 모르겠어요.」

정음은 한숨을 내쉬었다. 학교에서는 훈민에게 무시를 당하고, 레스토랑에서는 인종차별주의자 매니저에게 업신여김당하고 나니 맥이 빠졌다.

「왜? 학교에서 무슨 일 있었어?」

이샤가 다시 물었다. 아이들 교육 때문에 인도에서 이민 온 이샤는 전직 교사 출신의 이혼녀였다. 인도에서는 선생님 소리를 들으며 존경받는 삶을 살았던 그녀가 아이들의 교육을 위해 미국까지 건너와 설거지를 하고 있는 것을 보니 자녀를 향한 그녀의 열정에 박수를 보내고 싶었다. 혼자 잘살겠다고 자식을 버리는 사람도 수두룩한데.

「전에 말한 전학생이요, 한국에서 유학 온 남자애.」

「아하. 근사한 한국 왕자님?」

걱정 가득하던 이샤의 표정이 장난스럽게 바뀌었다.

「휴우, 겉으론 멀쩡하던 걔가 완전…… 개똥 엎어진 것 같은 놈인 거 있죠.」

「개똥 엎어진 것 같은 놈이라니? 그게 무슨 말이야?」

「그러게. 정음, 완전 멋진 애라며? 근데 아니었어?」

이샤에 이어 터키인 에스더까지 관심을 보였다.

「그게…….」

뭐라고 설명을 해야 할까? 한글에 대해 무지해서 그 싸가지에게 무시를 당했다고, 닭대가리에다 한국 사람임을 숨기고 살라는 무시무시한 협박을 받은 것도 모자라 오늘은 아예 무시를 당했다고 말해야 하나? 잠시 갈등을 하던 정음은 깊은 한숨을 내쉬었다. 이러나저러나 자신의 무지함을 드러내기는 매한가지다. 이런 경우를 한국 속담으로는 '누워서 침 뱉기'라고 하지.

「정음?」

딴생각에 빠져 있는 정음을 현실로 불러들인 것은 이샤였다. 그녀는 엄마처럼 걱정스럽게 정음을 바라보고 있었다.

「아, 죄송해요. 잠시 딴생각을 하느라고. 그 남자애요, 정말 괜찮게 봤었는데 영…….」

영 아니었다고 말하려는 찰나, 누군가 큰 소리로 그릇이 들어

오고 있음을 알렸다.

「그릇 나온다!」

다행이다. 정음은 속으로 안도를 하며 벌떡 일어났다.

「그릇 나온대요.」

걱정스럽게 자신을 바라보는 이샤를 향해 씨익 웃어준 정음은 씩씩하게 그릇을 나르기 시작했다. 그 뒤로 한동안은 아무런 생각을 할 수 없었다. 주문이 들어오고, 만들어진 음식이 나가고, 빈 접시가 다시 들어와 설거지 그릇들이 뒤엉키는 소리가 섞였다. 주방은 마치 치열한 전쟁을 치르고 있는 것 같았다. 그렇게 정신없이 두 시간이 지나고 드디어 마지막 설거지까지 마친 주방식구들이 모두 커피타임을 갖고 있는데 홀 서빙을 담당하는 메리가 어두운 표정을 한 채 주방으로 들어서며 정음을 찾았다.

「정음! 홀로 한번 나가 보겠어?」

「무슨 일이에요?」

「동양 아이가……. 아, 아무래도 한국 소년인 것 같은데, 그 소년이 일행도 없이 혼자 왔는데 팁을 잊고 나가려고 했나 봐. 하필이면 존의 담당 테이블이 뭐야. 존 지금 물 만난 물고기처럼 들떠서는…….」

「젠장!」

정음은 커피잔을 내려놓고 자리에서 일어났다. 팁 문화가 익숙하지 않는 동양인들은 식사 후 팁을 잊어버리는 실수를 종종 했다. 다른 직원이라면 지적한 뒤 팁을 받고 웃고 넘어갈 일이었지만, 존은 사정이 달랐다. 지독한 백인 우월주의자. 똑같은 실수를 해도 한국인이나 중국인이 실수를 할라 치면 옆에서 보기 민망하리만큼 집요하고 노골적으로 무안을 주는 인간이었다. 그중에서도 한국인들에게는 아주 드러내 놓고 망신을 주기가 일쑤였는데, 주방에서는 존이 한국인과 원수진 일이 있지 않을까 하는 우스갯소리가 나올 정도로 그는 한국 손님들을 무시하고 싫어했다.

「잘 모르는 모양인데…… 매너에 대한 공부를 좀 더 하고 오시는 것이 좋겠습니다.」

그가 팁을 잊고 가는 한국인들을 잡아놓고 하는 말이었다. 대부분 영어가 서툰 한국인들은 자신이 무슨 실수를 한 것이 아닐까 당황하고 어쩔 줄 몰라 했다. 그러면 존은 비웃음이 가득한 얼굴로 턱을 추켜올리곤 했다. 일부러 발음을 꼬아가며 알아듣기 어려운 단어로 사람을 망신 주고 있을 존이 떠오르자 정음의 발걸음이 더 빨라졌다.

이번만큼은 절대 그냥 두지 않을 거라고. 이번에는 꼭 사과를 받아내고 말 것이라 작정을 하고 갔지만, 그녀는 뜻밖에도 기분 좋은 광경을 접하게 되었다. 예상과 달리 어쩔 줄을 몰라 당황하고 있는 쪽은 손님이 아니라 매니저 존이었기 때문이다.

「못 알아들었습니까? 팁을 잊은 게 아니라 일부러 놓지 않았다고요.」

커다란 존의 몸집에 가려진 손님의 목소리가 들려왔다. 낮고 서늘한, 단호하고 당당한 목소리였다. 왠지 익숙한 그 목소리를 듣는 순간, 정음은 고개를 길게 빼 존의 너머에 있는 인물을 확인했다.

"헉!"

이훈민!

또 저 녀석이다.

군인처럼 짧게 자른 머리와 짙은 눈썹, 나이답지 않게 깊은 눈매와 한 번 보면 잊어버리기 어려운 얼굴. 바늘로 찔러도 피한 방울 안 나올 것같이 무표정한 얼굴로 존을 노려보고 있었다.

'쟤가 정말 나랑 같은 나이가 맞는 거야? 열일곱 나이에 어쩌면 저런 표정을 지을 수 있는 거지?'

존의 덩치가 큰 것에 감사할 날이 올 줄은 몰랐지만, 아무튼 정음은 벌린 입을 다물지 못하고 존의 뒤에 숨어 훈민을 훔쳐보았다. 일부러 팁을 놓지 않았다며 당당하게 말하고 있는 훈민의 모습이 어찌나 거만해 보이는지, 꼭 이 레스토랑의 사장 같은 분위기였다.

「여러 군데 식당을 가봤지만, 이렇게 불친절한 직원은 처음 봤습니다.」

훈민은 차분하지만 분명하고 확고한 음성으로 똑똑 끊어서 말을 이어갔다. 모두의 시선이 쏠려 있는 가운데 누구보다 당당한 그의 모습이 사뭇 감탄스럽기까지 했다.

「그렇지만 손님, 팁은 미국의 문화입니다.」

「팁은, 받은 서비스에 감사하는 마음으로 주는 것으로 알고 있습니다. 저도 이곳 문화를 존중하는 의미에서 웬만하면 팁을 주고 싶었지만, 이렇게 불쾌하게 식사를 마치게 한 직원에게까지 팁을 줘야 하는지 모르겠습니다. 이곳 경영 방침이 동양인이나 나이 어린 사람에게는 불친절하게 굴어도 된다고 되어 있는 건가요? 괜찮으시다면, 사장님께 직접 묻고 싶군요.」

훈민이 미간을 찌푸리며 말하자 존이 헉, 숨을 들이켜는 소리가 들렸다.

「그, 그럴 리가요.」

「아, 그리고 당신의 발음이…… 일부러 그렇게 꼬는 겁니까?」

「무슨 말씀을 하시는지……. 전 일부러 발음을 꼬거나 그러진 않습니다만…….」

거만하고 못된 존의 얼굴이 점점 붉어지고 있었다.

「그렇다면 제가 영어에 익숙지 않아서 그런 거겠군요. 미국에서 3년이 넘게 살아왔지만 당신처럼 발음이 이상한 분은 처음이라서요.」

거짓말! 정음은 뻔뻔한 얼굴로 능숙하게 거짓말을 하는 훈민을 바라보았다. 그가 미국에 온 지는 겨우 열흘 정도밖에 되질 않는다. 분명 그렇게 들었다. 그런데 저렇게 천연덕스러운 얼굴로 거짓말을 하고 있다니.

「손님, 진정하시고……..」

훈민이 정말 얄밉긴 했지만, 평소 종업원 앞에서 군림하던 존이 쩔쩔매게 만드는 모습을 보니 왠지 십 년 묵은 체증이 쑥 내려가는 것 같은 기분이 들었다.

「한국에는 '사람만이 책을 읽습니다.' 라는 말이 있습니다. 단순히 동물은 책을 읽지 않는다는 뜻이 아니라 '책을 읽지 않으면 인간이 아니다.' 라는 뜻으로 해석되기도 하지요. '서비스 문화' 라는 책을 구해서 읽어보시면 손님에게 어떻게 대해야 하는지, 진정한 서비스가 무엇인지를 확실히 알 수 있게 되실 겁니다.」

존의 얼굴이 점점 더 새빨갛게 달아올랐다. 커다란 손을 양복바지에 문지르며 대꾸할 말을 찾고 있는 존을 보며 정음은 터져나오는 웃음을 삼키려 고개를 숙였다.

"오늘도 고생 많았지?"

욕실을 나서는 정음의 귓가에 고모 현옥의 목소리가 들려왔다.

"응."

"그 싸가지 매니저가 오늘도 힘들게 하디?"

조심스러운 고모의 말에 정음은 당연하다는 듯 고개를 끄덕였다.

"당근이지. 그래도 오늘은 좀…… 시원한 일도 있었어."

자신을 무시하고 잘난 체를 일삼던 존이 훈민에게 쩔쩔매며 어쩔 줄을 몰라 하던 때를 떠올리며 정음은 으흐흐 웃음을 토해냈다.

"시원한 일?"

"응. 무지무지 시원한 일이었어! 오늘 존의 코가 아주 납작해졌거든. 헤헤."

"그 싸가지의 코가 납작해졌다고? 뭔 일이래?"

"흐흐흐. 존의 싸가지를 뛰어넘는 왕싸가지가 있었거든. 어찌나 통쾌하던지."

매니저에게 불평등한 일을 당하면서도 아르바이트를 때려치우지 못하는 조카를 보며 현옥은 조심스레 말을 꺼내보았다.

"저기, 오정음. 너 한국에 전화…… 안 해볼래?"

"뭐 하러."

"그래도 낳아준 엄마잖아."

현옥이 작게 속삭였고, 자신 없는 얼굴로 시선을 피하는 고모를 보며 정음은 한숨을 내쉬었다.

"왜? 나 귀찮아서 보내 버리려고?"

"소설 쓰냐?"

말하지 않아도 고모의 마음을 잘 알고 있었다. 고생하는 조카가 안쓰러워, 하기 어려운 말을 꺼내려는 것을. 하지만 다섯 살 이후로 한 번두 보지 못한 엄마. 가난한 선교사 아빠와 자신을 버린 매정한 엄마에 대해서는 아무런 미련이 없었다. 서로 쿨하게 잘살면 그만이지, 이제 와서 왜 연락을 해야 하는지 이해를 할 수가 없었다.

"오해받기 싫으면 그런 말 하지 마. 낳으면 다 엄만가?"

입을 비죽이는 정음을 보며 현옥이 눈을 흘겼다.

"낳았으니까 엄마지, 그럼 이웃집 아줌마가 널 낳았을까 봐?"

"아. 몰라. 밥이나 줘요."

"열일곱이나 처먹었으면 네가 좀 차려봐라. 꼭 늙은 고모를 부려먹어."

"그럼 열일곱 살밖에 안 된 조카딸 부려먹는 건 잘하는 거야?"

"언제는 다 컸다고 상관하지 말라며?"

"내가 언제?"

하기 싫은 전화를 재촉하는 자신에게 투덜거리는 정음을 보며 현옥은 안도의 한숨을 내쉬었다. 처음 미국에 왔을 때만 해도 잔뜩 겁먹은 열 살짜리 꼬맹이였었는데 어느새 이렇게 예쁘게 자란 고마운 조카.

정음의 아빠인 오 선교사는 현옥의 하나밖에 없는 오빠였다. 배신한 아내를 가슴에 묻은 채, 다섯 살 어린 딸을 데리고 떠난 오빠는 죽기 전까지 세계 각지의 오지를 다니며 사서 고생을 했다. 나라도 떠나지. 저렇게 미련하게 사는데 어찌 안 떠나겠어. 현옥은 오빠를 버린 새언니를 원망할 수도 없었다.

그렇게 아슬아슬하던 5년이 흐르고 정음이 열 살 되던 해, 북경 외곽의 이름 없는 뒷골목에서 허무하게 세상을 떠난 오빠가 원망스럽고 그리웠다. 그렇게 조심하라고, 아이를 생각해서라도 몸 좀 챙기라고 잔소리를 했지만 오빠의 고집을 꺾을 수는 없었다. 세상에 하나뿐인 혈육을 남기고 떠난 오빠를 생각하며 현옥은 애써 힘을 냈다. 비록 호강 한 번 못 시켜주고 매일매일 아르바이트를 해야 하는 빠듯한 생활이지만, 해맑고 예쁘게 자라주는 정음이 고맙고 기특할 뿐이었다.

"고모! 계란 바싹 구워?"

투덜거릴 땐 언제고 그새 프라이팬 앞에서 계란을 깨고 있는 정음을 보며 현옥은 몰래 눈물을 훔쳤다.

「아니, 적당히.」

「아, 진짜! 적당히가 뭐야? 그렇게 애매모호하게 말하지 말고.」

「딱 보고 됐다 싶음 불 꺼!」

「진짜! 몰라. 내 맘대로 할 거야.」

투덜거리는 정음을 보며 현옥은 웃음기 가득한 음성으로 다시 물었다.

"참, 전에 말하던 그놈은 다시 왔었어?"

"그놈이라니?"

"네가 오해했던 그놈. 서점 앞에 낙서하고 다니는 놈."

"이! 아니, 분명히 서점 앞에 배상해 주겠다고 쪽지를 써서 붙였는데 말이지, 아무런 연락이 없어."

식탁 위 동그란 접시에 계란프라이를 옮겨 담던 정음의 얼굴 위로 근심이 돋는다. 토요일 새벽, 자전거를 끌고 나갔던 정음이 하얗게 질린 얼굴로 돌아왔을 때는 정말이지 걱정스러웠다. 여차저차 설명을 들은 현옥은 성질 급한 조카를 꾸짖으며 배상할 방법을 찾아보라고 충고를 했었다.

"쯧쯧. 고소당하지 않은 게 다행인 줄 알아."

"그러게 말이야. 지금 생각해 보면 내가 경솔했어. 사람을 함부로 의심하면 안 되는데."

"그렇지. 고모가 그랬지? 사람 함부로 의심하는 거 아니라고. 넌 꼭 고모 말을 안 들어서 사고를 쳐요. 옛 속담에 '어른 말씀 들으면 자다가 떡이 생긴다' 그랬어."

"난 떡 싫어하거든요."

"아이고! 그래, 너 잘났다."

자신의 앞에 토스트와 우유를 내려놓는 정음을 보며 현옥이 다시 물었다.

"얼굴은 기억나?"

"그럼. 아주 분위기 있고 근사했었어."

"얼마나 잘생겨 먹었는데?"

"엄청."

"그러니까 엄청의 기준이 뭐야? 리버 피닉스보다 더 잘생겼
디? 그건 아니지?"

요즘 현옥의 관심사는 리버 피닉스의 모든 것이었다. 정음은
그날 새벽 보았던 남자애의 얼굴을 떠올리며 고개를 끄덕였다.

"훨씬 더 잘생겼어."

"너…… 거짓말이지? 세상에 리버 피닉스보다 잘생긴 놈이
어딨어?"

"진짜라니까. 그리고 돌아가신 그 냥반보다 잘생긴 애들 많
아."

말을 하며 문득 훈민이 떠오르는 정음이었다.

"헐. 니가 눈이 이상한 거야."

"아니라니까. 우리 반 전학생, 걔도 그 냥반보다 잘생겼어."

여태 장난스럽게 굴던 현옥의 얼굴이 살짝 굳어졌다.

"누구? 신 교수님 손자?"

"응, 걔. 오늘 걔가 우리 레스토랑에 왔어. 으흐흐흐."

"으흐흐흐?"

자신을 따라 하는 고모를 보며 정음은 다시 키득거리기 시작
했다.

"오정음! 너 오늘 무슨 일 있었지?"

"헤헤. 걔가 오늘 존을 아주 묵사발로 만들어놨거든."

"묵사발이라니?"

"아까 말했잖아. 존보다 더 왕싸가지 손님이 나타나서 존의 코를 아주 납작 찌그러지게 만들었다고. 흐흐흐. 오늘 존이 아주 죽다 살아났을 거야!"

실없이 웃는 정음을 보며 현옥이 코웃음을 쳤다.

"누가? 고2짜리 남학생이 그 매니저를? 쯧쯧. 하여간 소설을 써요."

"아, 진짜라니까."

지금 생각해도 가슴이 후련해지는 한 방이었다. 내일 학교에서 만나면 정말 잘했다고, 아주 훌륭했다고 칭찬을 해주고 싶었지만, 자신이 그곳에서 아르바이트를 한다고 굳이 알려주고 싶지는 않았다. 게다가 어찌나 까칠하게 구는지, 도무지 말 붙일 틈을 안 주니 아쉽게도 더 이상 가까워질 수 없을 듯했다.

녀석이 조금만 더 긴장을 늦추면 좋을 텐데. 얘가 어쩜 그렇게 날이 서 있는지. 어쩌면 9학년 엘라의 장담처럼 여자를 싫어하는 취향일지도 몰랐다.

"근데 고모, 걔 어쩜 게이일지도 모르겠어."

헤헤거리다 갑자기 정색하는 정음을 보며 현옥이 피식, 바람 빠진 풍선 소리를 냈다.

"이게 웃을 일이야? 학교 최고의 인기남이 게이일지도 모르는 판에."

"그놈이 지 입으로 말해? 저가 게이라고?"

"9학년에 엘라라는 완전 잘 빠진 스패니어드(Spaniard:스페인 사람)가 있거든. 걔가 훈민이에게 고백을 했대. 널 좋아한다고.
사귀지 않겠냐고. 그러니까 엘라에게 그랬대, 자긴 여자에게 관
심 없다고."

"쯧쯧. 하여간 요즘 것들은 생각이 없어요. 그 말이 게이라는
말이냐?"

"그럼 열일곱, 여덟 살 먹은 피 끓는 청춘이 여자에게 관심이
없다는 게 말이 돼? 고모가 그랬잖아. 그 나이 땐 밥 먹다가도,
잠을 자다가도 여자 생각 하는 게 정상이라고."

"앞뒤 따서 가며 가만히 생각을 해보란 말이야. 그렇게 생각
이 짧아서 어디다 쓰냐? 남자에게 관심이 있다는 말이 아니라
단지 이성에게 관심이 없다. 지금은 공부할 때니까 연애는 나중
에나 생각해 보겠다. 그러니 너흰 딴 데 가서 놀아라. 이 말이구
만."

"정말? 정말 그럴까?"

"고모 말이 틀린 것 봤냐? 그리고 내가 볼 때 요즘 것들은 너
무 노골적이야."

"우리가 노골적이라고?"

"이 고모가 안동 출신이잖아. 그 동네선 여자가 그렇게 막 들
이대면 천하다고 욕해."

"고모, 요즘은 안 그래. 게다가 여긴 미국이라고."

"아니야. 그쪽 동네 남정네 중에는 아직도 부엌에 안 들어가
는 사람들도 있어."

"에이, 설마. 지금이 무슨 조선시대도 아니고."

"어허. 고모 친구 중에 지영이라고, 그 집 장손이 부엌에 들어가려다가 집안 어르신들한테 오지게 혼났단다. 남자가 부엌에 들어가면 고추 떨어진다고."

고모의 말에 정음은 어깨를 들썩이며 웃음을 터뜨렸다.

"아직도 그런 케케묵은 사고방식을 가진 사람이 있단 말이야?"

"아직도 옛것을 그리워하고 지키려는 사람들이 많아. 만약 훈민이라는 애가 그 집안 같은 곳에서 자랐다고 생각해 봐. 당연히 보수적인 사고를 가지고 있을 거고, 걔 입장에서 볼 때 서양애들이 너무 들이대니까 충분히 거부감을 느낄 수 있는 거지."

정음은 자신을 차갑게 밀어내던 훈민을 떠올렸다. 어쩜 고모의 말이 맞을지도 모른다는 생각을 했다. 아니, 충분히 그럴 수 있을 것 같았다.

"그럼 이제 어떻게 해?"

"어떻게 하긴 뭘 어떻게 해? 그냥 자연스럽게 지내면 되지."

정음의 표정을 살피던 고모의 두 눈에 장난기가 깃들기 시작했다.

"오홀! 혹시, 너 걔한테 관심 있는 거야?"

"아냐, 그런 거! 교수님이 잘 챙겨달라고 부탁하셔서……."

"아하! 그랬어? 근데 왜 얼굴이 빨개질까? 우리 조카님!"

"아니라니까, 진짜!"

"알았어. 아니라고 치자. 그래도 뭐, 사랑스럽고 여성스러워 보여서 나쁠 건 없지."

"사랑스럽고 여성스러워 보이는 건…… 어떻게 하는 거야?"

이미 고모의 계략에 말려든 정음이 조심스럽게 물었다.

"그냥 자연스럽게, 편하게 다가가는 거지. 시간을 들여서 천천히. 보수적인 애들이 좀 늦된 경향이 있거든. 그러니 한국 여인의 은근과 끈기를 보여주란 말이야!"

"은근과 끈기? 너무 어려워."

"어렵긴 뭐가 어려워. 단순하게 생각해. 가령 교실에서 웃어도 크게 웃지 말고 슬쩍 미소만 흘리란 말이야. 걸을 때도 다리 쩍쩍 벌려서 걷지 말고 무릎을 스치면서 조심스럽게. 이렇게."

입가에 미소를 띠며 조신하게 걷는 고모의 모습에 정음은 숨이 넘어갈 듯이 웃어댔다. 매일매일 아르바이트를 해야 하는 빠듯한 생활이지만, 고모가 있어서 정음은 정말 좋았다.

3. 꽃피는 봄날

정음은 교실로 들어서며 주위를 살폈다. 언제나처럼 창가에 앉은 이훈민이 제일 먼저 눈에 들어온다. 귀에 이어폰을 꽂은 채 책을 보고 있는 훈민을 물끄러미 바라보던 정음의 얼굴에 빙그레 웃음이 떠올랐다. 어제 레스토랑에서는 카리스마가 장난이 아니더니 오늘은 엄청 조용하고 지적인 분위기다.

'안녕! 훈민, 잘 잤어? 어제는 정말 멋졌어.'

'하이! 훈민, 어제 레스토랑에서 널 봤지 뭐야. 너 정말 근사하더라.'

'잘 잤어? 어제는 정말 치열했었어. 그치?'

정음은 그에게 건넬 인사말을 떠올리며 걸었지만, 죄다 부자연스럽기만 했다.

'안녕! 좋은 아침이지?'

그래, 차라리 자연스러운 게 좋을지도 몰라. 어떻게 하면 과장되지 않고 자연스러울까, 망설이던 정음이 결단을 내리고 그의 앞으로 다가가자 두 눈을 감고 있던 훈민이 천천히 눈을 떴다. 진짜 잘생겼다. 깊고 신비로운 홍채 속에 자신의 모습이 떠오르는 것을 보며 정음은 꿀꺽 침을 삼켰다.

"안녕! 이훈민, 무슨 노래 들어?"

"관심 꺼, 쌈닭."

그가 여전히 차갑게 말했다. 그럼 그렇지. 저 싸가지가 어디 가겠어? 제법 가까워졌다고 생각하는 정음과 달리, 훈민은 여전히 데면데면하게 굴고 있었다. 하지만 아는 체도 않던 예전과 달리 꼬박꼬박 말대답이라도 해주는 게 어딘가…… 생각하다가도 저런 못돼먹은 반응에 대해 예전보다 나아졌다고 좋아하는 자신의 모습을 기뻐해야 할지 슬퍼해야 할지, 만감이 교차하는 정음이었다.

"사람마다 친해지는 방법과 시간이 다른 법이야. 그러니 시간을 두고 천천히 다가가 봐."

고모의 말씀을 생각하며 정음은 능청스럽게 말대꾸를 했다.

"내가 왜 쌈닭이야? 오정음! 내 이름은 오정음이라고."

"너 쌈닭 맞잖아. 그것도 덩치 큰 사람한테만 덤비는 쌈닭."

훈민이 천연덕스럽게 말을 했다.

애가 정말 아침부터 뭘 잘못 먹었나? 정작 덩치 큰 사람과 시비가 붙은 사람은 정음이 아니라 그가 아니었던가? 존의 앞에서 두 눈을 똑바로 뜨고 할 말 다 하던 훈민의 모습이 떠올라 정음은 씩 웃음을 터뜨렸다.

"너, 지금 무슨 소릴 하는 거야? 정작 쌈꾼은 자기면서."

훈민이 눈썹을 찡그린다. 어쩜, 이 애는 찡그리는 모습도 이렇게 멋질까? 갑자기 그의 잘생긴 얼굴이 의식돼 부끄러워진 정음은 괜히 딴죽을 걸기 시작했다.

"흠흠. 네가 그러니까 친구가 없는 거야. 내가 관심 가져줄 때 '정말 고마워.' 하고 알아서 호흡을 착착 맞춰야……."

"시끄럽기는……."

퉁명스러운 말과 달리 끼고 있던 이어폰을 순순히 내미는 훈민이었다. 애가 웬일이지? 정음은 고개를 갸웃거리면서도 심장이 쿵쾅거리는 것을 멈출 수가 없었다.

"진작 그럴 것이지. 어디 보자……."

배시시 미소를 지으며 이어폰을 귀에 꽂은 정음은 MP3에서 들려오는 음악 소리에 두 눈을 동그랗게 떴다.

가만히 눈을 감고 귀 기울여 본다.

가슴이 철렁 내려앉는 부드러운 그녀의 웃음소리를.

온몸이 떨려오는 감미로운 속삭임.

봄비처럼 싱그러운 그녀의 웃음소리~

음음음. 그리워라.

가만히 눈을 감고 세어본다.

손을 뻗어 만져 보고 싶은 그녀 얼굴에 점점이 박힌 주근깨를.

손끝으로 전해지는 사무치는 그리움.

고향 집에 피어 있는 봉선화 씨앗 같아~

음음음. 그리워라.

"헉! 이훈민. 네가 이 노래를 어떻게 알아?"

"쌈닭. 너도 아는 노래냐?"

"응. '내 그녀' 맞지? 우리 아빠가 좋아하던 노래야. 유명하진 않지만 가사가 예뻐서 나도 좋아해. 근데 넌 이 노랠 어떻게 알아? 우리 아빠 말로는 아는 사람만 아는 노래라는데."

"미국에 사는 네가 아는 노래를 내가 모르겠냐?"

맞는 말이긴 하지만, 같은 말을 해도 어쩜 이렇게 얄밉게 할 수가 있는지. 정음은 훈민을 노려보며 입술을 비죽거렸다.

"말을 해도 꼭……."

"그만 봐라. 얼굴 닳는다."

"헐! 좋아서 본 거 아니거든."

"아닌 것 같은데."

지레 찔린 정음의 얼굴이 화끈 달아올랐다.

"아니거든. 절대 아니거든. 저얼대 아니야!"

강하게 부정하는 정음을 바라보던 훈민의 입매가 한쪽으로 올라갔다. 부드럽게 말려 올라간 그의 입술을 보고 있자니 괜히 가슴이 뛰는 정음이었다.

"그, 근데 이훈민, 너 우리 학교에 왜 온 거야?"

"무슨 소리냐?"

"좋은 학교 다 놔두고 하필 여기까지 왔냐고."

"너 바보지?"

"야! 사람을 뭐로 보고. 내가 왜 바보야?"

"바보 맞구만. 여긴 왜 왔겠냐? 공부하러 왔지."

"어휴, 멍청하긴. 여긴 공립이잖아. 물론 우리 학교가 공립 중에서는 손꼽히는 명문이긴 하지만, 돈 있고 공부 좀 한다는 한국 유학생들은 죄다 비싼 명문 사립으로 가더라고. 솔직히 우리끼리 얘기지만, 한국에서 여기 오는 애들은 거의 두 분류야. 정말 공부하러 오는 애들과 한국에서 사고 치고 기부금 왕창 들고 오는 애들. 너, 솔직히 말해봐. 학업 성적이 현저히 달려서…… 아니다, 그건 아닌 것 같고. 혹시 유학의 탈을 쓴 도피 아냐? 가령 사람을 패고 쫓겨왔다든지, 폭력 서클 만들어서 애들 삥 뜬다……?"

훈민이 오른쪽 눈썹을 찡그렸다. 정음은 그런 훈민의 눈치를 보며 계속 말을 이어갔다.

"그래, 그래, 그건 내가 생각해도 너무 나간 것 같고. 음……
혹시 상습적으로 커닝하다 들켜서? 것도 아님, 너 설마…….."

"설마?"

"약 같은 거……? 아니지?"

훈민이 피식 웃음을 터뜨린다.

"쌈닭, 아주 소설을 써라."

"그렇지? 나도 아닐 것 같았어. 그럼 정말 공부하러 온 거
야?"

"응."

주저 없이 고개를 끄덕이는 훈민을 보며 정음은 신기한 듯 두
눈을 반짝거렸다.

"특이하네."

"특이하긴 뭐가 특이하냐."

"아니, 넌 분명 특이해. 그것도 아주 많이."

"쌈닭, 넌? 너도 사고 치고 쫓겨왔냐?"

"아니. 내가 사고나 칠 문제아로 보여?"

"네가 네 입으로 그랬잖아, 여긴 사고 치고 오는 애들 많다
고."

"바보. 난 열 살 때부터 여기 살았어. 처음부터 이쪽으로 온
거라고. 그러니까 사고 치고 쫓겨오는 애들이랑은 차원이 달
라."

콧잔등을 찌푸리는 정음을 보며 훈민이 짧은 웃음을 터뜨린

다. 저 웃음의 의미는 뭐지? 내가 우습다는 건가? 어쨌든 좀처럼 보기 드문, 미소 짓는 훈민의 모습을 보는 것은 기분 나쁜 일은 아니었다.

"왜 웃어?"

"웃지도 못해?"

웃으니까 자꾸 가슴이 뛰잖아. 정음은 진심을 숨긴 채 괜히 툴툴거렸다.

"기분 나쁘니까 웃지 마."

"그런데 쌈닭. 너, 나한테 관심 있냐?"

"뭐, 뭐?"

"그렇잖아. 나한테 관심이 없으면 왜 이런 걸 물어?"

훈민의 갑작스러운 질문에 정음의 얼굴이 벌겋게 달아올랐다.

"웃기셔. 내, 내가 얼마나 눈이 높은데. 내, 내가 좋아하는 사람은 따로 있단 말이야."

"좋아하는 사람씩이나?"

콧방귀를 뀌는 훈민을 보니 전혀 믿지 않는 눈치였다. 정음은 급히 어젯밤 읽은 소설 속의 남자 주인공을 떠올리며 설명을 하기 시작했다.

"그, 그래. 내 첫사랑이 얼마나 멋지고 근사한데. 키도 크고, 남자답고, 싸움도 잘하고, 노래도 잘 부르고, 또 자립심도 강하고, 또……."

"쌈닭!"

버럭 소리를 지르는 훈민 때문에 화들짝 놀라 뒤로 물러나던 정음은 그만 책상 모서리에 엉덩이를 부딪치고 말았다.

"야! 깜짝 놀랐잖아."

"화장실 가야 하니까 비키라고. 근데 너 또 고추장 먹은 얼굴 됐다."

"이게, 진짜……. 너 때문에 놀라서 그렇잖아! 아이 씨, 아파라! 첫 시간은 과학실 수업인데. 제대로 걷지도 못하겠네."

"사립심 강한 사람이 좋다며. 씩씩하게 혼자 걸어봐."

투덜거리는 정음을 지나쳐 가며 이훈민이 말했다.

"저 인간을 우리 고모에게 데려가야 하는데. 저 지랄 맞은 성격을 개조를 해야 해."

정음은 그녀를 내팽개치고 걸어가는 훈민을 보며 툴툴거렸다.

엉덩이의 통증을 꾹 참으며 과학실을 나서던 정음은 자신의 앞을 가로막은, 장승처럼 큰 남자를 향해 두 눈을 깜빡거렸다. 이건 대체 무슨 일일까? 지금 내가 꿈을 꾸고 있는 것일까?

패트릭 애덤스. 18세.

프레즈노 하이스쿨 12학년.

땅 파고 들어갈 준비를 하던 풋볼팀을 기적적으로 회생시킨 인기 절정의 스크램블 쿼터백이자 3년 연속 최고 인기남 자리를 꿰찬 매력적인 블루 아이즈의 소유자. 키 196cm, 몸무게 92kg. 커다란 몸 그 어디에도 비곗덩어리는 찾아볼 수 없음. 본디 운동선수란 뇌까지도 근육질로 이루어졌을 기란 편견 따윈 상대 팀 선수를 메다꽂듯 저 멀리 날려 버리고 오로지 성적만으로도 깐깐한 톰 교장을 미소 짓게 하는 프레즈노 하이스쿨 최고의 슈퍼스타 패트릭 애덤스!

그 패트릭이, 바로 그 패트릭이 지금 정음의 눈앞에서 아찔할 정도의 매력을 뿜어내며 교과서에 나옴 직한 미소를 보내오고 있었다.

미소의 정석이라든가, 미소 한 방으로 그녀를 뻑 가게 하는 법이라든가, 뭐 그런 것 말이다. 스페인어 시간에 어쩌다 보니 옆자리에 앉게 되어 몇 마디 주고받은 게 전부인데, 그사이에 자신도 모르는 초절정 매력을 그의 가슴에 새기기라도 한 것일까? 뚝 떨어진 본인의 사물함은 내버려 두고 괜히 근처에서 얼쩡거리며 귀를 쫑긋 세운 리에의 시선을 느끼며 정음은 방금 전 자기 귀로 흘러들어 온 멘트를 재차 확인했다.

「영화? 지금 나보고, 영화 보러 가자고 그런 거야?」

「그래. 스필버그 감독 신작인데 평도 꽤 괜찮은 것 같아. 너만 괜찮다면 함께 보러 가고 싶은데, 어때?」

「아, 스필버그. 좋아하는 감독이긴 하지.」

「그 사람 영화는 하나도 빼놓지 않고 다 봤다고 했잖아.」

패트릭이 웃으며 말했다.

「내가 그런 얘기까지 했니?」

되물으며 정음은 수줍게 미소를 지었다. 미남은 때론 다른 미남으로 잊히기도 하는가 보다. 요 며칠 그녀의 머릿속을 헤집고 다니던 훈민의 생각이 깡그리 사라지는 것을 보니. 그러고 보니 요전 날 패트릭 옆에 앉았을 때 다소 흥분했던 것 같기도 하다. 왜 아니겠는가. 그는 학교 최고의 슈퍼스타인데. 것도 창창한 미래가 보장되어 있는 메가톤 급 슈퍼스타. 하지만 그것은 아론 카터를 향한 십대 소녀들의 핑크빛 로망 같은 것이지 사귀고 싶다거나 만지고 싶다거나 하는 것은 아니었다. 리버 피닉스를 향한 사랑을 홀로 삭이는 고모의 말처럼 '모니터 남친'은 모니터 안에 고이 간직해야 아름다운 법이다. 정음은 제 발로 굴러 들어온 탐스런 호박 넝쿨을 두 눈 딱 감고 끊어내기로 했다.

「패트릭, 제안은 너무 고맙지만 난 시간이 없어. 아르바이트를 가야 하거든.」

「내가 싫은 건 아니고?」

「헉! 그럴 리가. 정말이야. 나 아르바이트가 있어. 그리고 요즘…… 조금 관심이 가는 사람이 생기기도 했고. 물론 나 혼자만의 감정이긴 하지만.」

「완전히 사귀는 것도 아니고 혼자 좋아하는데 가벼운 데이트도 안 된단 말이야?」

「그건 나를 속이는 거잖아.」

「음. 내가 아는 사람과는 많이 다르군. 어떤 사람은 보이프렌

드라는 팻말을 걸고 있는 남자를 모른 척하고 다른 남자와의 일탈을 꿈꾸기도 하는데 말이지.」

「아…… 로라?」

미래의 슈퍼볼 챔피언십 MVP 감이었음에도 가슴속 깊이 순정을 간직한 소년이었던 패트릭은 자유분방한 여자친구 로라의 애정행각을 눈감아주다 그 착함이 무능함으로 변질된 채로 새로 등장한 아시안 보이에 의해 개 차이듯 실연을 당하고 말았다.

어쩜 내게 데이트 신청을 하는 것도 그런 맥락에서 일지도 모르겠군. 정음이 약간의 동정심을 담아 그를 올려다보자 패트릭이 부정하듯 강하게 머릴 흔들었다.

「네가 생각하는 그런 건 아니야. 넌, 그런 취급 받을 여잔 절대 아니거든.」

정직한 정음의 생각이 고스란히 얼굴로 나타나자 패트릭은 급히 부인을 했다. 물론 로라의 변심에 상처를 받지 않았다는 것은 거짓말이겠지만, 그는 정말 정음에게 흥미가 갔다. 함께 수업을 받는 여학생 대부분이 그에게 관심을 표하는데 정음은 그러지 않으니, 신기하게도 정음에게 관심이 가기 시작했다. 게다가…… 그는 한국 드라마 마니아였다. 화면을 통해 보이는 많은 것들, 특히 구미를 당기는 화려한 음식들과 어마어마하게 예쁜 전통 의상들. 그는 한국인인 정음에게 물어보고 싶은 것이 정말 많았다.

「고마워. 적어도 약간의 호감은 있었다는 거지?」

정음의 물음에 패트릭은 긍정의 미소를 지었다.

「약간보다 더 많이. 혼자 생각한다던 그 무심한 녀석이 영원토록 네 맘을 못 알아본다면 내게도 기회를 한번 주지 않을래? 후회하진 않을 거야.」

조심스레 고개를 끄덕이자 착한 패트릭이 만족스러운 미소를 띠며 물러갔다. 구석에서 경악한 얼굴로 사태를 주시하던 리에 무리도 물러가고 혼자 남은 정음은 조만간 불어 닥칠 쓰나미 급 루머를 두려워하며 옷깃을 여미었다.

부디 딱 하루만 들썩이다 가라앉았으면 좋으련만.

하나 리에 무리의 입방정은 간사함만큼이나 빼어난 성능을 자랑했다. 세계사 시간부터 여기저기 힐끗대는 무리가 생겨나기 시작하더니, 오랜만에 기름기 좔좔 흐르는 감자튀김과 입가를 반들거리게 해주는 치킨버거가 그리워 찾아간 교내 식당에서는 대놓고 정음과 패트릭을 들먹이며 토론까지 하고 있었다.

이봐! 친구들, 나 여기 있어. 설마 내가 안 보이는 거야?

자포자기한 심정으로 치킨버거를 한입 베어 물었을 때 샐러드로 무장한 식판을 들이밀며 샘이 등장했다.

「정음, 내가 오다가 괴상한 소문을 들었는데 말이지.」

「괴상한 소문?」

「응, 어떤 정신 나간 아시안 걸이 우리 학교 슈퍼스타 패트릭 애덤스, 그 패트릭 애덤스의 데이트 신청을 단칼에 거절했다고 하는데 말이야. 내 생각엔, 그 아시안 걸이 나도 알고 너도 알고 우리 모두가 아는 그 소녀가 맞는 것 같거든.」

「아마 그럴 거야.」

「진짜야, 정음? 이게 무슨 일이야? 너 순간 머리가 어떻게 된 거니? 패트릭 애덤스를 거절하다니!」

「소문 한번 빠르구나. 어떻게 알았어?」

「리에의 입이 광속의 속도로 날아다니고 있어. 아마 내일쯤이 면 알래스카까지 네 소식이 전해질걸.」

「그냥 가벼운 데이트 신청이었어.」

「그러니까, 그 가벼운 데이트 신청을 왜 거절했냐구! 슈퍼볼 스타의 연인이 될 절호의 찬스였는데. 생각해 봐. 올해의 슈퍼 볼 챔피언십 MVP 패트릭 애덤스 선수를 소개합니다. 오, 패트 릭, 이 순간 누가 떠오르나요? 나의 사랑하는 연인이자 굴곡진 삶으로부터 날 건져 내준 영원한 파트너, 내 사랑 정음에게 이 모든 영광을 돌립니다.」

흥분한 샘이 TV 리포터의 흉내를 내며 안타까워했다.

「샘, 내가 말했지? 너 한국 드라마를 너무 많이 보는 것 같다 고.」

샘의 말이 옳을지도 모른다. 먼 훗날, 풋풋했던 이때를 추억 하며 굴러 들어왔던 복을 한 방에 차버린 자신을 탓하게 될는지 도. 하지만 자꾸만 다른 사람이 생각나는 것을 어쩌란 말인가? 것도 닭대가리 취급하는 서늘한 놈이 말이다.

「근데, 너 좋아하는 사람 있다면서?」

풋, 샘의 말에 하마터면 감자튀김이 코로 나올 뻔했다.

「그 얘기까지 돌고 있는 거야?」

「아주 상세히. 녹음이라도 한 것 같더라. 리에 그 애 아무래도 네 스토커인 것 같아.」

샘이 커다란 눈동자를 과장되게 굴리며 어깨를 으쓱거렸다.

「끔찍한 얘기네.」

「말 돌리지 말고. 뭔 얘기야? 좋아하는 사람이라니. 그런 얘기 한 적 없잖아.」

「한참 남자들 좋아하고 뭐, 그런 나이 아니겠니? 울 고모도 리버 피닉스에 한창 빠져 있는데 나도 소녀 역할에 충실해야 지.」

「흐응, 훈민을 좋아하는 게 소녀 역할에 충실한 거로구나. 몰랐네.」

아둔한 샘이 언제 이리 총명하게 변모했던가? 이 기세라면 흡사 센트럴파크에 돗자리를 펴도 이상하지 않을 지경이었다.

「니들 둘 사이에 뭔가 있다는 건 내 진즉부터 알아보았지.」

어안이 벙벙해진 정음에게 미소를 날리며 샐러드 속에 꼭꼭 숨어 있는 모짜렐라치즈를 골라 먹는 샘이었다.

「뭔가 있다니?」

「저번에 한·중·일 언어 배틀이 붙었을 적 말이야. 훈민의 우아한 손가락이 너의 그 귀여운 이마를 몹시도 사랑스럽게 툭 건

드렸잖니. 꺄아, 완전 로맨틱했다구.」

그런 사랑스런 장면이 아니었거든! 배경음으로 닭대가리, 닭대가리가 수백 번은 울렸었거든!

단지 한국어를 못 알아들었단 이유로 정음의 굴욕은 '로맨스 버전'으로 각색되어 여기저기를 떠도는 모양이었다. 이걸 기뻐해야 할지 슬퍼해야 할지.

「실망하게 해서 미안한데, 난 그런 하자품한텐 관심 없어.」

「하자품? 누가? 훈민이?」

「키 크고 머리 좋고 인물만 빼어나면 뭐 하겠니, 인성이 글러먹었는데.」

「우리 학교 여자애들을 죄다 안티로 돌려놓을 작정이야? 슈퍼스타 뺑 찬 것도 모자라서 대세남 훈민 뒷담화까지 까고?」

「아닌 건 아닌 거야. 그런 싸가지는 줘도 안 갖겠어!」

「누가 싸가지라고?」

뒤에서 들려오는 낮고 음험한 목소리에 정음의 어깨가 흔들렸다. 설마, 아니기를 바랐지만 자라목이 되어 돌아본 정음의 두 눈에 들어온 것은 좀 전에 본 패트릭의 포스를 위협할 정도로 훤칠한 자태를 자랑하는 훈민의 곧게 뻗은 두 다리였다. 그리고 탄탄한 복근과 여자 하나쯤은 가볍게 품을 듯한 매끈한 가슴과 떡 벌어진 어깨와 분노로 일그러진 잿빛 눈.동.자.

앗! 사태를 파악치 못하고 꿈결로 흘러들어 가던 정음의 이성이 재빨리 돌아왔다. 전학 온 지 한 달이 넘었건만 교실 빼고는 절대 다른 장소에선 모습을 드러내지 않던 훈민이 학교식당에서, 그것도 정음과 동일한 치킨버거와 감자튀김으로 메워진 식판을 들고 그녀 앞에 서 있었다.

'어머, 웬일이래!' 샘의 입에서 치커리 줄기가 툭! 떨어졌다.

「나라 망신시키기에 이어 새로운 취미가 추가되었나 보지?」

「새, 새로운 취미라니?」

민망함에 더듬거리며 물어보자 훈민이 픽, 비웃음을 띠며 정음을 뚫어지게 바라보았다.

「괜한 사람 누명 씌우기, 뒤에서 수군대기 말이야.」

「어머! 아니야, 훈민아. 우, 우린 네가 멋, 멋있다고 그 얘길 하고 있었어.」

「미국에서는 싸가지가 멋있단 뜻이야?」

샘이 황급히 나섰지만, 별다른 성과가 없는 듯했다.

「워, 원래 인성이 별로인 사람일수록 매력이 넘치는 버, 법이거든. 나쁜 남자 같은.」

「뉘앙스는 나쁜 남자가 아니라 나쁜 놈이었던 것 같은데?」

정음도 나서서 이리저리 변명을 해보았지만 씨알도 먹히지 않았다. 게다가, 넘쳐 나는 자리들을 싹 무시한 채 하필이면 샘의 옆자리, 그러니까 정음을 정면에서 쏘아볼 수 있는 자리에 식판을 내려놓는다. 여태 잘 넘어가던 치킨이 식도 중앙에서 급브레이크한 느낌이다. 왜 하필 여기야! 딴 데 자리도 많구만! 정음은 탄식을 뱉어냈다.

"슈퍼스타에게 굴욕을 안기셨다고?"

앉자마자 하는 말이 저 말이다. 리에와 그 일당은 어디까지 이 소식을 전파한 것일까. 모르는 사람이 과연 있기는 한 것일까. 걷어찬 쪽도 이 모양인데 차인 쪽은 어떤 행색을 하고 있을지 문득 패트릭 애덤스의 안위가 궁금해졌다. 설마 자퇴서를 들고 등장하는 건 아니겠지?

"보기완 달리 꽤 하는 모양이네, 떠들썩한 스캔들의 주인공까지 되시고."

"보기완 다르게라……. 그거 칭찬으로 받아들여도 되는 거니?"

"좋으실 대로."

어깨를 으쓱거리고며 치킨버거를 크게 베어 무는 훈민의 모습이 딱 꼬집어 말할 수 없지만, 뭔가 평소와 다른 모습이었다. 무슨 꿍꿍이지? 의혹으로 물들어가는 정음과는 달리 샘은 그저 황홀한 듯 턱받침까지 만들어 괴고는 본격적으로 옆자리에 앉은 훈민을 감상하기 시작했다.

「둘이 무슨 얘길 하는 거야? 처음 만난 얘기? 한국어로 말하니까 정말 듣기 좋다. 정말 달콤하게 들려. 그나저나 두 사람은 어떻게 만난 거야?」

「어떻게 만났냐니?」

「훈민, 정음, 너희 둘 말이야. 학교에서 처음 본 건 아니잖아. 그래야 말이 된다고.」

「무슨 소리야?」

「이래 봬도 나 한국 드라마 마니아잖아. 본 작품만 해도 서른 편이 넘어. 드라마에서 보면 원래 그렇잖아. 남녀 주인공이 이미 다른 곳에서 만난 적이 있는……. 너희도 그런 거 맞지?」

다 안다는 표정으로 생글거리는 샘에게 묻고 싶었다.

Do you know 닭대가리?

"휴우."

한숨을 내쉬며 컵을 들어 올리는 정음의 눈에 리에와 칭의 무리가 들어오는 것이 보였다.

"헉! 산 넘어 산이네."

정음은 혼잣말을 중얼거리며 한숨을 삼켜야 했다. 어느 틈에 저렇게 자리 잡고 앉았을까? 이로써 프레즈노 여학생들의 비호감을 한 몸에 받을 준비가 다 끝났다. 여러모로 기대되는 내일이로군. 리에표 루머 생성기가 제트기 급으로 돌아다닐 내일을 떠올리자니 벌써부터 뒷목이 서늘해지는 기분이었다. 그냥 확, 학교에 안 나와 버릴까? 정음은 들었던 컵을 제자리에 갖다 놓으며 다시 한숨을 내쉬었다.

탐스 서점의 홍숙자 사장이 스무 살 되던 해 태어난 동생 류하는 배 아파 낳은 아들이나 다름없는 소중한 존재였다. 154㎝

인 숙자 씨에 비해 무려 30㎝가 더 커버린 동생은 어디에 내놔
도 빠지지 않을 멋진 남자로 성장했지만, 숙자 씨의 눈에는 아
직도 자신이 보살피고 돌봐야 할 어리고 약한 꼬맹이에 불가할
뿐이었다.

"류하…… 잘 부탁한다."

아버지가 돌아가시고 열 살이나 어린 프랑스 남자와 결혼한
밉고 원망스러운 어머니였지만, 그래도 자신을 태어나게 해주
신 분이었다. 어린 아들을 두고 떠나야 하는, 슬픔에 가득 찬 어
머니의 마지막 유언을 숙자 씨는 모른 체할 수는 없었다. 굳이
유언이 아니더라도 그녀에게는 세상에 하나밖에 없는 혈육이자
지키고 보호해야 할 존재가 바로 동생 류하였다.

결혼도 포기하고 키운, 모든 것을 다 주어도 아깝지 않을 류
하가 힘없이 현관문을 들어서는 것을 보며 숙자 씨는 쯧쯧, 혀
를 찼다.

"밥은 먹은 거야?"

"응."

"근데 왜 그렇게 매가리가 없어?"

"매가리가 뭐야?"

"매가리? 있어, 그런 거."

소파 위로 쭉 뻗은 다리를 들었다 놨다, 반복하던 숙자 씨의

눈에 동생이 메고 있는 아주 오래되고 낡아빠진 천 가방이 들어왔다.

"마음에 들어 했던 그 가방은 아예 아웃인 거야?"

"응."

"그러지 말고 누나랑 가방 하나 사러 가자. 겁나게 좋은 놈으로 사줄게."

"천천히."

"불편하잖아."

"나중에 필요하면 말할게."

지독한 외골수인 동생은 무엇 하나 마음에 드는 것이 있으면 그 물건이 해어지고 닳아 완전히 못 쓰기 전에는 바꾸는 법이 없었다. 사람이나 물건이나 한번 마음을 주면 여간해서 거두지 않는 류하가 모처럼 장만한 가방을 못 들고 다니게 된 것이 숙자 씨는 안쓰럽기만 하다.

"쯧쯧. 키는 멀대같이 큰 놈이 어쩌다 그런 꼴을 당해? 그리고 새벽에 서점은 왜 갔어? 위험하게스리."

"잠도 안 오고 청소나 좀 해볼까 하고 나갔지. 서점 주위가 지저분하다며."

"긍게. 가는 날이 장날이라고, 하필이면 그런 흉학한 놈을 만나니. 그놈이 널 보자마자 덤비디? 응?"

누나의 혀 차는 소리에 류하는 흐흠, 소리 없는 웃음을 터뜨렸다. 그 발칙한 놈이 또랑또랑한 여자아이였다는 걸 알게 되면 누나는 어떤 표정을 지을까? 맹랑한 여자아이가 갑자기 달려들어 가방을 뒤집을 줄 누가 생각이나 했겠는가?

"그러게."

"대체 태권도랑 유도는 왜 배운 거야? 너 맹탕으로 배운 거지? 그러지 말고 이참에 권투나 격투기 같은 거 배워볼래?"

숙자 씨는 이미 태권도 3단, 유도 2단의 자격증을 보유하고 있는 동생이 아직도 못 미더운 모양이었다.

"다음 주까지 보내야 할 숙제가 산더미야."

"그렇지? 열아홉 나이에 대학원 생활이 쉽겠어? 우리 동생이나 되니까 해내는 거지. 하여튼 세상은 요지경이야! 같은 십대에 누구는 이렇게 바람직한 일을 하는데 어느 놈의 새끼는 추잡스런 낙서질이나 하고 말이야."

"난 그 꼬맹이가 범인이라고 말한 적 없는데. 그쪽에서는 내가 나쁜 놈이라고 생각했을 수도 있어."

"똥인지 된장인지 먹어봐야 알아? 척 보면 착이지. 안 봐도 비디오야. 낙서해 놓은 범인이 아니면 미쳤다고 그 새벽녘에 서점 앞을 어슬렁거렸겠어? 하여튼 잡히기만 해봐. 내가 머리털을 죄다 뽑아놓을 거야."

"참으시지요, 누님."

류하는 다혈질인 누나를 향해 다정하게 웃으며 주방으로 들어섰다. 오랜 시간 헤매고 다녀서 그런지 배가 고팠다.

"밥 먹었다며? 빵이라도 구워줘?"

"응, 배고파."

"알았어. 딱 기다려. 내 금방 샌드위치 만들어줄게."

홍숙자 사장이 샌드위치를 준비하는 사이 손을 씻고 온 류하가 식탁에 앉았다.

"잘 먹겠습니다."

예의 바르게 인사를 하고 접시로 손을 뻗는 동생의 예쁜 눈동자를 숙자 씨는 물끄러미 바라보았다. 큰 키와 긴 팔다리, 깊고 선명한 눈매와 긴 속눈썹은 프랑스 출신인 제 아빠를 꼭 닮고, 작은 얼굴과 그려놓은 듯한 눈썹, 높은 콧날과 예쁜 입술은 엄마를 빼닮았다.

"왜?"

자신이 먹는 걸 뻔히 쳐다보는 누나를 보며 류하가 빙그레 미소를 짓는다.

"그냥, 예뻐서."

동생을 따라 웃는 숙자 씨의 눈가가 조금씩 붉어지기 시작했다. 이렇게 좋은 날이 올 줄 누가 알았겠는가? 엄마가 조금만 더 살아 계셨다면 이렇게 멋지게 성장한 동생을 보셨을 텐데. 얼마나 좋아하셨을까? 어린 류하를 놔두고 편히 눈감지 못하셨을 엄마를 생각하면 가슴이 미어진다.

"아이구. 우리 울보 누나, 또 엄마 생각하는구나?"

샌드위치를 내려놓고 다가온 류하가 숙자 씨를 꼭 안아주었다.

"그러게. 오늘따라 엄마가 많이 생각나네. 우리 류하 이렇게 멋지게 잘 컸는데 보고 가셨으면 얼마나 좋아."

"후후. 나도 좀 아쉽기는 해. 엄마는 내가 바본 줄 아셨다며?"

"네가 여섯 살까지 말을 못 했잖아. 의사 표현도 없고. 그저 히죽히죽 웃기만 했으니까. 상심이 이만저만한 게 아니셨지."

숙자 씨는 듬직한 동생을 마주 안으며 등을 두드려 주었다.

프랑스인 새아빠와 돌아가신 엄마가 쉰 줄에 얻은 아들 류하는 오른쪽과 왼쪽의 눈빛이 다른 오드아이였다. 남들과 다른 신비한 눈빛이야 그렇다 쳐도 여섯 살까지 말을 하지 못하다 보니, 가족들의 낙심은 일일이 말로 할 수가 없었다. 늘그막에 얻은 귀한 아들로 인해 그들의 상심은 더욱더 깊어졌고, 낙심과 실망으로 부부의 다툼은 점차 잦아졌다. 그리고 재혼한 지 5년 만에 결국 이혼을 하고 말았다.

"우리 엄마, 나 때문에 많이 우셨어?"

"많이 우셨지. 많이 우셨는데 그래도 금방 마음을 추스르셨어. 우리 엄마가 어떤 분인데."

"누나랑 많이 닮은 여장부셨지, 자세히 기억은 안 나지만."

"맞아. 여자는 약하지만 어머니는 강하다! 라는 말이 있잖아. 엄마는 좌절하지 않고 너와 나를 위해 열심히 사셨어. 널 조금이라도 나은 환경에서 자랄 수 있도록 이곳까지 이민도 오시고."

어머니는 한국에 있는 많은 것을 미련 없이 버리고 장애인들의 천국이라 불리는 미국으로 이민 올 정도로 류하를 사랑하신 분이셨다. 마침 미국에서 유학 생활을 하고 있던 숙자 씨는 동생 때문에 함께 미국에 남게 되었고, 넉넉하진 못했지만 그들은 비교적 행복하게 살 수 있었다.

"네가 말을 못 하긴 했지만 우린 행복했었어. 네가 건강하고 씩씩하게 별 탈 없이 잘 자라줬거든. 엄마 일도 술술 잘 풀리고. 다들 네가 복덩인가 보다 그랬어."

사업 수단이 좋은 어머니는 서울보다 비교적 땅값이 싼 뉴욕 변두리 상가 건물을 매입한 뒤 세를 받으며 생활했는데, 워낙 청소와 건물 관리를 잘하다 보니 세입자들이 선호하는 건물이 되었다. 나중에는 세를 더 주고서라도 들어오고 싶어 하는 사람들이 많아지게 되었고, 임대업은 점점 호황을 누리게 되었다.

때마침 고향인 인도로 돌아가고 싶어 하던 옆 건물 주인은 자신의 건물을 어머니에게 싼 값에 넘기게 되었고, 어머니는 그 건물을 사들여 같은 방법으로 열심히 관리를 하셨다. 생활력이 강한 어머니는 몇 번의 같은 과정을 거치면서 점점 재산을 불려 나갔고, 어머니가 바빠지기 시작하자 류하는 동생 숙자 씨가 돌봐야 하는 시간이 많아졌다.

당시 숙자 씨는 중심가 서점에서 시간제 아르바이트를 하기 시작했는데, 책읽기를 좋아하는 류하는 서점 근처의 센터에서 언어 치료를 마치고 곧바로 숙자 씨가 있는 서점으로 와 책을 읽으며 시간을 보냈다.

"엄마가 갑작스러운 교통사고로 세상을 떠나기 전까지는 남 부럽지 않은 행복한 가정이었어, 우린."

어느 날 새벽, 기도를 마치고 돌아오시던 어머니가 갑자기 그들의 곁을 떠날 줄은 꿈에서조차 생각지 못한 일이었다. 연락을 받고 미친 듯이 달려간 중환자실에서, 가쁜 숨을 몰아쉬던 어머니는 숙자 씨를 기다렸다는 듯이, '류하를 부탁한다.'는 유언을 남기고 숨을 거두셨다. 그때 그녀의 나이 스물여섯, 뉴욕대에서 영화학 석사 과정을 밟고 있을 때였다.

"하루아침에 일어난 날벼락에 눈앞이 캄캄했었어. 아무리 정신을 차리려고 해도 충격에서 헤어 나올 수가 없더라. 말 못 하는 널 데리고 이 낯선 땅에서 어떻게 살아야 할지 몰랐거든. 하루하루 고통에 허우적거리며 힘든 나날을 보내는데, 어느 날 충격적인 사건이 발생한 거야."

"내가 말을 했다는 거?"

"그냥 말이 아니었어. 지금도 그때만 생각하면 소름이 돋아."

어머니가 돌아가시고 한 달쯤이 지난 뒤였다. 남아 있던 유품을 정리하고 거실 문을 열던 때였다. 혼자 놀던 류하가 디즈니 애니메이션에 나오는 'Under The Sea'를 그대로 따라 부르고 있는 것이 아닌가? 그것도 아주 정확한 영어 발음으로 말이다. 한 번도 말을 하지 않던 아이였다. 아예 말을 못 하는 줄로만 알고 있었다. 그런 류하가 유창한 영어 노래를 부르고 있었다. 손발이 떨리고 가슴이 철렁 내려앉을 정도로 충격적인 일이었지만, 숙자 씨는 애써 침착함을 유지해야 했다. 어린 류하가 놀라지 않도록 조심스럽게 노래를 따라 부르며 동생에게로 다가갔다.

"류하, 노래 정말 잘하네. 다른 노래도 부를 수 있어?"

누나의 말에 류하는 두 눈을 반짝이며 'Part Of Your World'와 'Fathoms Below', 'Kiss The Girl', 'You Can Get It If You Really Want' 등등의 노래를 줄줄이 불러냈다. 그때의 충격이란……. 숙자 씨는 어린 류하를 껴안고 꺼이꺼이 통곡을 했고, 깜짝 놀란 류하도 누나와 함께 울음을 터뜨렸다.

더욱 놀라운 사실은 그날 오후 방문한 어린이 병원에서 일어났다. 일곱 살이 지나도록 말을 못 하던 류하는 장애를 가진 아이가 아니었다.

「최소 3개국 어를 읽을 줄 아는 언어 천재입니다.」

숙자 씨가 아르바이트를 하던 서점에서 여러 나라 동화책을 읽으며 놀던 류하는 이미 한국어와 영어, 불어로 된 동화책을 읽을 줄 아는 아이였다. 그리고 십삼 년이 지난 지금은, 동부 명문 예일대에서 언어학 석사 과정을 마친 뒤, 박사 과정을 준비하는 재원이었다.

"누나, 나 샌드위치 남은 거 마저 먹어도 돼?"

숙자 씨를 꼭 안고 있던 류하의 웃음기 섞인 목소리가 귓가에서 들려오자, 한참 동안 과거를 회상하던 숙자 씨는 재빨리 현실로 복귀했다.

"그럼그럼, 어서 먹어."

동생의 등에 두르고 있던 팔을 풀며 숙자 씨는 눈가의 물기를 얼른 훔쳐 냈다.

휴우. 언제까지 이러고 있어야 하나.

묵직한 가방을 메고 복도 벽에 비스듬히 기댄 정음은 한숨을 내쉬었다. 다섯 걸음이면 도달할 캐비닛을 목전에 두고도 꼼짝할 수가 없었다. 정음의 캐비닛을 쿠션 삼아 도무지 청소년의 것으로는 보이지 않는 끈적끈적한 애정신을 연출하고 있는 인물들 때문이었다.

11학년의 댄과 아이린.

40년 전통을 자랑하는 학교 축제 '홈커밍'을 목전에 두고 급히 결성된 신생 커플이다.

「그렇지! 벌써 축제 시즌이 다가오고 있구나!」

옆에 있던 샘이 부러운 듯 중얼거렸다.

여느 축제가 다 그렇겠지만, 학교 내 최고의 축제인 홈커밍은 그야말로 '커플천국! 솔로지옥!'의 행사였다. 파트너가 없으면 춤 한 번 제대로 출 수가 없고, 어디 얼굴 내놓기도 부끄러운 신세로 전락하고 만다. 대신, 불우이웃돕기를 위한 '꽃미남 노예 경매'를 통해 일일 남자친구를 사기도 하지만, 잘생긴 남자일수록 워낙 경쟁이 치열해 아르바이트로 용돈을 벌어 생활하는 평범한 소녀들은 감히 꿈도 꾸지 못할 일이었다.

「흐흠, 여기서 보니 혀의 이동 경로가 아주 상세히 보이는걸. 아이린 혀가 저리 통통할 줄은 미처 몰랐네. 정음이 너도 자세히 관찰해 둬. 혹시 아니? 요번 홈커밍 파티 때 써먹을 일이 있을지.」

짝! 정음의 손이 샘의 등짝으로 날아갔다.

「어우야!」

등짝을 호되게 얻어맞은 샘이 기세 좋게 다가서자 돌연 수줍음 모드로 돌아선 커플이 조용히 손을 잡고 물러난다.

「아침부터 후끈하네.」

정음이 혼잣말을 중얼거리며 캐비닛 속에 가방과 겉옷을 정리해 놓았다. 평소와 다르게 가슴 윤곽이 도드라져 보이는 정음의 옷차림에 샘의 눈이 둥그레졌다.

「OH! MY GOD! 이런. 이런. 이런!」

「왜?」

「정음! 너도 뛰어들기로 한 거야? 홈커밍 커플 전쟁에?」

「무슨, 그냥 기분 전환 삼아 입은 거야. 너무 우등생처럼 보이면 곤란하니까.」

「흐응, 누군갈 염두에 둔 옷차림은 아니고? 예를 들면 훈민이
라던가.」

「절대 아니거든.」

「어제 본 한국 드라마에 '강한 부정은 긍정이다' 란 대사가 나
오던데. 몹시 의심스럽구나, 친구야.」

「샘! 너, 진짜로 한국 드라마 끊어야겠다.」

지레 발이 저린 정음은 수업을 핑계로 황황히 교재를 챙겨 들
고 걸음을 재촉했다.

「오늘 데이트 있는 거 맞지? 응? 오늘은 누굴 만나는 거야?
만나서 어디로 가는데? 훈민이 만나러? 아님 패트릭?」

궁금증이 풀리지 않은 샘이 그 뒤를 따른 것은 당연지사.

헤아려 보니 English, U.S. History, Life Science(생명과
학)…… 오늘 하루 샘과 겹치는 수업이 자그마치 세 개나 되었
다. 주의하지 않으면 반나절이 채 지나기도 전에 속마음을 모조
리 털리고 말리라.

정음은 옆자리에서 찡긋거리며 눈짓을 하는 친구를 애써 외
면하며 마음을 다잡았다.

「에에이, 정음. 그러지 말고 말해봐. 대변신의 연유가 무엇인
지.」

「흥! 샘, 고작 알량한 티셔츠 한 벌 갖고 대변신 운운하는 거
니? 진작 알아봤지만 정음과 샘, 늬들 수준 참 알 만하다.」

하늘이시여!

오늘의 불운은 여기서 그치지 않을 모양이다. 평소 같으면 멀찍이 떨어져 앉아 경멸과 연민이 반반쯤 섞인 눈총을 쏘아댔을 리에가 오늘은 바로 뒷자리에 앉아 이러쿵저러쿵 갖은 참견질을 하고 있으니 말이다.

「쯧쯧! 나 같으면 아래에 하늘하늘 롱스커트를 받쳐 입었을 거야!」

「가슴을 한데 모아 성숙미를 좀 더 뽐냈을 수도 있고.」

리에의 폭풍 잔소리에 정음은 두 눈을 감았다.

'시끄러! 넌 거울도 안 보니? 명품으로 도배한 너보다 대충 걸친 내 쪽이 훨씬 더 세련돼 보이거든? 그리고 아무거나 입으면 어때? 패션의 완성은 얼굴이란 진리도 모르냐?'

라고 말하고 싶은 것을 꾹 참아야 했다.

「아아, 골치 아파 죽겠네. 이리 성가실 줄 알았으면 재무 담당 따윈 하지 않는 건데. 너희들은 좋겠다. 맘 편히 놀기만 하면 되는 거잖아. 고민이라 봤자, '어떻게 하면 비굴하지 않게 파트너를 구할 수 있을까', '어떤 디자인의 드레스를 입어야 몸매 결점을 다 커버할 수 있을까'가 고작일 테니 말이야. 사회지도층이란 정말이지 따분한 위치라니까.」

열일곱 소녀가 입에 담기엔 몹시 생경한 사회지도층이란 단어를 발음하면서도 리에는 아무렇지 않은 표정이었다.

저 근거 없는 자신감이라니.

당장에 자리를 털고 이동하고 싶었지만 '재밌잖아! 어디까지 가는지 보자.'는 샘의 만류로 정음은 튕겨져 나오려는 엉덩이를 도로 밀어 넣었다.

「정음! 모금행사에 패트릭이 나오는 건 알고 있니?」

자신의 주저리에 아무런 대꾸가 없자, 리에가 정음의 옆구리를 꾹 찌르며 친한 척을 한다.

'너 오늘 나한테 왜 이러니?' 소리가 나오려는데 눈치 빠른 샘이 재빨리 대꾸했다.

「로라가 패트릭과 재결합의 의지를 불태우고 있다는 건 알고 있어. 아무도 나서지 못하도록 못을 박고 다닌다던데?」

「호호호! 그래? 안됐구나, 정음. 너에게도 드디어 로맨스의 운이 트이는가 싶더니.」

「리에! 정음은 그쪽이 아니야. 사회지도층이 그토록 시야가 어두워서야 대 서민층을 어찌 굴리려고 그러니?」

「패트릭이…… 아니야?」

샘의 이죽거림은 둘째 치고 '그쪽이 아니야'란 단언이 리에를 심란하게 만들었다.

「훈민이 걔가 정음이 말고 다른 여자애랑 세 마디 이상 섞는 거 본 적 있니?」

며칠 전 칭의 발언도 혹시나 싶은 마음에 힘을 실어준다. 그

럼 정말이란 말인가? 오정음하고 이훈민이? 가만히 서 있기만
해도 그림이 되는 훈민의 옆에 서서 잘난 척을 하고 있는 정음
을 상상하자 기분이 확 나빠졌다.

'흥! 설사 그렇다 해도…… 나랑 무슨 상관이야?'

리에의 입술 끝에 '삐죽' 심술이 어렸다.

「훈민이도 '꽃미남 노예 경매' 명단에 올라 있던데, 혹시 알
고 있니?」

「훈민이도 나와?」

「최고 금액을 경신할 거라며 다들 흥분하고 있어. 어쭙잖은
돈 몇 푼 가지곤 감히 꿈도 못 꿀 거란 말이지. 정음이 너, 입고
올 드레스는 있는 거니? ABC마트에선 드레스는 취급하지 않는
걸로 아는데.」

행여나 이번 축제에 '심장 찢기 대회'가 열린다면 1등은 물론
이고 3연패도 가능한 리에였다. 우리 고모 근무지는 또 어떻게
아셨을라나.

하늘에 맹세코! 마트에서 일하는 고모를 부끄러워하는 마음
은 눈곱만큼도 없지만 집안의 부를 자신이 가진 최고의 자랑거
리로 내세우는 한심하기 짝이 없는 여자애에게 지적을 당하니
뜨끈한 미트소스를 머리끝부터 발끝까지 뒤집어쓴 기분이 되었
다.

「정음! 내가 처리해 줄까? 찍소리 못하도록 애들 풀어서?」

「어떤 애들을 풀려고? 알토이즈를 입에 달고 사는 에밀리?

세 살배기가 울면 더 큰 소리로 울어 젖히는 리디아?」

「정음, 너 나를 너무 무시하는 같다.」

의미심장한 눈빛을 한 샘이 핸드폰을 흔들어댔다.

그러고 보니 평소 같으면 가방 귀퉁이 어딘가에 처박혀 신음 소리나 내고 있을 샘의 폰이 이삼 일 전부터는 그녀의 손바닥에 찰싹 들러붙어 있었다.

「뭐야?」

「쉿! 잘 봐!」

샘이 핸드폰을 정음의 얼굴로 바싹 들이밀었다. 피겨 스케이트 선수라도 된 양 눈앞에서 트리플 럿츠, 더블 악셀 점프를 선보이더니 곧장 카멜 스핀 동작으로 들어가는 모토로라 핸드폰.

「왜? 뭔데? 대체 뭘 보라는 건데?」

우왕좌왕하던 눈동자가 핸드폰의 뒷면으로 한데 모아졌다.

「어라! 꽁무니에 달라붙은 이 미끄덩한 사진은 뭐야?」

열일곱 해를 살아오는 동안 저토록 파격적인 모히칸 컷을 한 샘을 본 적이 없다. 게다가 소심하기로는 둘째가라면 서러울 샘이.

가만, 방금 내가 뭘 본 거지? 모히칸 컷?

성난 닭 볏 같은 저 머리……. 어디선가 본 것도 같은데?

설마 학교 야구 선수 마크?

좌악, 벌어지는 정음의 입을 따라 샘의 입도 O 모양으로 동그랗게 말아졌다. 사랑에 빠진 소녀 특유의 하트 모양 입술이다.

「딩동댕!」

「정말? 진짜? 대체 언제부터? 그런 내색 없었잖아!」

「얼마 안 됐어. 한 일주일? 호기심으로 만나는 건지 진심인
건지 판단이 안 돼서 말이야.」

「어느 쪽인 것 같은데?」

「아마도 진심? 나 대신 청춘의 덫 최종회를 빌려왔지 뭐야.
내가 심은하를 얼마나 좋아하는지 알지? 윤희가 딸을 잃고 텅
빈 방에서 절규하던 모습이 잊히지 않아. 아무튼 중요한 건 그
게 아니라, 아는 한국말이라곤 '안녕하세요.'도 아닌 '맛있어?'
가 전부이면서 금요일에 공동경비구역 JSA를 같이 보면 안 되
겠냐고 묻는 거야. 완전 귀엽지 않니?」

「귀여워! 완전!」

흠모하는 여배우가 나오는 드라마, 영화를 거론해서 기쁘다
는 건지 마크가 귀여워서 미치겠다는 건지 분간할 순 없었지만
펄쩍펄쩍 뛰는 샘을 따라 정음도 덩실덩실 박자를 맞춰주었다.
세 치 혀로 깐죽거리는 리에 따위는 저 멀리 가버리라지.

「핑크빛 시즌이 도래하였구나. 조만간 학교 구석에서 볼썽사
납게 얽혀 있는 너네 커플을 보게 되는 건 아니겠지? 학교를 킹
사이즈 침대로 착각하는 건, 좀 전 캐비닛 커플로 족하다고.」

「그런 키스 스킬을 가졌다면 도전해 볼 만하지만, 불행히도
우린 그쪽이 아니란다. 아무래도 마크는 야구에만 특화된 몸을
가졌나 봐. 키스도 야구처럼 땅, 땅, 땅! 매번 홈런 치고 먼저 내

빼는 게 특기라고.」

「니네 남친, 포수 아녔니?」

「말이 그렇단 얘기야. 어쨌든 앞으로는 꽤 바쁠 것 같아. 드레스도 골라야 하고, 맞는 헤어스타일도 연구해 봐야 하고. 홈커밍까지 가서 모범생 행세는 하고 싶지 않거든. 우선 이 멍청한 안경부터 처리해야겠어.」

「렌즈를 끼겠단 소리야?」

「그럼 무슨 뜻이겠니? 눈동자에 닿는 2초만 견뎌내면 신세계를 경험할 수 있다고 했으니까 한번 참아보려고.」

일명 강아지 눈매로 통하는 예쁘게 곡선 진, 보는 사람의 마음마저 치유케 하는 선한 눈을 가졌음에도 '안경은 제2의 신체와 다름없다'며 벗기를 한사코 거부하던 친구가 렌즈로의 입문을 선언했다.

파워 오브 러브!

말로만 듣던 사랑의 힘이 바로 이런 것이로군.

샘의 눈이 드러나는 날 수많은 남학생들은 가슴을 치게 될 것이다. 내가 왜 진작 이 애를 못 알아본 거지? 아울러 행운남 마크는 뿌듯함과 불안감을 동시에 느끼게 될 것이고.

「마침 릴리가 집에 와 있어서 다행이야. 꼴사납게 으스대는 꼴을 보고 싶진 않지만 어쩌겠어, 달리 조언을 구할 사람도 없는걸.」

릴리는 샘의 하나뿐인 언니로 패션학을 전공하고 지금은 유명 의류회사에서 신입 디자이너로 대활약 중인 재원이었다. 2년 전 여름, 샘의 집에 놀러 갔다가 우연히 마주쳤을 때 '저렇게 말라도 생명엔 지장 없는 거야?' 싶을 만큼 상상 초월 몸매의 소유자, 그녀의 한 줌 허리에 기겁했던 기억이 새록새록 하다. 4호 사이즈의 정음도 릴리 곁에 서니 방금 소 한 마릴 해치운 고질라처럼 보일 정도였다. 어휴, 말을 말자.

「그럼, 나도 부탁해 볼까?」

「뭐? 세상에. 정음! 너, 너, 홈커밍 오기로 한 거지? 그런 거지? 파트너가 누군데? 제에발, 훈민이라고 말해줘. 제에발.」

「쉿! 제발 좀 쉿!」

정음은 자신에게까지 러브 바이러스를 묻히려 드는 샘을 끌고 교실 밖으로 나갔다.

「확실히 결정한 건 아냐. 그냥……. 아무래도 훈민은 우리 학교 축제가 처음이니까, 내가 먼저 신청을 해서…… 여기저기 알려줄까 싶기도 하고. 신 교수님이 '훈민이 잘 부탁한다.' 고 부탁하신 것도 있고.」

「멋져! 원래 사랑은 쟁취하는 거야!」

유난히 둥근 눈을 또르륵 굴리며 샘이 외쳤다.

「알바 쉬는 날이 언제야? 오늘? 내일? 모레?」

「이샤의 아이가 아파서 대신 메워주느라 평일은 시간이 안 돼. 토요일? 아니면 일요일에 간신히 시간이 날 듯싶은데, 될까?」

「릴리가 주말을 방해받는 걸 질색하긴 하지만, 남자친구랑 파토난 지 얼마 안 돼서 열정을 쏟아부을 무언가가 필요할 거야. 기죽지 말고 우리 집 현관문을 화악 열어젖히게, 친구.」

샘의 장담에 정음은 한결 가벼워진 마음으로 고개를 끄덕였다.

지루했던 수업이 끝나고 다음 수업을 위하여 교재를 챙기는 정음의 눈에 멀찍이 리에 무리가 보인다. 무언가를 설명하듯 손짓 발짓이 요란한 리에와 주리, 그 앞에 엉거주춤한 자세로 인디언(Indonesian:인도네시아 사람) 리코가 서 있었다. 평소에는 거들떠보지도 않던 리코에게 무슨 일이지? 왠지 불안한 마음에 물끄러미 바라보는 정음의 어깨 위로 샘의 팔이 둘러졌다.

「주리가 리코에게 무슨 얘길 하는 거지? 발음 후지다 구박할 땐 언제고?」

「굉장히 친절해 보이는데? 나쁜 일은 아닌가 봐.」

「축제를 앞두고 새로 태어나기로 다짐이라도 한 건가? 아까 우리한테 친한 척한 것도 그렇고, 물론 끝은 가시밭길이었지만.」

「휴우. 리에 마음 어딘가에 분명 착한 구석이 있을 거야. 그렇게 믿자. 좀 전에 그 가시 돋친 말도 자기 딴엔 조언이라고 해준 걸지도 모르고.」

「허걱! 그게?」

기도 안 찬다는 듯, 소릴 높이는 샘의 목청에 리에 무리가 이 쪽으로 고개를 돌렸다. 밝게 웃으며 손을 흔드는 리코. 정음도 환한 미소로 화답을 해주었다.

4. 데이트? 아르바이트?

어젯밤은 너무 무리를 했어.

수업을 마친 정음은 비몽사몽, 정신없는 몸을 이끌고 복도를 걸었다.

「정음! 너 지금 술 취한 사람처럼 걷고 있어.」

옆에서 함께 걷던 샘이 키득거리며 말했다.

「취한 것 같기도 해.」

「오늘도 아르바이트를 해야 하잖아. 괜찮겠어?」

「그럼. 넌 어서 가. 마크 기다리겠다.」

수줍게 웃음을 지어 보인 샘은 날개를 단 듯 마크에게로 날아가 버렸고, 홀로 남은 정음은 저녁 아르바이트 시간이 될 때까지 도서관에서 책이나 읽다 레스토랑으로 갈 예정이었으나, 책은커녕 고개를 움직일 힘이 없을 정도로 피곤했다.

이게 다 고모 때문이야!

정음은 연신 터져 나오는 하품을 참아가며 걸음을 옮겼다.

"그런 일이 있었단 말이지?"

'3개국 언어 비교 사건'을 들은 고모는 의미심장한 표정으로 한 권의 책을 내밀었다.

"이게 뭐야?"

"한국에 소 잃고 외양간 고친다, 라는 속담이 있긴 한데, '호사다마'라고 이걸 읽고 한글에 대해 공부를 좀 하도록 해."

고모가 건네준 책은 한글 창제에 관한 동화로, 눈병이 나신 세종대왕님이 초정리라는 곳에 가서 한 산골 남매에게 한글을 가르쳐 준 뒤 일어나는 일을 다룬 따뜻한 이야기였다. 한글에 대한 창제 원리와 백성을 사랑하는 세종대왕님의 마음, 두 오누이의 따뜻한 사랑에 감동해 눈물까지 흘려가며 읽은 탓에 오후부터는 정신이 하나도 없는 지경이 되어버렸다.

피곤 때문인지 다섯 걸음이면 충분한 사물함과의 거리가 까마득하게 느껴졌다. 자꾸만 내려오려는 눈꺼풀을 간신히 치켜

뜨며 사물함을 열려는데, 몇 걸음 떨어지지 않은 곳에서 웅성대는 무리가 눈에 띄었다.

뭐지? 재미난 구경거리라도 생긴 건가?

피곤함에 그냥 돌아서려는 정음의 귀에 어설픈 영어 발음이 들어왔다.

「이러지 마!」

리코의 목소리!

번쩍, 눈이 뜨이는 정음이다.

무슨 일이지? 헤치고 들어가 보니 뼈대 굵은 두 소년이 지들의 한 줌도 안 되어 보이는 리코를 양손으로 맞잡고 내둘리고 있었다. 리코는 얼굴을 정통으로 맞았는지 입술이 터져 피까지 흐르고 있었고, 가방은 헤집어진 채 바닥을 구르고 있었다.

사태가 이 지경인데 누구 하나 나서서 말리는 이가 없다.

정음은 낮은 한숨을 내쉬며 쓰윽 주위를 둘러보았다. 리코와 처지가 별반 다르지 않거나, 설령 낫다고 해도 가해자들에게 맞서기엔 가녀린 체구들뿐이다.

연례행사처럼 벌어지는 못된 장난에 익숙해진 일반 학생들은 모르는 척 외면을 하고 있었다. 약자를 챙겨줄 여유 따윈 없는 것이다.

너무해!

천성이 불쌍한 사람들이나 동물을 보면 그냥 넘어가지 못하는 성격인 정음이, 멱살 잡혀 내쳐질 각오를 하고 한발 나서려는데, 지그시 누르는 강한 손길이 있었다.

「둘이서 한 사람을 괴롭히는 거야? 그만 좀 하지 그래?」

어느 틈엔가 등장한 훈민이 낮게 깔린 목소리로 리코를 괴롭히는 두 사람을 향해 말했다.

"이훈민! 너 괜히 나서다가 다치면 어쩌려고. 쟤들 풋볼팀이야."

"내 한 몸은 지킬 수 있어."

놀란 정음이 걱정스레 속삭이자, 훈민이 자신을 믿으라는 듯 고개를 끄덕인다.

"운동 좀 했어? 태권도? 유도?"

"둘 다."

훈민이 덤덤하게 말했다.

하긴, 버릇없이 덩치만 큰 서양아이들 앞에서도 당당하기만 하던 훈민이다. 그간 보여준 행적으로 봐선 제 한 몸 지키고도 남을 위인이었다.

휴우. 정말 다행이다!

정음은 자신의 어깨에 손을 얹고 있는 훈민을 보며 안도의 한숨을 내쉬었다.

「영웅이라도 되시겠다?」

두 녀석 중, 키가 더 큰 쪽이 입가를 일그러뜨리며 비웃었다.

그동안 느닷없이 나타난 아시안 보이가 인기인 행세를 하는 것에—물론 훈민의 의사와는 상관없지만—잔뜩 심통이 나 있던 그들은 이게 '웬 떡이냐'는 듯, 음흉한 미소를 주고받았다.

「그 덩치들로 저 애를 상대하는 건 형평성에 어긋나는 것 같은데? 그것도 둘이서. 보고 있다 한심한 생각이 들어서 그림 좀 맞춰주려고. 나도 끼어줄 테니 어디 맘대로 해봐.」

말을 마친 훈민이 그들에게로 다가가려다 갑자기 멈춰 섰다.

왜 그래? 설마 여기서 물러나려고 그러는 건 아니겠지?

정음의 걱정을 아는지 모르는지, 훈민은 여유로운 미소를 지으며 빠짝 마른 입술을 축이고 있는 정음에게로 다시 돌아왔다. 그리고 귓가에 속삭인다, 아주 달콤한 목소리로.

"쌈닭! 넌 여기 꼼짝 말고 있어. 도와준다고 설치면 죽는다!"

헐! 저걸 응원해 줘? 말아?

기가 막혀 그를 노려보았지만, 그래도 마음 한구석이 흐뭇한 것은 어쩔 수가 없었다.

자식이 왠지 믿음직하단 말이야.

안도감에 가슴을 쓸어내리는 정음을 뒤로하고, 성큼성큼 걸어간 훈민이 그들 앞에 섰다.

멀찌감치 떨어져 있을 때는 그저 그래 보였던 동양인이 훤칠한 키에 의외로 탄탄한 체격까지 갖추고 있자, 두 소년은 흠칫 놀라는 눈치였다.

당황하는 기색이 역력한 그중 한 명이 태연함을 가장하고 돌덩이 같은 주먹을 흔들어 보인다.

「오늘로 학교생활 끝인 줄 알아라, 이 재수 없는 동양인 놈아!」

「냄새나는 더러운 놈! 살려달라고 울고불고 해도 소용없다!」

험악한 욕설을 내뱉은 두 명이 한꺼번에 달려들어 훈민을 에워쌌다.

어떡해! 조심해!

비명을 지를 새도 없었다. 기세 좋게 달려들던 한 놈이, 전광석화처럼 내뻗은 훈민의 주먹 한 방에 발치 아래 쓰러져 버렸다.

「헉!」

외마디 소리를 지르며 나가떨어진 녀석의 코에서는 붉은 선혈이 흐르고 있었고, 공격 준비를 하고 있던 또 다른 소년은 얼이 빠진 모습으로 친구를 바라보고 있었다.

「덤벼!」

훈민이 다른 한 명에게 말했다.

「주, 죽여 버릴 거야!」

「할 수 있으면 해보던지.」

벌겋게 달아오른 얼굴로 훈민을 향해 덤벼들려던 녀석이 갑자기 움찔거리며 두려운 눈길로 그들의 뒤를 바라보았다.

무슨 일이지? 녀석의 시선을 따라 고개를 돌려 보니 복도를 성큼성큼 걸어오고 있는 패트릭의 모습이 보였다. 잔뜩 화가 난 풋볼팀 주장의 모습에 겁 없이 설치던 두 소년의 얼굴은 점점 더 파리해져 갔다.

「패트릭!」

정음은 반가운 마음에 저도 모르게 환하게 미소를 지었고, 그런 정음을 훈민은 고약하게 노려보았다.

「안녕! 정음. 그런데 이게 무슨 일이야?」

「아, 쟤들이 내 친구 리코를 괴롭히고 있었어. 마침 훈민이 나서서 도와주는 중이었고.」

인상을 구기며 천천히 좌우를 살피던 패트릭의 시선이 훈민과 훈민을 향해 달려들려던 녀석에게로 가서 멈췄다.

「아니, 이게 누구야? 우리 팀 멤버 헨리와 토마스 아니야?」

「패, 패트릭!」

「오늘은 이럴 시간이 없으실 텐데? 아님, 훈련이 너무 느슨해서 시간이 남아도는 거야? 아무튼 연습 시간에 이러는 거 보면 기초 체력이 대단한가 보군. 알았어! 오늘은 제대로 해볼 테니 단단히 각오하라고. 어서들 튀어가!」

패트릭의 엄포에 얼굴이 시퍼렇게 질린 녀석들이 허둥지둥 복도를 벗어났다.

신비한 동양인 고수 훈민에 실질적 권력자 패트릭 애덤스까지 가세하자 소동은 순식간에 일단락되었고, 뭔가 화끈한 마무리를 기대했던 학생들은 아쉬움을 토로하며 뿔뿔이 흩어졌다.

야! 야! 훈민이 주먹 날리는 거 봤어?

걘 무슨 애가 그런 단순한 동작도 그렇게 예술적으로 소화해 내냐?

패트릭은 어떻고. 그 기세 봐. 달리 주장이 아니라니까.

어깨에 힘 잔뜩 주고 있던 놈들이 단박에 나가떨어졌잖아.

복도를 지나 아이들이 교실로 들어서며 훈민과 패트릭의 영웅담을 떠들어댔고, 소문은 순식간에 퍼지기 시작했다.

「고마워. 너, 너희들 덕, 덕분에 살았어.」

사건의 피해자인 가엾은 리코가 더듬거리며 인사를 했다.

「리코, 이만하길 정말 다행이야.」

정음은 더듬대는 리코와 함께 바닥에 흩어진 물건들을 주워 담았다.

「내가 해도 돼.」

「같이 하면 더 빠르잖아.」

함께 수업을 듣기도 하고 같은 자리에 앉아 밥을 먹은 적도 있는 친구였다. 다소 어눌한 발음이긴 했지만 자신의 소신을 밝히는 데는 무리 없는 언어를 구사하고 있는 리코가 단지 약한 동양인이라는 이유만으로 이런 취급을 받아야 하다니.

정음은 울컥, 화가 치밀었다. 내가 나서서 한 방 날려줬어야 하는 건데! 속상한 마음에 괜히 눈가가 뜨거워졌다.

「리코! 양호실에 가봐야 할 것 같은데. 입술 안쪽이 찢어진 것 같아.」

「괜찮아. 이건 그냥…… 내가 버둥대다 다친 거야.」

정음에게 수줍게 웃어 보인 리코가 이번에는 훈민에게 인사를 했다.

「훈민이지? 모른 척 지나칠 수 있었을 텐데 일부러 나서줘서 고마워. 반갑다. 난 리코라고 해.」

수줍게 내미는 손을 물끄러미 바라보던 훈민이 약간의 힘을 실어 마주 잡아주었다. 괜찮다느니 기운 내라느니 입에 발린 소리는 한마디도 하지 않았지만 눈빛으로 실어 보내는 무언의 위로에 마음이 도닥여진 모양이다. 리코의 눈매가 가늘게 휘어진다.

약한 동양인 친구에게 힘이 되어주고 싶었던 건 패트릭도 마찬가지였던 건지, 쉬이 자리를 뜨지 못하고 뭉그적거리고 있었다. 착하고 순진한 마음을 감추지 못하는 패트릭의 마음을 눈치 챈 정음이 부드럽게 웃어주었다.

「패트릭, 신경이 쓰이는 거야?」

「아무래도. 우리 팀이 저지른 짓이니까.」

「그러지 마, 네 탓이 아닌걸 뭐.」

「너도 알잖아, 나도 저 거들먹거리는 녀석들과 한 팀에 속해 있다는 거.」

「중요한 건 본인의 마음가짐 아니겠어? 그런 면에서 넌 참 훌륭해.」

「정말 그렇게 생각해?」

패트릭이 기쁜 듯, 들뜬 목소리로 물었다.

「그럼!」

「정음, 위로해 주는 김에 과제 좀 봐주지 않을래? 시합에만 온 신경을 기울였더니 진도가 어떻게 나가고 있는지도 모르겠다. 교실에 앉아 있긴 하는데 내 영혼은 온종일 필드 위를 뛰어다니는 기분이야.」

정음의 말에 눈에 띄게 밝아진 패트릭이 머뭇거리며 말했다.

「무슨 과젠진 모르겠지만, 시급한 상황인 것만은 확실하네. 나도 물리라면 골머릴 썩는 입장이긴 하지만 온종일 필드 위를 헤매는 영혼보다야 낫겠지. 같이 도서관에라도 갈까?」

「정말? 나야 그래 주면 진짜 고맙지!」

정음은 환하게 웃으며 고개를 끄덕이는 패트릭에게 미소를 되돌려주었다.

직접 해결치 못한 도의가 한구석에서 꿈틀거렸지만 학교의 실세인 두 영웅이 말끔히 해결해 주었으니 고마운 일이었고, 몸이 나서지 못한 만큼 머리로나마 두 영웅 중 한 명의 고민을 몸소 해결해 주니 1석 2조가 아니겠는가 싶었다.

하지만 그것이 훈민의 마음에 불을 지르는 행위인 줄은 정음은 꿈에도 생각지 못했다.

"어이! 쌈닭!"

가만히 보고 있던 훈민이 인사를 하며 돌아서려는 정음을 불러 세웠다.

"응? 왜?"

"지금 어디 가냐?"

"못 들었어? 패트릭이랑……."

"그니까. 넌 거기 가면 안 돼."

훈민의 말에 정음은 고개를 갸웃거렸다. 저 차가운 눈빛은 뭐지? 설마…… 질투? 지금, 패트릭과의 사이를 질투하느라 나를 못 가게 하는 거야? 갑자기 정음의 심장이 미친 듯이 뛰기 시작했다.

"……왜? 왜?"

"할머니가 너한테 시키신 일이 있어. 급하다고 학교 마치자마자 바로 하래."

그럼 그렇지! 아무런 감정도 느껴지지 않는 훈민의 말투에 정음은 꿈속 꽃길을 걷다 현실의 아스팔트로 내려온 듯 김이 샜다.

"교수님이? 무슨 일인데?"

"가보면 알아. 마치자마자 가라고 하셨으니까, 얼른 가자고."

마치 아랫사람에게 명령을 내리듯, 거만하게 고갯짓을 하며 앞장서는 훈민을 보며 정음은 벌린 입을 다물지 못했다.

「정음! 정음! 훈민이랑 한국말로 말한 거 맞지? 둘이서 무슨 말을 나눈 거야?」

해맑은 미소를 지으며 묻는 패트릭에서 정음은 미안한 듯, 웃어 보였다.

「패트릭, 정말 미안해. 내가 급히 가야 할 곳이 생겼거든. 네 과제 봐주는 건 주말로 미루면 안 될까?」

「당연히 되지. 내가 괜히 부담을 주는 건 아닌지 모르겠네.」

얘는 어쩜 이렇게 착하게 웃을 수가 있는지…….

「아니야! 무슨 그런 말을. 친구끼리 서로 돕고 살아야지.」

「친구? 친구!」

기분 좋게 웃는 패트릭을 보자 정음의 기분도 좋아졌다.

"쌈닭! 빨리 안 튀어와?"

앞서 가다, 한마디 내뱉고는 다시 걸어가는 훈민을 째려보며 정음은 한숨을 내쉬었다.

평일 오후라 그런지 영화관은 대체적으로 한산한 분위기였다.

극장 앞에 선 정음은 의심스러운 눈초리로 훈민을 훑어보았다.

"여긴 왜 온 거야? 교수님이 시킨 일이 있다며?"

"이 영화 보고 줄거리와 느낀 점을 리포트로 작성하래. 한글로."

"영화 리뷰를? 교수님이? 이런 일은 한 번도 시킨 적이 없으신데? 왜 이 영화를 보라고 하신 거지?"

정음의 말에 훈민의 차가운 표정이 더 진해졌다.

"나도 자세히는 몰라. 아마도 어디 기고를 해야 하는데 많이 바쁘셔서 보실 시간이 없는 모양이야."

"그래?"

저도 모르게 정음의 입가가 벌어졌다.

이런 수지맞는 장사가 있나!

세상에나 이런 좋은 아르바이트가 있다니. 영화도 보고 돈도 벌고. 더구나 옆자리에 앉은 사람이 훈민이다! 이훈민! 다른 사람도 아닌 학교 최고의 핫이슈 훈민과 영화를 보게 되었다. 그것도 공짜로! 아니, 돈을 받고.

에헤라디야!

지금 상황이 한국 속담으로 '도랑 치고 가재 잡고', '임도 보고 뽕도 따고', '마당 쓸고 동전 줍고', '꿩 먹고 알 먹고'가 아닌가.

정음은 자꾸만 삐져나오려는 웃음을 헛기침으로 무마하며 훈민에게 손을 내밀었다.

"줘."

"뭘?"

"영화비."

뜨악한 표정으로 있다가 잠시 후 카드를 내미는 훈민에게 정음은 상큼하게 웃어주었다.

"돈은 교수님이 내시는 거니까, 표 끊는 수고는 내가 할게. 아! 수고비로 쿠폰은 내가 챙긴다? 가자!"

"대단하군."

고개를 절레절레 흔들며 따라오는 훈민과 나란히 걸으며, 정음은 영화 속 여주인공이라도 된 듯 어깨를 으쓱거렸다.

이 모습을 샘이 봤어야 했는데. 분명 부러워 죽을…… 샘을 생각하다 문득 이곳이 학교 동급생들이 자주 오는 곳이라는 사실을 깨달았다.

큰일 날 뻔했네.

많이, 정말 많이 기쁘긴 하지만, 그래도 조심은 해야 했다. 혹시나 모를 동급생과의 마주침이 있을 수 있으니. 가뜩이나 패트릭과의 일로 학교 여학생들의 따가운 시선을 한 몸에 받고 있는데 훈민과 함께 영화관이라니. 사정을 모르는 리에 무리들의 비난을 받기에 딱 좋은 상황이었다.

"흠. 넌 여기서 기다리고 있어!"

정음은 훈민에게 당부를 한 뒤, 고개를 숙이고 들고 있던 책으로 얼굴을 차단했다. 그리고 빠른 걸음으로 매표소를 향했다.

「안녕하세요!」

환하게 웃으며 인사하는 점원의 손에서 원하는 영화 티켓을 받은 뒤, 재빨리 뒤에서 기다리고 있던 훈민에게로 돌아왔다.

"가자!"

아무도 못 본 거지?

후미진 장소로 몸을 날리듯 뛰어가자 조용히 따라온 훈민이 고개를 절레절레 흔들며 물었다.

"지금 뭐 하는 거냐?"

"입방아에 오르내리는 건 오늘 하루도도 충분해. 패트릭에 너까지 더해진다면 난 아마 너덜너덜해질 때까지 까이고 말 거야."

"영화 한 편 보는 게 뭐가 대수라고."

"여학생 사이에서 네 위치가 어떤지 몰라서 그래. 넌 아무 관심 없겠지만, 네 대수롭지 않은 행동거지에도 여자애들은……."

울고 웃는다고 말하려던 입이 꼭 다물어졌다. 갑자기 눈빛이 진지해진 훈민이 정음의 코앞으로 바짝 다가왔기 때문이다.

어머, 얘, 얘가 왜 이래?

아무리 후미진 곳이라도 여긴 영화관이라고.

놀라 두 눈을 크게 뜨는 정음에게 훈민이 속삭였다.

"……드는?"

"어?"

"카드는 어쨌냐고?"

"뭐어?"

"내 카드."

"아! 여기!"

멋쩍게 카드를 내밀자 훈민이 씨익, 웃으며 다시 되돌려준다.

"한 번 더 가야겠다."

"왜? 영화표 두 장 받아왔는데?"

"팝콘도 사왔어야지."

"팝콘까지 사라고?"

"덧붙여서 콜라도."

"왜 아예 저녁도 사오라고 시키지?"

"그래 주면 고맙고."

밉상 캐릭터를 구축하기로 작정이라도 한 것인가. 답지 않게 빙글대며 입꼬리를 쓰윽 올리는 훈민의 표정이 죽을 만큼 얄미웠다. 그럼에도 불구하고 무조건 멋있어 보인다는 게 함정.

학교 내에서가 아닌 색다른 공간에서 보는 훈민의 모습은 열일곱 소녀의 가슴을 요동치게 만들었다. 어둑한 극장의 공기가 그의 주위에서만 밝게 반사되는 듯하다. 그렇게 느끼는 것이 정음 하나만은 아닌 듯, 오가는 여성 고객들의 시선이 심심찮게 그에게로 가 닿았다가 한참 만에야 떨어져 나가는 게 보였다. 그것도 아주 아쉬움이 가득한 눈길로 어렵사리.

'자체발광이란 바로 이런 사람을 두고 하는 말인 거겠지.'

떠밀리듯 오게 된 입장이지만, 부러움과 시샘으로 얼룩진 시선들을 받으니 그의 애인이라도 된 양 뿌듯한 기분마저 들었다. 뭐, 그렇다고 특별한 관계로 발전될 리는 없겠지만.

"콜라는 따로 따로. 팝콘은 라지 사이즈로 하나만 산다?"

유달리 달뜬 소리를 내며 정음은 매점으로 향했다.

"아참! 미리 말해두지만, 저녁은 곤란해. 레스토랑 알바를 가야 하거든."

콜라와 팝콘을 쥐고 매점에서 돌아온 정음이 새침하게 말했다.

"누가 같이 먹재?"

"네가 저녁도 들먹이기에 나랑 같이 저녁 먹고 싶어 하는 줄 알았지. 아님 됐고. 들어가자."

팝콘과 콜라를 양손에 들고 도도하게 걸어가는 정음을 보며 훈민이 피식, 옅은 웃음을 흘렸다.

'정말이지 별스러워.'

툭하면 정의의 사도 노릇에 욱하기도 잘하고 지나치리만큼 동정심도 깊으며 어쩔 때 보면 생각이 고스란히 드러나는 투명한 표정까지. 오정음과 함께 있으면 도대체가 심심할 틈이 없었다.

"여긴가 보다."

초등학생처럼 들뜬 표정으로 자리에 앉은 정음은, 영화가 시작하자마자 놀라운 집중력을 발휘하며 금세 스크린 속으로 빠져들었다.

극장 입구까지 신나게 따라와서는, 너 때문에 조심해야 한다며 투덜투덜 투정을 부리더니 영화가 시작한 지금은 언제 그랬나 싶게 연신 눈물을 찍어내고 있다. 집 근처 공원에서 한낱 고슴도치를 위해 스스럼없이 땅 위에 드러누웠던 그날처럼, 스크린 속 로봇 소년을 위해서 무엇인가를 해야 한다고 느끼는 걸까? 영화에 온 마음을 기울인 채 앉아 있는 정음의 모습이 훈민의 눈에는 가히 신기하기까지 하다.

움찔, 움찔.

주먹까지 꼭 쥐고서 긴장해 있는 정음을 보며 훈민은 새어 나오는 웃음을 참을 수가 없었다.

저리도 재미있을까.

스크린에서 새어 나온 불빛에 비친, 다람쥐 같은 통통한 두 볼이 연신 실룩거린다. 훈민은 손가락을 꼭 움켜쥐었다. 그러지 않으면 저도 모르게 손을 뻗어 정음의 볼을 찔러봤을지도 모른다.

미친 척하고 한번 찔러봐?

스스로가 생각해도 웃긴 일이었다. 훈민은 의지를 다잡으며 스크린으로 고개를 돌렸다. 하지만 헛수고였나 보다. 화면이 빠르게 움직이고 있었지만, 도무지 내용이 머릿속에 들어오지 않았다. 본디 영화관에선 시선 한 번 흩트리지 않고 집중하는 편이었건만, 어찌 된 영문인지 오늘만큼은 집중률 제로였다. 아무리 화면 속 주인공의 여정에 동참해 보려 해도 시선은 어느새 정음을 향해 있었다.

"훌쩍, 훌쩍."

밤톨처럼 생긴 코를 한참이나 실룩거리던 정음이 드디어 낮게 훌쩍거리기 시작했다.

스필버그 감독이 주인공과 엄마의 재회를 방해한다면 자기가 뛰어들어 멱살을 끌고서라도 만나게 해줄 기세였다.

「세상에, 세상에, 정음이 말이야.」

말 많은 무리들에 섞여들기 싫어 찾아간 도서관에서 정음에 관한 사건의 서두를 들었을 때도 지금처럼 책에 집중할 수가 없었다.

「정음이 왜?」

「글쎄, 자기 주제도 모르고 패트릭한테에…….」

라며 핏대를 올리던 리에가 훈민을 발견하고는 급히 화제를 바꾸어, '다도와 일본 여성의 미(美)'에 관하여 설파를 하는 바람에 뒷이야기를 알 수 없었지만, 대충 짐작으로 남자와의 스캔들에 관한 소문임을 눈치챘다.

그래서 어떻게 됐는데?

자기 주제도 모르고 패트릭한테 감히 퇴짜를 놓았단 말이야?

아님, 주제도 모르고 관심 없는 척, 비싸게 굴다가 당연하다는 듯 그의 팔짱을 끼고 퇴장했다고?

새치름하게 '자연과 더불어 마음을 다스리는 법'을 웅얼대는 리에게 뒷이야기를 듣기는 그른 것 같았다. 가볍게 자리를 털고 일어선 훈민은 자신의 옷자락을 향해 손을 허우적대는 리에를 뒤로하고 도서관을 벗어났다.

한참 만에 복도에서 일어나는 싸움 무리 속에 섞여 있는 정음을 발견하고서, 훈민은 자신이 누구를 찾고 있었는지 알게 되었다. 반가움을 억누르며 정음에게 다가가려 할 때, 정음이 금방이라도 싸움판 속으로 뛰어들듯 다가가는 것이 보였다.

저 오지랖!

훈민은 자신도 모르게 뛸 듯이 걸음을 놀려 앞으로 나서려는 정음을 붙잡았다. 그리고 지금 이곳에 그녀와 함께 와 있다. 있지도 않은 할머니의 과제까지 들먹여 가며. 스스로 생각해도 오늘은 충동적인 행동의 연속이었던 것 같다. 훈민은 낮은 한숨을 내쉬며 스크린의 엔딩크레딧이 올라가는 것을 바라보았다.

"스토리가 너무너무 감동적이었지?"

영화가 끝나고 가방에 있던 휴대용 티슈를 다 거덜 낸 정음이 아직도 홍건한 눈가를 훔치며 코맹맹이 소리로 물었다.

글쎄, 감동적이었나.

시청보단 청취를 위주로 한 감상이었던지라 어떤 감흥으로 영화를 보았는지 기억나지 않았다. 후에 누군가 '에이 아이' 어때? 물어본다면 옆자리 소녀의 반짝이는 눈동자가 두 시간 내내 자신을 괴롭혔다고 답해야 할 지경이었다.

"뭐야? 별로였던 거야? 저 가슴 울리는 대서사시를 보고도 느껴지는 바가 하나도 없어?"

"빙하기가 찾아오기 전까지 열심히 살아야겠다, 뭐 그 정도?"

정음은 심드렁하게 대꾸하고는 휙 돌아서 걷는 훈민의 뒷모습을 믿어지지 않는 눈초리로 바라보았다.

"이훈민! 너 너무하는 거 아냐?"

"뭐가?"

"아무리 무딘 감성을 지닌 남자라도 이럴 수는 없는 법이지. 보고만 있어도 눈물이 절로 나는 천진한 아이가 나왔잖아."

"그런데?"

"그런데라니? 심지어 로봇이기도 한 그 아이가 진짜 사람이 되어 엄마의 사랑을 되찾기 위해 동화 속 파란 요정을 찾아서 안타깝기 그지없는 여행을 떠나는데 아무렇지도 않단 말이야?"

"엄마 찾아 여행 떠나는 애가 한둘이야? 엄마 찾아 삼만 리에 나오는 마르코도 있고, 꼬마자동차 붕붕도 있어. 풀 뜯고 놀다가 엄마 잃어버린 아기염소도 있고."

"헐! 곳곳이 눈물 폭탄으로 얼룩진 감동의 드라마였거늘 그중 어느 하나에도 반응치 않는 저 차가운 심장이라니. 강철 심장 로보캅과 영화를 봐도 이것보단 낫겠다. 로보캅은 정의라도 구현하지."

"정의 구현은 다른 데 가서 찾고. 저녁은? 진짜 안 먹고 갈 거야?"

갑작스러운 그의 물음에 정음은 꿀 먹은 벙어리처럼 입을 달아버렸다.

물론 먹고 싶지. 그것도 너랑!

하지만 레스토랑으로 가야 했다. 동양인이라면 두 눈을 시퍼렇게 뜬 채 꼬투리 잡을 것이 없나 일거수일투족을 감시하는 존이 정음을 애타게 기다리고 있을 것이다.

"힘들겠어. 알바를 가야 하거든."

"그래. 그럼 관두든지."

훈민이 무심하게 말했다.

야박하기는.

그러고 보니 훈민과는 여태 퉁퉁거리는 몇 마디만 주고받았을 뿐 심도 깊은 대화를 나눠보지도 못했다. 홀로 있기를 즐겨하는 듯한 훈민은 개의치 않겠지만, 동양계 학생끼리, 더더군다나 대한민국이라는 타이틀을 함께 달고 있는 입장에서 데면데면한 관계를 유지해서는 안 될 성싶었다.

가만 생각해 보면 저녁을 먹으며 홈커밍에 파트너로 같이 참여하지 않겠냐고 말할 정말 좋은 기회이긴 하다. 비록 닭대가리라는 자다가도 벌떡 일어날 호칭을 하사받긴 하였지만, 위기의 순간에서 그에게 건져 올려진 것도 사실이고 조금씩 그와 가까워지는 것도 사실이니까.

지난번 못 찾아 먹은 휴가를 오늘 써?

그래도 파티에 입고 갈 드레스 대여비도 만만치 않을 텐데.

정음은 눈에 띄게 얄팍해진 지갑을 생각하며 고심했다.

이를 어쩐다?

"미간에 주름 잡아가면서 고심할 필요 없어. 생각 있으면 가고, 없으면 그냥 안 가면 되니까."

훈민의 말에 정음이 민망한 듯 살짝 미소를 지었다.

"티 났어?"

"엄청."

"사실은 너랑 같이 저녁을 먹고 싶긴 하지만, 마음대로 아르바이트를 빠질 수가 없어."

"알았어. 가자! 아르바이트 하는 곳까지 바래다줄게."

"정말?"

선선히 바래다주겠다는 훈민의 말이 믿어지지 않는 듯 정음이 되물었다.

"속고만 살았냐?"

"헤헤. 고마워서 그러지. 교수님께는 영화리뷰 성심성의껏 작성해서 드린다고 전해줘."

"알았어."

훈민의 대답을 듣고 빙글 몸을 돌리는 정음의 머리칼이 춤을 추듯 찰랑거린다. 온몸 가득 뜨거운 에너지를 뿜내며 걸음을 재촉하는 정음의 모습에 훈민은 저도 모르게 자꾸만 웃게 된다.

"참! 나 궁금한 거 하나 물어봐도 돼?"

정음이 유쾌한 목소리로 물었지만 훈민은 아무런 반응이 없었다.

"야! 사람이 말을 하면 대답을 좀 해라."

"해."

진작 좀 대답하면 어디가 덧나냐?

정음은 입을 비죽거렸다.

"있잖아. 고모가 주신 시집에 이런 말이 있더라고. '나빌레라.' 너 '나빌레라'가 무슨 뜻인지 알아?"

"나빌레라? 승무에 나오는 시구?"

"응! 아는구나. 맞아, 그 나빌레라."

"그걸 몰라서 묻는 기야?"

"모르니까 묻지."

"나비인 것 같구나. 뭐 그런 뜻."

우뚝, 정음은 걸음을 멈춰 섰다.

"정말이네. 나빌레라. 나비일레라. 나비인 것 같구나. 그 말이 그 말이었네. 난 왜 몰랐지? 너 정말 대단하다."

기분이 좋아진 정음이 사뿐거리듯 발걸음을 내디뎠다. 그 모습이 정말 나비처럼 가벼워 보였다.

정말이지, 열정이 넘쳐.

한 손을 주머니에 꽂은 채로 다소 여유로운 모습의 훈민이 빠르게 정음의 뒤를 따랐다.

"아르바이트는 매일 하는 거야?"

"화요일부터 목요일까지 매일 세 시간씩. 토요일은 이모 친구분이 운영하시는 서점에 나가고 있고."

"아."

훈민이 천천히 고개를 끄덕였다.

아르바이트에 대해 일장연설을 하는 정음과 정음의 수다를 묵묵히 듣고 있는 두 사람의 뒤로 길어진 그림자가 낮게 드리워지고 있었다.

훈민과 헤어진 뒤, 레스토랑 앞에 선 정음은 잠시 멈춰서 생각에 잠겼다.

가슴 찡한 영화의 여운과 훈민과의 이루지 못한 저녁 식사의 아쉬움이 고스란히 남아 있는 마당에 레스토랑 주방 한구석에서 다 식어버린 카레나 불어터진 파스타를 먹어야 하다니…….

잠시 고심하던 정음의 시야에 얼마 전 새로 생긴 샌드위치 가게가 들어왔다.

그래! 오늘만큼은 약간의 호사를 누려도 괜찮을 거야.

상큼한 야채샌드위치와 신선한 오렌지주스라면 이 저녁의 대미로 어울릴 법했다. 얄팍한 지갑이 더 가벼워지기는 하겠지만, 고작 5달러가 없어진다고 해서 크게 타격을 받지는 않을 테니까.

정음은 가벼운 발걸음으로 레스토랑 근처, 새로 생긴 샌드위치 가게로 향했다.

「야채샌드위치 나왔습니다!」

「감사합니다!」

예쁘장하게 생긴 백인 여성이 내민 야채샌드위치를 받아 들고, 흐뭇한 표정으로 한 조각 베어 문 찰나였다. 정음의 테이블 앞에 기다란 그림자가 드리워진 것은.

우훗! 몸매 좋은데.

감상 차원에서 씨익, 웃으며 고개를 들어 올리던 정음의 시선과 남자의 것이 서로 맞부딪쳤다.

오드 아이다!

금빛과 회색빛의 눈동자!

그였다! 서점 앞에서의 소동을 벌였던 그 남자.

정음은 오물거리던 야채샌드위치를 뱉어낼 만큼 놀랐다.

"오, 오랜만이네요."

"혹시……?"

색다른 눈동자를 가진 남자가 낮은 목소리로 말했다.

원수는 외나무다리에서 만난다고 하더니. 한국 속담은 어쩌면 이리도 한 치의 오차도 없이 딱 들어맞게 쓰이는지.

정음은 어색하게 웃으며 자리에서 일어났다.

"네, 맞아요. 그때 새벽…… 탐스 서점 앞이요."

남자의 미간이 좁아졌다.

"살쾡이처럼 사납게 달려들던 그 꼬맹이?"

"살쾡이라뇨. 제가 얼마나 부드러운 성격인데요."

"네가 부드럽다고?"

"제가 그땐 아주 작은 오해를 하는 바람에, 본의 아니게 과격한 모습을 보여 드리긴 했지만, 사실 제가 아주 조신한 성격이거든요. 그동안 잘 지내셨죠?"

정음은 양 볼이 아플 정도로 어색하게 미소를 지어 보였지만, 남자는 눈썹 하나 까딱하지 않은 채 정색하며 정음을 내려다보았다. 급박한 분위기와는 어울리지 않지만, 내려다보는 남자의 긴 속눈썹을 보며 정음은 속으로 감탄사를 뱉어냈다.

'우와!'

그날은 새벽이라 몰랐는데 밝은 불빛 아래에서 보니, 이렇게 쳐다보는 것만으로도 가슴이 두근거리게 잘생긴 남자였다. 어쩜, 저렇게 예쁘게 생겼을까?

조금 전까지 정음의 마음을 흔들었던 훈민이 선이 굵게 잘생긴 스타일이라면 바로 앞의 남자는 여자보다 더 예쁜 외모의 소유자였다. 세상에 왜 이렇게 잘난 사람들이 많은 거야. 젠장.

"나보다 그쪽이 더 잘 지낸 것 같은데."

잘생긴 남자가 차갑게 말했다.

"어휴, 그럴 리가요. 제가 얼마나 양심의 가책을 느끼고 오빠 연락을 기다렸는데요."

"지은 죄가 큰 걸 알긴 아나 보군. 그런데 그 호칭은 뭐야? 오빠? 언제 봤다고 오빠야?"

"오빠가 어때서요? 한국에서는 손위 남자에게 '오빠'라고 부르잖아요."

"혈육이나 친한 사람들끼리 그렇게 부르는 거지. 우리는 친하다고 하기보다는 채무 관계에 가깝지 않나?"

"그럼 뭐라고 불러요? 채무자님?"

"돈을 받을 사람은 채권자라고 부르는 거야."

"아하! 완전 똑똑하시다. 그럼 채권자님이라 불러 드려요?"

"됐어. 그냥 부르지 마."

"그래도 빚도 갚아야 하고, 뭔가 호칭이 있어야 할 것 같은데."

"난 그냥 넘어가려고 했는데 그쪽이 그렇게 양심의 가책을 느꼈다니 그럼 그 죄책감을 가볍게 해주기 위해서라도 변상을 받아야 하나?"

"네? 아, 네. 뭐."

류하의 말에 정음의 얼굴이 순식간에 굳어졌다.

류하는 시시각각 변하는 정음의 얼굴을 내려다보며 저도 모르게 장난기가 발동하는 것을 느꼈다.

흠. 재미있는데.

류하는 정음의 맞은편에 있는 의자를 발로 휙 밀어 빼고 그 자리에 턱하니 앉았다.

"표정이 왜 그래? 그때의 용감무쌍은 어디로 이사를 가고. 변상에 대해서 얘기하기 전에 우선 샌드위치나 마저 드시지."

"아, 근데 그렇게 빤히 보니까 먹기가 좀……."

이미 식욕을 잃어버린 듯 보이는 정음이 말했다.

"먹어, 나 신경 쓰지 말고."

류하는 자신이 주문한 샌드위치를 찾으러 일어서며 피식 미소를 흘렸고, 그런 류하의 뒷모습을 보며 정음은 깊은 한숨을 내쉬었다.

그냥 모르는 척할걸.

어쩌지?

지갑 값이 한두 푼이 아닐 텐데. 할부로 갚는다고 할까?

깐깐한 인상이나 말투로 봐서는 호락호락한 성격이 아닐 것 같았다.

"이 동네 사세요?"

샌드위치를 찾아온 류하에게 정음이 물었다.

"그렇다면?"

오 마이 갓!

그렇다면 앞으로 이렇게 자주 볼 수 있단 말인데…….

이렇게 된 이상, 그와 신뢰 관계를 형성하여 채무 변제 기간을 최대치로 늘리는 수밖에 없었다. 정음은 환한 미소를 지으며 남자를 바라보았다.

"참치를 좋아하시나 봐요?"

"무슨 말이야?"

"그 샌드위치. 참치가 많이 들어 있는 것 같아서요. 여긴 야채랑 소시지가 들어간 샌드위치가 꽤 맛있다고 하더라고요. 이것도 드셔보실래요?"

"됐어. 그리고 그 입 좀 다물어."

"네?"

"일단은 밥 좀 먹자고."

"아, 네."

정음은 머쓱해진 표정으로 말없이 샌드위치를 씹기 시작했다. 그러다 문득 그의 이름도 모른다는 생각이 들었다.

"참! 인사가 늦었어요. 전 정음이에요. 오정음. 그쪽은요?"

정음이 샌드위치를 잡았던 손을 바지에 쓱 닦고는 류하를 향해 손을 내밀었다.

"류하."

잠시 망설이던 류하가 정음의 손을 살짝 잡았다 놓는다.

"류하?"

"내 이름이라고."

"아, 혹시 부모님 중 어느 쪽이 한국분이신지 물어도 돼요? 한국말을 아주 정확하게 잘 하시기에……. 혹시 어머니 쪽이 아닐까 생각해 봤어요. 전 어릴 때 한국에서 왔어요. 10학년이구요."

알고 싶지도 않고, 묻고 싶지도 않은 자신의 얘기를 떠들어대는 정음을 보며 류하는 묵묵히 샌드위치를 씹기 시작했다.

"예뻐요."

샌드위치를 네 번쯤 베어 물었을 때 갑작스레 정음이 말했다.

"눈동자처럼 이름도 예쁘다구요. 그런 소리 많이 들었죠?"

정음의 말에 류하의 눈동자가 잠시 흔들렸다.

보통은 신기해하거나 못 본 체 고개를 돌려 버리는 것이 오드아이를 처음 본 사람들의 반응이었다. 서로 다른 눈 색깔 때문에 사람들의 시선을 받는다는 건 아직도 많이 불편한 일이었다. 그것도 동양인과의 혼혈이. 그래서 사람을 피하는 일이 잦아졌다. 어릴 때는 눈동자 색 때문에 놀림도 많이 받았지만 가족들에게 알리지는 않았다. 가족들까지 마음 아프게 하고 싶지 않아서였다.

"저기…… 죄송하지만, 전 이만 가봐야 해요. 아르바이트가 있거든요. 제가 경우가 없는 사람은 아니에요. 그때 일, 제 잘못이 크다는 거 인정하니까, 그러니까 지갑값은 꼭 갚을게요. 그쪽이 제 전화번호를 가지고 있으니까 전화 주세요. 언제든 받을 테니까. 열심히 일해서 꼭 갚을게요."

눈빛이 예쁘다며 사람을 당황스럽게 하더니, 채 진정이 되기도 전에 일어나겠다며 양해를 구하는 정음을 보며 류하는 인상을 찌푸렸다.

"같이 일어나."

"어. 천천히 드셔도 되는데. 지갑값 때문에 그러시는 거라면 걱정하지 마세요. 저 정말 거짓말하는 사람 아니에요."

"다 먹었어."

류하가 반쯤 먹던 샌드위치를 정리하며 일어섰다.

"안 그러셔도 되는데……."

정음은 정음대로, 류하는 류하대로 서로를 신경 쓰며 샌드위치 가게를 빠져나왔다.

"전 이쪽으로 가는데……."

늦게 나서던 류하가 가방을 다른 어깨에 바꿔 메려고 하던 찰나, 정음이 류하의 팔을 급하게 잡아당겼다.

"조심해요!"

순간 균형을 잃은 류하가 정음 쪽으로 넘어짐과 동시에 자전거 한 대가 쌩 하고 지나갔다. 못된 자전거 운전자는 한마디 사과도 없이 사라져 버렸다.

"아이 씨."

넘어진 충격과 둔탁한 통증에 인상을 찌푸리던 정음이 낮게 중얼거리다 지금 자신이 처한 상황—류하의 몸에 얌전하게 깔린—을 깨닫고 후다닥 정신을 차렸다. 그나마 다행인 건 커다란 가방을 메고 있는 바람에 머리와 등이 바닥과 접촉을 최소화할 수 있었다는 거였다.

"저기…… 저 좀!"

"아! 괜찮아?"

놀란 류하도 재빨리 몸을 일으켜 정음이 일어날 수 있도록 도왔다.

"팔꿈치가 아프네요."

"어디 봐."

류하가 정음의 팔을 잡아 피가 배어 나온 셔츠의 소매를 조심스럽게 걷어 올렸다. 찢어진 상처 사이로 피가 꽤 맺혀 있는 것이 보인다.

"가만있어 봐."

류하는 가방에 있던 손수건을 꺼내 정음의 팔에 감아주었다.

"으. 아파라."

콧잔등을 잔뜩 찌푸린 채 장난스럽게 웃는 정음을 보며 류하의 손힘이 더 강해졌다.

"이 상황에서 웃음이 나와?"

"그럼 울어요?"

"씩씩하네. 병원은? 안 가도 되겠어?"

"병원은 무슨. 괜찮아요. 다행히 가방 때문에 많이 다치지 않았어요."

정음이 등 뒤 가방을 가리키며 말했다.

"여기서 잠깐만 기다려."

정음의 팔목을 잡아끌고 근처 벤치로 간 류하가 빠른 속도로 사라졌다가 약봉지를 들고 다시 돌아왔다.

"약 사온 거예요? 안 그래도 되는데."

"앞으로는 그렇게 하지 마."

"뭘요?"

"그렇게 다쳐 가면서 남을 구해줄 필요는 없다고."

"피. 괜히 미안하고 고마워서 그러는 거죠? 고마우면 밥이라도 한 번 사던지."

"지갑값이나 갚아."

쳇. 난 목숨도 구해줬건만.

"알았어요. 지갑값에, 오늘 치료해 준 값까지 꼭 갚을게요. 그리고 손수건은 제가 깨끗하게 빨아서……. 이런, 자꾸만 빚이 늘어나네요. 어머, 저 정말 늦었어요. 그만 헤어져야겠어요. 다음에 또 봐요. 안녕!"

정음이 손목시계를 확인한 후 놀라 자리에서 일어섰다.

손을 흔들며 멀어져 가는 정음의 모습을 류하는 멍하게 바라보았다. 순간, 그의 기슴 한쪽이 쿵쾅쿵쾅, 요동을 치듯 뛰는 것을 느낄 수 있었다.

갑자기 왜 이러지?

류하는 요동치는 가슴에 손을 올려놓으며 씩씩하게 멀어져 가는 정음에게 눈길을 고정시켰다.

오빠…….

태어나 처음 들어보는 말이었다.

류하는 정음이 레스토랑 안으로 들어간 뒤에도 한참 동안 그 자리에 서서 움직이지 않았다.

5. 명품지갑 대신 깍두기

"어이, 조카딸!"

늦은 저녁, 식탁에 앉아 따뜻한 우유 한 잔을 마시며 행복한 미소를 짓는 조카를 현옥이 은근한 목소리로 불렀다.

"응?"

"오늘 뭐 했어?"

"뭘 하긴. 학교 갔다가……."

영화 보고…… 아르바이트 갔지, 라고 말하면 고모는 분명 누구랑 갔느냐? 왜 갔느냐? 귀찮게 꼬치꼬치 캐물을 것이 분명했다.

"학교 갔다가?"

현옥이 리듬을 타듯 정음의 끝말을 따라 하며 대답을 기다렸다.

"교수님이 시킨 알바하고 레스토랑 가서 열심히 접시 닦고 왔지."

"오호! 우리 조카, 교수님 알바에 레스토랑 접시까지. 조만간 재벌 되겠는데? 근데 교수님이 시킨 알바는 뭐야?"

자꾸만 물어오는 고모의 눈치가 심상치 않다. 무엇인가 알고 있는 것이 분명했다. 정음은 아무렇지 않은 척, 시치미를 떼며 덤덤한 목소리로 말했다.

"별거 아냐. 그냥 영화 보고 리뷰 쓰는 거."

"오홀! 영화를? 혼자 봤어?"

"아니…… 그건 아니고."

얼굴이 불그스름해져서 더듬거리는 조카를 보며 현옥은 푸하하, 웃음을 터뜨렸다. 오늘 오후반 타임이었던 동료 웬디가 출근하자마자 현옥을 찾아와서는, 정음이 웬 잘생긴 남학생과 함께 영화관에서 나오는 것을 봤다며 호들갑을 떨어댔다.

고모랍시고 잘해준 것도 하나 없으면서 고생만 시키는 것이 내내 미안했다. 편하게 키우지 못한 죄책감이 항상 가슴에 멍울처럼 남아 있었는데, 정음이 또래 남학생과 함께 데이트를 했단다. 그것도 아주 잘생기고 훤칠한 남학생. 그 소식을 듣는 순간, 현옥은 자신이 데이트를 한 것처럼 설레고 기뻤다.

"왜 웃어?"

"그냥, 기분이 좋아서."

"기분이 좋아? 고모, 무슨 일 있었지? 뭐야? 누구랑 저녁 먹었어? 루크 아저씨?"

최선의 방어는 공격이다. 정음은 고모의 얼굴에 당황하는 기색이 나타나는 것을 보며 씨익, 미소를 지었다.

"무슨 소리. 내가 루크랑 밥을 왜 먹어?"

"루크 아저씨랑 저녁 좀 먹으면 어때서."

고모와 함께 일하는 루크 아저씨는 오래전부터 고모를 짝사랑하는 것을 숨기지 않는 순진하고 착한 아저씨였다. 이마가 살짝 벗겨지기는 했지만, 키도 훤칠하게 크고 마음도 넓어 정음이 고모부 감으로 적극 밀고 있는 중이었다.

"바쁘신 분이야. 마트 일로 집안일로 신경 쓸 게 한두 가지가 아니셔. 거기에 우리 몫까지 더하면 쓰나."

"고모 맘이 공연히 내외하는 건 아니고?"

"얘는!"

정색을 하는 고모를 보며 정음은 마음 한구석이 아려오는 것을 느꼈다.

고모는 몹시 예뻤다. 객관적으로 봐도 ABC마트에서 일하는 어느 누구보다도, 하루 수백 명씩 들락거리는 여성 고객까지 다 끌어모아 봐도 빠지는 얼굴은 아니었다. 그렇게 예쁜 고모가, 곱디고운 고모가 남편도 없이 자신을 키우는 데 젊음을 고스란히 바치고 있는 것이 정음의 입장에서는 여간 속상하지 않았다.

고모의 굴곡진 삶이 고스란히 새겨진 까칠한 손이 오늘따라 더 더욱 정음의 마음을 아리게 만든다.

"또 그런 눈으로 본다."

"어떤 눈으로 봤는데?"

"네 나이답지 않는 눈빛. 어린것이 자꾸 그러지 마. 난 지금 너무너무 행복해. 일도 재밌고 친구들도 정답고. 그리고 겁나게 예쁜 우리 조카 딸년은 따박따박 말대답도 잘하고, 고등학생 주제에 다 큰 것처럼 이래저래 잔소리도 많고, 공부도 잘하고, 맘도 착하고. 세상에 부러울 게 하나도 없다고."

"헐! 칭찬하는 것처럼 하다가 욕하는 거 봐."

"결국 칭찬으로 돌아왔잖아. 결론이 중요한 거야, 난 무지 행복하다는 거."

"거기다 돈 많고 맘도 착한 루크 아저씨까지 더하면 얼마나 좋아."

"넌 고몰 그리 보내고 싶어?"

"내가 늙은 고모 천국 가시는 길까지 모시고 갈 각오가 되어 있지 않거든. 고모는 고모의 길, 나는 나의 길, 우리 서로 각자의 길을 걸어가는 거지."

"매정한 것."

"고모가 돈 많은 고모부 얻어다가 내 뒷바라지 확실히 해주면 또 모르지. 없던 정까지 샘솟아 시집가서도 모시고 살지."

"에라이."

정음은 이마 위로 날아오는 베개를 피해 달아나며 소리 내어 웃었다.

한동안 계속되던 고모와의 한밤 베개 전쟁을 뒤로하고, 몇 가지 학교 숙제를 정리하고 나서 자리에 누우려던 정음은 갑자기 울리는 휴대전화 벨소리에 가방 속의 전화기를 꺼내 들었다.

낯선 번호다. 누구지? 정음은 조심스레 전화기를 귀에 가져다 대었다.

「헬로.」

[나야.]

생각지도 않은 남자의 목소리에 정음은 일순, 언제 들었던 목소리인가를 기억해 내기 위해 전화기를 귀에 바짝 갖다 대었다.

"네?"

[류하.]

아! 매력적인 오드아이다.

"네, 말씀하세요."

[빚, 청산하자고.]

류하의 말에 가슴이 철렁 내려앉는 정음이다. 드레스 살 돈도 아직 모자라는데.

"네. 꼭 갚을게요. 갚긴 하는데…… 지금 당장은 못 갚아요. 제가 아르바이트비 받으면 꼭……."

[혹시 집에 깍두기 있어?]

"네?"

[깍두기로 대신 하자.]

류하의 말에 정음은 꼴깍, 침을 삼켰다. 그러니까 지금 이 남자가 자신의 명품가방과 지갑 대신 깍두기를 달라는 말인가?

"저, 정말이요?"

[대신, 맛있어야 해.]

남자의 말에 정음은 소리 없는 비명을 지르며 '할렐루야!'를 연발했다.

"어휴! 저희 집 깍두기가 완전 예술이거든요."

[알았어. 주말에 연락할게.]

"저기, 토요일은 알바 때문에 안 되고요, 일요일이요."

[그럼 일요일에 보지.]

류하와의 전화를 끊으며 정음은 만세를 불렀다.

세상에! 명품 지갑 대신 깍두기라니. 이런 좋은 일이!

영화 보고 돈도 벌고, 마음을 짓누르던 채무도 이렇게 가볍게 해결이 되다니. 아무래도 어제저녁 돼지꿈을 꾼 것이 틀림없다고 생각하며 정음은 침대에 기분 좋게 누워 금세 꿈나라로 빠져들었다.

현옥은 쌔액쌔액 숨소리 내며 잠이 든 조카딸 아이를 내려다보았다. 몸을 한껏 웅크리고 곱게 쥔 주먹을 이불 위로 빠끔히 내민 채 들숨 날숨을 내쉬는 정음. 깨어 있을 땐 어느새 이렇게 다 컸나 싶을 정도로 의젓한 모습이더니 잠이 든 모습은 아직도 어른의 보호가 필요한 여리디여린 아이의 모습이었다.

이러면서 무슨 각자의 길을 가?

갖고 싶은 걸 사달라는 대신 살 수 있는 걸 갖고 싶다 말하는 아이. 현옥은 주머니 안속에 몰래 감춰둔 두툼한 봉투를 슬며시 만져 보았다. 비밀로 해달라고 그렇게 신신당부했건만, 밀린 집세 걱정에 코가 쑤욱 빠진 현옥이 맘에 걸린 웬디가 결국 신 교수님에게 그 사실을 고해바치고 말았다. 이러지 마시라고, 부담스럽다고 손사래 치는 현옥의 주머니에 그야말로 억지로 구겨 넣으며 신 교수님은 말씀하셨다.

"현옥아, 이렇게라도 돕게 해줘. 제발 부탁이다."

"선생님, 이러시면……."

"아무 생각 하지 말고 넌 정음이만 생각해. 응?"

교수님의 입에서 정음이란 이름이 흘러나온 순간, 아득해진 현옥은 그대로 주저앉아 가슴을 감싸 쥐었다.

불쌍한 우리 정음이.

정음이의 죄라고는 가정보다 신념을 택한 고집쟁이 아빠와 그런 아빠를 견디지 못한 엄마의 자식이라는 것, 그리고 세상에서 하나밖에 없는 조카딸에게 고생만 시키는 못난 고모를 가졌다는 것뿐이다.

어린 나이에 부모 잃고 이역만리 먼 곳까지 온 조카딸 하나

제대로 지켜주지 못하는 자신의 못난 처지가 싫어, 현옥은 자꾸
만 치밀어오는 울음을 삼키며 정음의 머리를 계속 쓰다듬어 주
었다.

어제의 훈훈한 분위기는 다 꿈이었단 말인가?

정음은 자신의 뒤통수에 내리꽂히는 날카로운 시선을 모른
체하려 애를 썼지만, 마음먹은 대로 되지 않았다.

책을 읽다 보면, 특히 로맨스 소설을 읽다 보면 꼭 이런 대목
이 나온다. '그의 이글거리는 눈동자가 단숨에 에밀리를 삼켜
버렸다.' 내지는 '강렬한 눈동자가 머문 곳은 청순함을 내뿜고
있는 그녀의 하얀 목덜미였다.' 같은 거.

아시다시피 한창 오빠를 좋아하고 사랑에 대하여 과하다 싶
은 환상을 품고 있을 나이대의 정음 역시 그러한 장면을 꿈꾼
적이 있었다. 우연히 마주친 이성과 약간의 호감을 나누는 순
간, 평소 마음에 두고 있던 이가 나타나 불같은 질투의 눈빛을
마구잡이로 쏘아주는 거다. 레이저처럼!

하나 오늘부로 그 소망은 구겨서 강둑에다 날려 버리기로 했
다. 질투는 물론 아니지만—아무튼 무슨 이유로 분기탱천한 건지는
잘 모르겠다만—잔뜩 골이 난, 이글대는 눈빛을 한 시간 동안 받
고 보니 오랫동안 품었던 소망에 회의를 품게 된 것이다.

그 남자가 누구냐고?

놀라지 마시라. 이훈민 18세. 현 프레즈노 하이스쿨 최고의 인기남.

뭐에 틀어진 건지 모르겠지만, 어제의 화기애애한 분위기는 온데간데없이 물리시간 내내 죽기 살기로 쏘아보는 훈민 덕택에 뒤통수에 구멍이 날 뻔했다. 널찍한 자리 다 놔두고 일부러 정음의 뒷자리로 골라 앉을 때부터 수상쩍더라니.

정음의 옆자리에 앉았단 이유만으로 세트로 눈총세례를 받게 된 패트릭이 의아한 얼굴로 물었다.

「정음, 나 훈민한테 뭐 잘못한 거 있어?」

「그럴 리가, 네가 훈민한테 열 받을 일이면 몰라도 훈민이 너한테 그럴 일은 절대 없지.」

「내가 왜?」

「로라가 저쪽으로 홀라당 넘어갔잖아.」

「그건 훈민 탓이 아니지. 어쨌든 그게 아니라면 뒤에서 왜 저러고 있는 거지? 뒤통수가 따끔따끔 거려.」

「내가 보기엔 네가 아니라 내 쪽인 것 같아. 내 뒤통수가 완전 너덜너덜해졌거든.」

「뭐 잘못했어?」

패트릭이 걱정스러운 듯 물었다.

「글쎄다. 내가 쟤한테 책잡힌 게 한두 가지가 아니라서 어느 부분 때문에 저러는 건지 갈피를 못 잡겠네.」

「물어보고 싶은 것이 많았는데, 훈민 때문에 신경 쓰여.」

「괜찮아. 뭐가 궁금한데?」

「장금이 말이야, 경선에서 설렁탕을 끓이던데 그건 어떤 맛이야?」

얼굴이 살짝 붉어진 패트릭이 비밀스럽게 물었다.

남들이 알면 뭐라고 할까? 풋볼팀의 주장이자 남자다움의 상징인 근육 덩어리 패트릭 애덤스가 한국 드라마 마니아라는 것을. 함께 다운받은 드라마를 보며 눈물짓고 한숨 내쉬는 지극히 소녀 취향의 취미를 가졌다는 것을 아마도 믿으려 들지 않을 것이다.

「아. 설렁탕! 음……. 뭐라고 해야 할까? 고소하면서도 진한……. 음. 스튜하고는 좀 다른데, 소뼈에서 우러나는 그런 맛이 있어.」

「소뼈? 소뼈로 국을 끓인단 말이야?」

「응. 우리 고모도 가끔 해주시는데, 원래 대한민국 사람들은 옛날부터 쌀과 채식을 먹고 살아서 단백질이 많이 부족했대. 그래서 소뼈를 푹 우려 먹으면서 영양 보충을 하고 그랬다더라고. 아! 이럴 게 아니라 언제 한번 우리 집에 와. 내가 해줄 테니까.」

「우와! 장금이가 끓이던 설렁탕을 내가 먹어볼 수 있게 된 거야? 환상적인데.」

시즌 우승이라도 한 사람처럼 패트릭의 얼굴이 환하게 밝아졌다.

아무리 봐도 참 순수하단 말이야. 커다란 덩치를 들썩이며 감탄을 금치 못하는 패트릭을 보며 정음은 어린 남동생을 바라보는 누나처럼 흐뭇한 미소를 지었다.

대장금에 나온 음식을 이야기하며, 화기애애한 분위기를 나누는 정음과 패트릭을 향한 무언의 압박은 그 뒤로도 계속되었다. 세계사 시간에도 옆자리에 앉아 이글대는 눈총을 보내오더니, 점심시간엔 아예 대놓고 쏘아볼 수 있는 맞은편에 자리 잡고는 한마디 말도 없이 커틀릿을 난도질한다. 그의 포크 아래으깨지는 것이 돼지고기가 아니라 자신인 것만 같아 목덜미까지 서늘해지는 정음이었다.

"아, 왜에?!"

"……."

"왜 그러냐고!"

"뭐가?"

"방금 전 날 노려봤잖아."

"그런 적 없는데."

"없긴. 오늘 하루 종일 그러고 있거든. 너 땜에 노이로제에 다 걸릴 지경이야. 그냥 말을 해, 그렇게 노려보지만 말고."

정음이 흥분을 하거나 말거나 훈민은 지극히 평온한 표정으로 자신이 난도질한 커틀릿을 입에 넣었다. 슬로모션으로 우물우물. 와인 애호가가 전설의 와인을 한 모금 머금듯 한 점 한 점천천히 입에 넣어 그 맛을 음미한다. 바글대는 속마음을 들키지 않도록.

저도 모르게 자꾸만 신경이 쓰이는 오정음! 어디까지나 호기심일 거라고 생각했다. 고슴도치를 위해 땅바닥에 드러눕는 여자는 흔치 않으니까. 신기한 책을 한 권 발견한 것처럼. 혹은 절정의 감각을 가지고도 대중의 호응을 얻지 못하는 괴기스러운 작품만 쏟아내는 괴짜 영화감독을 알게 된 것처럼.

정음이 남다른 눈으로 자신을 바라본다는 건 진즉부터 알고 있는 사실이었다. 희한한 것은 그럼에도 불구하고, 정음의 관심과 참견이 전혀 귀찮지 않다는 사실이었다. 화등잔만 하게 눈을 뜨고 그에게 다가와 주는 것이 오히려 반가웠다. 하나 그 시선이 다른 이에게로 옮겨가는 것은 절대 반갑지 않다.

패트릭 애덤스.

프레즈노의 슈퍼스타께서도 오정음에게 관심을 보이고 있단 말이지.

패트릭과 함께 소곤거리며 미소 짓는 정음을 보는 것이 싫었다. 괜히 심술이 났다.

"오늘 시간 돼?"

"오늘? 나 오늘 알바 가야 하는데, 왜?"

"그럼 내일은?"

"내일은 괜찮아. 근데 왜?"

"내일 다섯 시 ……공원."

"응?"

"나오라고."

"어딜?"

"……공원. 귀 먹었냐?"

"왜?"

"할 일이 있으니까."

"그게 뭔데?"

"나와 보면 알아."

신청인지 통보인지 구별 못 할 말만 던져 놓고 몸을 쑥 빼내 가는 훈민.

"왜 저래? 내가 또 뭘 잘못했나?"

고개를 갸우뚱거리던 정음은 얼마 남지 않은 감자칩을 그대로 입에 털어 넣었다. 대각선 방향에서 자신을 힐끔거리는 리에의 시선을 느낄 여유조차 없이.

「어머, 쟤 좀 봐! 교양머리 없이 과자봉지를 입에 대고 털어 넣는 거. 남자애들은 저런 몰상식한 애가 뭐가 좋다고 난리지?」

이번 시즌 유행하는 디올 립스틱을 곱게 펴 바른 리에의 말에 함께 앉아 있던 친구들이 모두 고개를 끄덕였다.

「왜? 정음이 예쁘잖아. 그만하면 성적도 괜찮고. 구김살 없는 성격도 칭찬해 줄만 하고. 내가 남자라도 충분히 반할 만한 스타일인 것 같은데?」

떠오르는 대로 무심코 입에 올렸다가 눈동자는 저리 치워 버리고 흰자위만 번뜩거리는 살벌한 얼굴들에 주리는 입을 다물어 버렸다.

「물론 내 개인적인 생각이야. 내가…… 눈이 좀 낮잖아.」

잠시 샐쭉한 표정을 짓던 리에와 그 무리들은 주리가 취소를 선언하듯 오른손을 두 번 내젓고는 식판으로 시선을 돌리자 다시금 대화에 열중했다.

「저런 애들이랑 어울리게 될 줄 알았음 Thacher Schoo로 가는 건데! 거긴 명문 사립이니까 격조 있는 집안 애들이 대부분이겠지? 우리처럼 말이야.」

「하지만 거긴 훈민이 없잖니. 패트릭도.」

「맞아. 훈민이랑 패트릭. 아, 그 애들만 생각하면 저기 정음 같은 애 수백 명을 쏟아부어도 견딜 수 있을 것 같애.」

「그 둘을 위해서라면 기꺼이 쟤랑 친구도 먹겠어. 물론 끔찍하겠지만.」

그건 정음도 바라지 않을 거야.

시기와 질투로 뒤덮인 친구들을 바라보면서 주리는 씁쓸한 미소를 감추지 못했다. 이해로 얼룩진 관계도 친구라 할 수 있을까. 할아버지의 연구를 위해선 자금이 필요했고, 그 자금을 조달하는 이가 바로 리에의 아버지였다. 어쩔 수 없이 친해져야 하는, 필요에 의해 맺어진 관계. 놀랍도록 자기중심적인 친구에게 가끔은 정신 차리라는 차원에서 찬물 한 바가지씩 선사하고 싶어진다. 바로 이런 식으로 말이다.

「그거 아니? 훈민은 정음을 좋아해.」

「웬 헛소리? 정음을 좋아하는 건 패트릭이지. 가엾은 패트릭, 어쩌다가 저런 애에게 빠졌는지 몰라. 그전 여친 로라가 수천 배는 나은 것을.」

훈민이 온 뒤로 리에와 급속도로 친해진 칭이 단언하듯 말했다.

「로라 쪽이 나은지 어떤지는 잘 모르겠고, 아무튼 패트릭이든 훈민이든 둘 다 정음을 좋아하는 건 확실해.」

「무슨 근거로?」

「Cinamark에서 둘을 봤거든.」

「둘이라니? 훈민이랑 정음 말야?」

「응.」

「둘이 거기서 뭐 했는데?」

「뭐 하긴. 영활 봤겠지. 극장이잖아.」

툭! 방울토마토가 꽂힌 리에의 포크가 접시 위로 낙하했다. 얼굴의 반이 눈인 칭은 그 큰 눈을 더욱 부릅뜨며 주리 쪽을 응시했다.

「뭐, 뭐라고?! 누, 누가 누구하고 뭘 봤다고?」

「몰랐어? 난 척 보니 알겠던데. 훈민, 정음 보는 눈이 남다르잖아.」

「남다르긴. 그냥, 같은 한국 사람이니까 좀 친하게 지내는 거겠지. 코리언들 한민족이네 어쩌네 하면서 뭉쳐 다니는 거 유명하잖아. 촌스럽게스리.」

「훈민이 성격에? 훈민이 정음 말고 다른 한국 학생이랑 친하게 지내는 거 봤어? 아니다. 친하게까지 갈 것도 없다. 훈민이 걔가 정음이 말고 다른 여자애랑 세 마디 이상 섞는 거 본 적 있니?」

아니!

리에와 칭의 고개가 거의 동시에 좌우로 움직였다.

그렇구나!

이윽고 절망이라는 이름의 파도가 역시 거의 동시에 그녀들의 어깨 위로 떨어졌다.

세상에! 정음이라니.

다른 누구도 아닌 바로 그 정음이라니!

말도 안 돼에!!

소리 없는 혼돈의 기류가 요동치듯 식당 안을 맴돌았다. 경악과 충격의 기운이 춤을 추는 가운데 샐러드 안에 숨겨진 모짜렐라치즈만 쏙쏙 골라 먹으며, 주리는 간만의 포만감을 느낀다.

아! 그래, 바로 이 맛이야!

"어제 뭐 했어?"

"어제? 그건 왜 물어?"

전방을 주시한 채 대답하지 않는 훈민의 옆모습을 보며 우정은 입술을 깨물었다.

언제부터인가 훈민은 자기 인생의 한 부분이라고 생각했다. 그가 제외된 인생이란 상상조차 할 수 없었다. 혹여 그가 떠나기라도 한다면 구멍 뚫린 옷가지처럼 너덜해질 자신을 알기에 어떤 방식으로든 그의 곁에 남고 싶다고 생각했다. 조금 더디긴 하나 그는 언제나 그 자리에 있었고, 나도 언제나 이 자리에 있으니 두 선이 맞닿아 이어지는 날도 그리 멀지는 않았으리라. 그렇게 주문을 외듯, 바라며 살았다.

하루가 다르게 깊어가는 자신의 감정과는 달리 훈민은 어릴 적 뒤뜰에서 모종삽으로 흙을 퍼주며 소꿉놀이에 협조하던 그 모습 그대로라는 것도 알고 있었다. 아무런 사심 없이 그저 친한 친구처럼, 오래 시간을 함께 보내온 친한 누나에게 보이는 친밀함, 그 이상도 이하도 아닌, 언제나 정돈된 감정으로 우정을 대했다. 적당한 선을 그어놓고 딱 그 선 안에서만 배려하는 모습에 낭패감을 감출 길 없었지만, 그래도 위안이 되었던 건 자신을 제외한 어느 여자한테도 쉬이 곁을 내주지 않는 그의 성격이었다.

"어제 뭐 했는지 물어보려고 학교 마치자마자 여기까지 온 거야?"

그가 덤덤한 목소리로 물었다.

"아니. 지나가다 네 생각이 나서 전화한 거야."

"나 약속 있으면 어쩌려고."

"그럼 그냥 가면 되지."

가볍게 대답한 뒤 우정은 창밖으로 고개를 돌렸다.

"무슨 일 있는 건 아니고?"

"일은 무슨 일."

불쑥불쑥 튀어나오는 불안감을 속으로 삭이며 언제나 웃는 낯으로 훈민을 대하던 우정이었다. 하지만 오늘은 도저히 웃을 수가 없었다.

어제 오후 친구와 함께 제2관을 향해 걸어가던 중이었다. 낯익은 형체가 낯선 누군가와 다정히 서 있는 것을 보았다.

훈민?

그럴 리가 없어. 잘못 본 거야!

발길을 돌려 재빨리 훈민의 뒤를 따르고 싶었지만, 영화 상영 10분 전이었고, 옆의 친구는 그런 사정을 봐줄 만큼 사려 깊지도 않았다. 억지로 의자 위에 엉덩이를 내려놓으며 우정은 불안감에 몸을 떨었다.

누구였을까? 그 여자애는.

우정이 아는 한 훈민과 다정히 영화를 보러 올 여자는 없었다. 비록 떨어져 있다고는 하나 훈민을 향해 드리워진 촉을 한시도 거둔 적이 없었다. 훈민을 둘러싼 주변 인물은 낱낱이 파악하고 있었다. 점심도 홀로 먹고, 날마다 자기 방에 틀어박혀 책에 몰두하기를 좋아하는 훈민이 여자와 영화를 보러 왔다는 건 보통 사이가 아니란 얘기였다.

걷잡을 수 없이 타오르는 불안감에 소금처럼 단단한 돌기가 돋아났다.

분명 어디선가 본 얼굴이었어.

누구지? 어디서 봤더라?

한국 소녀. 한국 소⋯⋯ 녀.

낯섦으로 점철되었던 소녀의 얼굴이 자욱한 안개를 걷어낸 것처럼 순식간에 맑아졌다.

고슴도치 요정! 우락부락한 관리인 앞에서도 조금의 주눅도 없이 당차게 맞서던 그 소녀. 우정은 파리해진 얼굴로 주먹을 꼭 쥐었다.

"무슨 생각을 그렇게 골똘히 해?"

창밖만 보고 있는 우정을 보며 훈민이 물었다.

"별생각 안 했어. 넌 어때? 학교는? 친구는 좀 생겼어?"

아주 짧은 순간이었지만, 훈민의 얼굴 위로 미소가 떠올랐다 사라졌다. 이상하다. 훈민이 정말 이상하다. 여자의 불길한 직감은 현실이 될 확률이 높았다.

"훈민."

"응?"

"너, 혹시 무슨 일 있었어?"

자신의 얼굴을 뚫어지게 바라보는 우정을 보며 훈민이 멋쩍은 듯, 고개를 돌려 버린다.

"또 뭐가 궁금한데?"

"너 조금 전에 정말 보기 좋게 미소 지었다?"

"내가?"

"응."

"나 자주 웃잖아."

뜻밖의 말에 우정은 충격을 받았다. 이훈민이 잘 웃는다고? 전혀! 절대 아니다. 요즘처럼 이렇게 풀어진 얼굴의 훈민을 본 적이 없다. 정말 없었다. 우정은 자꾸만 흐트러지려는 감정을 애써 추스르며 아무렇지도 않은 척, 태연스레 그를 바라보았다.

"어이가 없어서 피식거리는 거 말고 진짜 미소 말이야. 조금 전에는 정말 기분 좋게 입술 꼬리가, 이렇게 올라갔단 말이야."

"내가 그랬나?"

"응. 너 그랬어. 지금 건 아주 드문 일이야. 무슨 생각 했어? 무슨 생각 했는데 그렇게 행복해 보이는 미소를 지은 거야?"

"그냥. 누가 생각나서."

"누가?"

"있어, 싸움 잘하는 애."

"싸움 잘하는 애? 걔가 웃겨?"

"응."

"어떤…… 애야?"

가슴 떨리도록 조심스럽게 묻는 우정에게 훈민이 고개를 흔들었다.

"그냥 쉽게 흥분하고 쉽게 오해하는 단순한 애야."

대답하는 훈민의 얼굴에 다시 웃음기가 떠오른다. 전과 달리 혼자 피식거리기를 잘하는 훈민을 보며 우정의 불안감이 다시 고개를 들었다. 우정은 불안한 마음을 감추기 위해 입술 안쪽을 깨물었다. 순간적인 고통과 함께 비릿한 피 맛이 느껴진다.

같은 학교를 다니고 있었구나.

난, 어떻게 해야 하지?

오래도록 지켜온 훈민의 옆자리를 어느 누구에게도 쉬이 내줄 수 없었다. 모종삽으로 깔끔히 흙을 퍼내는 것처럼 그 여자 아이의 자리를 아무런 흔적도 없이 깨끗이 눌러 담고 싶었다.

"난 저기서 내려줘. 저녁 약속이 있거든."

소용돌이치는 마음과는 달리 우정은 평온한 목소리로 길옆을 가리켰다.

어디 한번 버텨보라지. 내가 쉽게 물러설 줄 알고?

고슴도치 요정이 우정의 가슴에서 보기 흉하게 일그러지고 있었다.

아주 잔혹한 모습으로.

이마 위로 흐른 땀이 콧잔등을 넘어 붉은 입술을 적셨다. 다시 매끈한 목선을 타고 내려간 투명한 땀은 뜨거운 김이 모락모락 피어오르는 개수대 속으로 똑! 떨어진다.

헉, 소리도 삼키지 못할 만큼 끝없이 밀려드는 냄비, 접시, 컵의 대향연. 이샤 대신 홀로 설거지 더미를 떠안은 정음은 그야말로 동분서주, 식은땀 나도록 설거지와 사투 중이었다.

「정음, 괜찮아?」

두세 걸음 떨어진 자리에서, 바람에 날려도 될 만큼 투명한 두께로 양파를 썰고 있던 수잔이 다급한 목소리로 외쳤다.

「기다려. 이것만 해치우고 곧장 달려갈게!」

산더미 같은 양파를 요절내느라 며칠 밤을 샌 수험생처럼 두 눈이 붉게 충혈된 수잔을 보니 쓴웃음이 절로 나왔다.

어째서 그녀가 저 일까지 맡아야 하는 거냐고!

토도독 실핏줄 터지는 소리가 예까지 들려오는 듯했다.

「어휴, 사양할래요. 그거 끝내면 가서 시원한 레모네이드라도 한 잔 들이켜고 와요. 지금 꼴이 얼마나 우스운지 모르죠?」

「설마 너만 하려고. 개수대 속에 에이리언이라도 들어 있는 거야? 완전 전투 모든데? 손목 스냅은 훌륭하지만, 땀이 비 오듯 흘러내리고 있어. 지금 네 눈가를 적신 게 눈물인지 땀인지 구분 못 할 지경이라고.」

「흑흑, 울고 싶어요. 일손은 달리는데 채용은 안 되고. 모든 게 훌륭하신 지배인님 탓이죠, 뭐.」

일주일 전, 대놓고 차별주의자를 표방하는 존의 행태를 참지 못한 다수의 주방 인원들이 동시에 사표를 던지고 말았다. 깜짝 놀란 사장이 뒤늦게 화해의 제스처를 건네보았지만 어떤 감언이설로도 굳혀진 마음을 돌릴 순 없었다. 존을 자르자니 입안의 혀처럼 구는 베테랑 직원이 아쉬웠고, 그대로 두자니 취업 시장에 소문은 돌고 돌아 더 이상의 구직자가 나타나지 않았다.

사장도 죽을 맛이겠네. 하나 이 모든 일의 원흉인 존은 아랑곳하지 않는 모습이었다. 그 어느 때보다 당당하게 불룩한 배를 들이밀며 이곳저곳을 들쑤시고 다녔다. 자전거와의 충돌로 다쳐 가면서도 황급히 달려와 앞치마를 찾아 매는 정음을 향하여 무어라 말했던가.

「더러운 쥐새끼들이 반으로 주니 주방이 청정 구역으로 바뀐 것 같아!」

그가 여태껏 칼부림 한 번 안 당하고 멀쩡히 지내온 게 희한할 따름이었다.

디너타임을 기점으로 접시들의 행진이 절정으로 치달았다. 숨 돌릴 틈도 주지 않고 쏟아져 내리는 접시, 냄비, 그리고 컵과 나이프와 포크 무리들.

으아아, 이걸 다 어쩌라고!

압사 직전인 정음의 곁으로 흑기사 한 명이 도착했다. 클레멘트 요리사 중 제일 막내로 샐러드의 달인이라 불리는 대니였다.

「아앗, 주방은 어쩌고?」

「아론 형이 대신해 준대. 그대로 뒀다간 너랑 수잔까지 주방에서 사라질 것 같다고.」

현란한 손동작으로 파스타를 휘젓고 있는 아론이 보인다.

「아아, 사장님과 지배인이 아론의 반의반의 반만이라도 닮았으면.」

「쯧쯧! 죽을 맛이지?」

「개수대에 코 박고 죽어도 아무도 모를 것 같아.」

「조금만 버텨. 후배 녀석들 몇몇이 아르바이트 자리를 구한다기에 이곳을 적극 추천해 뒀으니까.」

「지독한 탐미주의자에 지독한 차별주의자 한 분이 버티고 계신다는 것도 귀띔해 뒀어?」

「이미 소문 퍼진 지 오래더라. 이민자들 사이에서 기피 업체 1위로 꼽히고 있다고.」

「어쨌든 탑은 탑이네. 축배라도 들어야 할까 봐.」

「새로 개발한 참치샐러드랑 어때?」

「참치샐러드가 아까워.」

「크크. 그런가? 참! 정음, 나 이참에 코리안 푸드에도 도전해 볼까 해. 전에 네가 만들어준, 그 뭐였더라? 동글동글하고 뭐가 막 씹히던.」

「동그랑땡?」

「맞아. 동그랑땡! 진짜 기가 막혔다고. 네가 조금만 도와주면 환상의 샌드위치가 탄생할 것도 같은데.」

「맨입으론 안 되지. 우리 친가가 한국에선 나름 알아주는 유서 깊은 집안이란 말이야. 물론 지역 단위로 끝나긴 하지만, 그래도! 집안 대대로 내려오는 소스 레시피의 특별 비법을 누설해야 하는데 맨입으로 되겠어?」

「7:3 어때?」

「이 오빠 보게. 핵심 재료를 공개하는데 겨우 7:3이라고? 6:4! 그 밑으론 절대 못 내려가.」

「얘 좀 봐라. 이 오빠가 설거지 담당에서 아이디어 뱅크로 올려주겠다는데 지금 튕기는 거냐? 이건 거의 신데렐라 급 파격 승진이라고.」

「아이고, 고마우셔라. 왜, 유리 구두도 마저 신겨주지 않고?」

주거니 받거니 토닥대는 동안 산더미같이 쌓여 있던 접시가 어느새 바닥을 보였다. 개수대에 물때가 묻지 않도록 꼼꼼히 닦아낸 후 앞서 간 대니를 따라 수잔의 양파 더미로 합류했다. 대니가 양파망을 옮겨와 우르르 쏟아내면 정음이 그를 받아 겉껍질을 벗겨내고, 수잔이 신들린 칼놀림으로 양파를 채 썰어 마무리!

지나가던 마크가 환상의 3인조라며 엄지손가락을 치켜세운다. 아찔했던 디너타임이 지나가고 홀이 한산해지자 주방도 덩달아 여유로워졌다. 띄엄띄엄 나오는 그릇들을 처리한 정음이 수세미를 꽉 짜내며 외쳤다.

「The end!!」

주방 구석에 모여앉아 상큼하니 달달한 마크표 레모네이드를
한 모금 들이켠다. 알딸딸할 정도로 시큼한 레몬 향이 코끝을
톡 쏘았다. 그래도 맛있어라.

「굉장한 여자애네.」

고개를 절레절레 흔들며 들어오는 메리의 모습에 주방 환상
의 3인조 얼굴이 동시에 들려졌다.

「홀에 무슨 일이라도?」

「대단한 일이 벌어졌지. 어떤 아시안 걸이 말이야, 천하의 존
을 설설 기게 만들었거든.」

「지배인님을? 어떻게?」

「특별하게 뭔가를 했다기보단, 암튼 가서 봐봐. 말로는 설명
하기 힘들어.」

존의 눈에 띄지 않게 살금살금, 환상의 3인조가 도둑고양이
포즈로 통로를 향해 갔다. 그곳은 이미 관객들로 대만원, 가십
에 둔감한 마크조차 목을 길게 빼고 기웃대고 있는 중이었다.
그만큼 보기 드문 광경이란 말인데, 대체 무슨 일이지? 궁금증
을 참지 못하고 고개를 빼고 보니, 떡하니 버티고 선 마크의 어
깨 너머로 어쩔 줄 몰라 하는 존의 얼굴이 보인다.

분노라던가 당혹스러움으로 일그러진 얼굴이 아니라, 10대
소년으로 돌아간 듯한 설레는 표정으로 상대와 눈도 못 맞추고
애꿎은 손만 비벼대고 있다.

어머나, 저게 누구야? 우리가 익히 아는 그 존이 맞는 거야?

이따금 께름칙한 시선으로 자신을 훑는 그를 눈치챈 적이 있 긴 하지만, 저 정도로 맹목적인 시선은 아니었다. 나이 마흔이 다 되어서야 꿈에 그리던 이상형이라도 만난 건가.

이토록 그를 들뜨게 하는 묘령의 여인이 누군가 싶어 그의 시 선을 따르던 정음은 헉 하고 터져 나오는 감탄사를 집어삼켰다. 그의 곁에서 녹아내릴 정도의 미소를 짓고 있는 이는 다름 아닌 코리언 소녀가 아닌가! 어떻게 아냐고? 초콜릿 광고에서 본 적 이 있었다. 분명 신비롭고 아름답던 '초콜릿 소녀'가 분명했다.

환상 속의 동양 인형처럼 신비로운 모습으로 클레멘트 남직 원들을 단숨에 휘어 감는 저 파워. 이곳에 있는 관객들 절반은 이미 그녀의 눈 속에서 허우적대고 있는 중일 것이다.

「어쩜, 같은 여자가 봐도 한눈에 반할 정도네. 저렇게 예쁜 사 람은 처음 봐. 말 그대로 아시안 뷰티인걸. 연예인인가? 정음, 혹시 네가 아는 연예인이야?」

힐끔, 정음을 살피는 수잔은 연예인임을 확인하면 당장에 달 려가 사인 요청에 들어갈 기세였다.

「제 기억이 맞는다면, 아주 잠깐 광고모델 활동을 했던 것 같 아요. 한국 초콜릿 광고에서 본 것 같아요.」

「역시. 나 정말 저렇게 예쁜 동양 소녀는 처음 봐.」

「저도요. 실물로 보니까 진짜 예쁘네요.」

감탄하며 중얼거리는 정음에게 뜻밖의 일이 일어났다.

"안녕? 이렇게 또 만나네?"

앞으로 다가온 '초콜릿 소녀'가 정음을 보며 환하게 웃어주었다. 코앞에서 떠오른 햇살 같은 미소였다. 눈도 예쁘고, 코도 예쁘고, 입도 예쁘고. 어쩜 이리 미운 구석이 단 한 군데도 없을까. 그리고 이렇게 예쁜 사람이 어떻게 날 알지? 정음이 아무리 애를 쓰고 지난 추억을 뒤져 봐도 이렇게 예쁜 미소녀와의 만남을 기억할 수가 없었다.

"저, 절 아세요?"

"난 이우정이라고 해. Thacher School 12학년. 갑자기 아는 체해서 놀랐지? 내가 널 좀 알거든. 저번에 인사하려고 했는데 쏜살같이 사라지고 없어서 어찌나 서운하던지. 그래도 이렇게 늦게나마 보게 돼서 너무 반갑다."

"아, 죄송해요. 전 기억이 없어서. 우리가 어디서 만났었어요?"

그냥 그렇게 생긴 여자아이도 아닌, 이런 초특급 미녀를 잊을 리가 있나. 어디서 봤더라? 있지도 않은 기억을 꼼꼼히 되짚는 정음을 향해 우정이 예의 꽃미소를 날리며 대답을 해주었다.

"너도 본 게 아니라 나만 봤어. 얼마나 멋지던지. 그날 너한테 완전 반했다는 거 아니니. '정 가고 싶으면 내 위로 지나가요!' 고슴도치들의 수호천사!"

"아! 그날…… 봤어요?"

쑥스러워진 정음이 수줍게 웃었다.

"그럼. 남자친구와 산책하다가 널 봤지."

우정은 우정대로 순진하게 부끄러워하는 정음을 눈에 담으며 생각했다.

아쉽다. 훈민이 없었다면, 그가 이 아이에게 맘을 기울이지만 않았다면 나와 이 아인 어쩜, 좋은 친구가 될 수 있을지도 모르는데.

"그날 너 정말 근사하더라. 너와 친해지고 싶었어. 물론 너만 괜찮다면."

우정이 예쁘게 웃으며 말했다.

"저, 저야 영광이죠."

"그럼 우리 친구 하는 거다."

우정이 손을 내밀었고 정음은 그 손을 수줍게 맞잡았다.

"12학년이면, 언니시네요. 우정 언니라고 불러도 되나요?"

"언니는 무슨. 그냥 편하게 우정이라고 불러. 한국도 아니고 미국인데. 게다가 우린 겨우 한두 살 차이잖아. 남자친구가 한 살 연하라서 그런지 한두 살은 마냥 친구처럼만 느껴지더라. 동생이란 생각이 안 들어."

이렇게 예쁘게 생긴 사람의 남자친구는 어떤 타입일까? 아마도 아주아주 멋지거나, 아주아주 똑똑하거나 둘 중 하나겠지? 어쩜 둘 다 해당될 수도 있겠고. 본 적도 없는 우정의 연인까지 그려가며 정음은 모든 걸 가진 듯한 새로운 친구의 모습에 부러움을 느꼈다.

"참! 이름이 뭐야? 이름을 안 물었네."

"정음. 오정음! 프레즈노 10학년이야."

"어머나! 프레즈노 고등학교에 다닌다고? 내 남자친구도 거기 다니는데. 어쩜 서로 아는 사이일 수도 있겠다."

"진짜? 내가 아는 사람일 수도 있겠네. 한국 사람이야? 이름이 뭔데?"

정음의 물음에 우정이 환상적인 미소를 지었다. 생각만 해도 저렇게 좋을까?

"이훈민. 한국에서 유학 온 지 얼마 안 돼서 알진 모르겠지만, 이훈민이라고 해."

"이…… 훈민?"

우정의 입에서 흘러나온 세 글자가 고스란히 정음의 가슴으로 와 박혔다.

우정은 당혹스러움으로 일그러지는 정음의 얼굴을 놓치지 않았다. 느닷없는 상황에 잠시 휘청한 정음이 태연한 표정을 지으려 애를 썼지만, 덜덜거리는 입술까진 감출 수 없는 모양이었다.

역시. 보통 사이가 아니었어.

우정은 실망으로 내려앉는 가슴을 추슬러 가며 애써 미소를 만들어냈다.

"우리 훈민이 알아? 아는 사이야?"

"어, 어! 어, 알아. 수업도 같이 듣고 있고."

"어머, 잘됐다."

화사한 미소를 발사하며 손을 잡는 우정의 기세에 정음의 목덜미가 서늘해졌다. 오늘 처음 본 사이라곤 믿어지지 않을 만큼 상냥하게 구는 통에 정신이 없었지만, 무언가 단단히 잘못되어 가고 있는 느낌을 지울 수는 없었다.

"실은, 우리 훈민이가 그리 살가운 성격이 못 되어놔서 무지 걱정하고 있었거든. 특별히 모나게 굴진 않을 테지만, 그래도 천성이 말이 없는 사람인 걸 무게 잡는 걸로 오해하고 시비 거는 애들이 있을까 봐서. 네가 훈민과 아는 사이라니 한시름 놓인다. 고슴도치를 비호하는 기세로 우리 훈민도 지켜줄 거지? 그래 줄 거지, 정음아?"

'정음아'에 부러 울림을 넣으며 우정은 달콤한 목소리로 속삭였다. 아무것도 모른다는 듯이 천진난만한 아이의 눈을 하고.

"으, 응."

맥없이 대답하는 정음의 손을 놓은 우정이 가방을 뒤적이기 시작한다.

"잠깐만 기다려 봐. 우리 서로 전화번호 교환하자. 전화기를 분명 여기다 넣어둔 것 같은데. 너도 알지? 리모컨과 핸드폰은 늘 가까이에 있으면서도 찾기가 힘들어. 방전과 잠수가 특기인가 봐."

쉴 새 없이 입을 움직이며 가방을 뒤지던 우정은 핸드폰을 찾는 척, 틈틈이 훈민과 연관된 물건을 꺼내 드는 걸 잊지 않았다.

지난 생일에 특별 제작한, 두 사람의 사진이 겉표지에 박힌 다이어리와 누가 봐도 남자용임이 분명한, 훈민에게 선물하고 그 디자인 그대로 자신의 것으로 삼은 구찌 은장 지갑 같은 소품들.

"찾았다!"

환하게 웃는 우정을 보며 정음은 무너지는 가슴을 추스르려 애를 써야 했다.

자신이 알고 있는 훈민과 우정이 말하는 훈민이 정녕 동명이 인일 순 없단 말인가.

예고된 확인사살이 그녀를 휘청이게 했다. 해사하게 웃는 우정의 뒤로 훈민의 얼굴이 스쳐 지나간다. 어쩐지 울고 싶은 기분이 들어 정음은 고개를 숙였다.

6. 우리…… 잘 어울릴까요?

여자친구가 있었다니. 하긴 그 얼굴에, 그 외모에, 그 분위기에 여자친구가 없다는 것이 이상할 정도지. 휴우. 정음은 낮은 한숨을 내쉬며 실의의 바다를 헤엄쳐 다니고 있었다. 세상에나, 전직 CF모델을 사귀고 있다니.

우정의 등장은 정음을 혼란에 빠뜨렸다. 죽느냐 사느냐 그것이 문제로다! 번뇌에 빠진 햄릿처럼 정음은 어젯밤부터 계속 고민을 했다. 훈민이 만나자고 한 공원으로 나가야 하나, 말아야하나? 여자친구도 있는 마당에 왜 나를 흔들리게 한 걸까? 아니, 엄밀히 말하면 그가 흔든 것이 아니다. 자신이 다가간 것이지. 정음은 그와 우정, 그와 자신의 모습을 상상해 보았다. 비주

얼만 봐도 자신보다는 우정 쪽이 훨씬 훈민과 잘 어울리는 것을 부정할 순 없었다.

수업을 마치고 ABC마트에 들른 정음은 일직선으로 쭉 이어진 냉동 코너를 오가면서 먹고 싶은 것들을 눈에 담았다. 피자도 먹고 싶고, 치킨도 먹고 싶고, 스파게티도 먹고 싶고, 여긴 없지만 사료 포대만 한 시리얼 한 봉지와 섬유유연제 大 자 사이즈만 한 흰 우유 한 통을 사 들고 가서 걸신들린 사람마냥 허겁지겁 퍼 먹고 싶다. 이왕 찌는 김에 역겨울 정도로 끈적끈적한 초콜릿이 가득 담긴 아이스크림도 한 통 추가!

스트레스를 식탐으로 푸는 건 세상 가장 미련한 짓 중 하나라는데, 오늘은 누가 뭐래도 그 미련한 짓을 한번 해보고 싶었다. 하긴 미련한 애가 미련한 짓을 한다는데 누가 뭐라 하랴.

미련퉁이 오정음,

한심한 도끼병 오정음,

이 못 말리는 일루젼 증후군 중증 환자 같으니라고!

"정음, 여기서 뭐 해?"

냉동고를 향하여 분노의 일격을 가하려는 순간, 나긋한 목소리가 정음의 행동을 막아섰다. 교대 시간인지 시커먼 캐쉬 박스를 옆구리에 낀 웬디 아줌마가 놀란 표정으로 정음을 내려다보고 있었다.

「아니, 저, 그냥……」

귀밑까지 벌게진 정음이 버벅거리자,

「그 다리로 저 냉동고를 날려 버릴 수 있겠어? 이 정도는 되어야지.」

라며 축구선수 뺨치는 우람한 허벅다리를 내보였다.

「푸핫!」

한동안 오므려져 있던 정음의 입술에서 웃음소리가 터져 나왔다.

「아니, 그냥. 돈은 없는데 먹고 싶은 게 너무 많아서요. 억울하잖아요. 사람 놀리는 것도 아니고.」

「그렇지? 나도 여기서 일은 하지만 볼 때마다 괴로워. 세상엔 왜 이리 먹을 게 넘쳐 나는 거야. 나처럼 일 년 365일 내내 다이어트 결심만 하는 사람은 어쩌라고.」

「이번에도 실패예요?」

「보면 모르겠니? 이 넘쳐 나는 뱃살 좀 봐라. 거울 볼 때마다 깜짝깜짝 놀란다니까. 내가 깜빡 잊고 세상에 안 내어놓은 애가 있었나 싶어서.」

웬디 아줌마의 유머는 언제나 정음을 웃음 짓게 했다. 지금도 장난스럽게 눈썹을 찌푸리며 풍성한 아랫배를 조몰락거리는 손짓을 따라 정음의 어깨도 앞뒤로 흔들리며 와하하 웃음을 쏟아 냈다. 이역만리 타국에서 기댈 수 있는 누군가가 있다는 건 얼마나 감사한 일인지. 이웃사촌들인 웬디 아줌마, 테레사 이모, 루크 아저씨까지. 정음과 고모에게는 평생 잊을 수 없는, 너무나 감사하고 너무나 소중한 이웃들이었다.

「헤이, 정음. 여기서 뭐 하는 거야?」

사람 좋게 생긴 루크가 허허거리며 그들에게로 다가왔다.

「그건 1분 전에 웬디 아줌마가 물었어요.」

「좋아, 그럼 다른 각도에서 접근해 보지. 교대 시간을 목전에 둔 웬디와 시커먼 캐쉬박스를 함께 들고 서서 뭐 하는 거지? 잔뜩 성이 난 사람처럼 두 눈에 힘을 주고서 말이다. 뭐가 널 그렇게 열 받게 했는데? 냉동 피자? 냉동 치킨? 그도 아님 냉동 만두?」

「먹고 싶은 유혹을 떨쳐 내려고요. 뭐든 다 씹어 먹을 것 같은 기분이거든요. 미친 듯이. 디룩디룩 살이 쪄서 스커트 지퍼가 튕겨져 나갈 때까지!」

당신이 좀 해결해 봐요.

눈짓을 하고 뒤돌아간 웬디를 대신하여 루크가 정음의 옆에 서주었다. 어쭙잖은 농담이나 던지면서 짐짓 아무렇지 않은 듯 태연자약한 태도를 취하고 있지만, 이 사랑스러운 아가씨의 영원한 팬인 어른들은 이미 눈치채고 있었다. 지금 정음의 내면에선 폭풍우가 휘몰아치는 중이라는 걸.

「흠, 이런 질문을 받는다면 몹시 부담스러울 수도 있겠다만.」

「뭔데요?」

「남자 문제니?」

「그럴 리가요.」

「그럼 무슨 일인데 그래?」

정음은 발끝으로 바닥을 꾹꾹 눌러보았다. 이미 발각되어 버린 마음, 한쪽 면을 슬쩍 보여준다 해도 해가 될 일은 전혀 없을 것이다. 더없이 마음이 편해지는 미소에, 살짝 나온 아랫배로 푸근함을 어필하는 중년 신사의 모습에 바짝 얼어붙었던 맘이 노곤해짐을 느낀다.

「남자 문제랄 것도 없어요. 그냥 좀 저 혼자 좋아했다가 저 혼자 착각했다가 급 현실을 깨닫곤 뒤늦은 주제 파악 중이에요.」

「이거야말로 예상치 못한 답변인걸. 이 세상에 우리 천사를 거부하는 정신 나간 녀석이 있단 말이냐?」

「아이고, 그 애칭 좀 버려주시면 안 돼요? 이런 천사가 어딨어요, 세상에?」

한숨을 포옥 내쉬는 꼬마 아가씨의 어깨가 천근만근이다. 살포시 불어오는 바람결에도 맘이 흔들리고, 일순 스쳐 가는 표정 하나에도 끝없는 나락으로 자신을 몰아넣을 때다. 루크는 고모인 현옥을 닮은 머루처럼 까만 눈동자를 보면서 아름다운 동양 아가씨들을 지켜주는 이가 될 수 있기를 간절히 소망해 본다.

「오늘 제가 아르바이트 하는 레스토랑에 그 남자애의 여자친구가 찾아왔었거든요. 처음엔 진짜 인형인 줄 알았어요. 얼마나 예쁘던지. 그렇게 예쁜 아이는 진짜 첨 봤어요. 인종차별주의자인 존이 목을 쭈욱 빼고 보는 것도 무리는 아니더라고요. 아저씨가 봤어야 하는데. 천사라는 애칭은 그런 애한테 붙여줘야 해요. 전 그냥 천사가 불쌍해서 돕는 아이쯤 되려나요?」

「네가 좋아하는 소년이 직접 인사시켜 줬어? 자기 여자친구라고?」

「아뇨. 우정이 혼자 왔어요. 아! 우정인 걔 이름인데요, 우정이가 그러더라고요. 자기가 걔 여자친구라고. 그렇게 말했으니까. 설마, 거짓말이라고 생각하시는 거예요?」

혹시나 하는 기대감을 가득 담고서도 행여나 상처받을까 두려워 움츠러드는 정음의 눈빛을 보며 루크는 사람 좋은 미소를 지어 보였다.

「세상일이라는 게 그런 적이 많아. 당사자에게 직접 들어보지 않으면 모르는 거라고.」

「걔가 바로 당사자 중 하나인걸요. 아닌 게 아니라 학교에서도 훈민이를 노리고 접근하는 여자애가 한둘이 아니었거든요. 거절을 거듭해도 끝없는 파도처럼 밀려온다니까요, 여자애들이. 다 무시하더니, 그렇게 예쁜 여자친구가 있으니까 그랬었나 봐요.」

「내 말이 그 말이다. 임자 있어, 하고 못 박아두면 그만인 것을 뭐 하러 입 아프게 내버려 둔단 말이냐. 퇴짜를 즐기는 녀석이면 몰라도.」

「뭔가 사정이 있겠죠. 의외로 쑥스러움을 타는 성격일 수도 있고, 그렇게 보이지는 않지만.」

「애정을 표현하는 방식에는 여러 가지가 있지. 개중엔 어리석을 정도로 자기중심적인 표현 방식도 있단다. 상대방이 그렇지 않다는 걸 훤히 알면서도 부러 모른 척 자기 좋을 대로 해석해 버리는, 그런 거 말이다.」

언젠가 인사차 들른 서래서 사람이 하고많은 직원들 중에 하필이면 정음의 고모인 현옥에게 반하는 통에 한바탕 난리를 치른 적이 있었다. 얼굴 가득 번지는 흑심을 굳이 감추려 들지도 않고, 루크는 삼박 사일을 고뇌해야만 겨우 짜내는 작업용 멘트를 버벅거림 없이 자연스럽게, 버터 위를 미끄러지듯이 건네는 그의 행각에 발끈하여 「이 여자는 내 여자요!」 외쳐 버리고 만 것이다. 뜨악해서 자신을 쳐다보는 현옥의 그 표정이라니. 당장에 사표를 던지고 떠나려는 그녀를 만류하며 지난밤 너무 심취해서 본 로맨스 영화 탓이네. 내용을 곱씹느라 밤을 새웠더니 정신이 홀라당 나가 버린 모양이네. 어쭙잖은 변명을 늘어놓았다.

덕분에 근교에 소문이 쫙악 돌아 더 이상 껄떡대는 인물은 없었지만, 현옥의 경계가 더더욱 삼엄해진 탓에 둘만의 자리는 꿈도 꿀 수 없는 지경이 되었다. 그나마 웬디와 테레사라는 막강 지원군이 있어 우정 비슷한 관계라도 이루게 된 것이지, 그러지 않았으면. 어휴! 지금도 그때만 생각하면 식은땀이 흐르는 루크였다.

「그럼 저한테도 기회가 있단 말씀이에요?」

「아주 넘치도록 있는 것 같은데.」

「음, 그치만 그 애가 저한테 하는 걸 보면 딱히 그런 것 같지도 않고.」

자꾸만 기대어 오려는 희망이란 놈을 억지로 떨쳐 내며 짐짓 심각한 척 표정을 짓는 소녀의 얼굴이 사랑스럽기 그지없었다. 헬로, 한마디 하는 게 뭐가 어렵다고 귀밑까지 벌게져서 고모 치마꼬리에 하염없이 고개를 묻던 게 엊그제 같은데. 어느 틈에 불쑥 자라나 여자 노릇을 하려는구나. 자신이 업어 키운 것도 아니면서 괜스레 눈가가 시큰해지는 루크였다.

오후 다섯 시의 공원은 고즈넉했다.

이따금 타이트하게 붙는 트레이닝복 차림으로 건강을 위해, 혹은 미를 위하여 바쁘게 오가는 이십대 초중반의 파릇파릇한 여성들을 제외하면 5분을 걸어도 고작 한 사람 마주칠까 말까 한산하기 그지없는 풍경이었다. 정음은 손이 허전하다는 핑계로 들고 온 마늘바게트를 만지작거렸다.

썰렁한 가운데 딱딱한 빵 조각이나 씹고 있으면 꽤나 볼만하겠군. 긴장과 설렘을 감추려 무진장 애를 썼지만, 결국 걸치고 나온 아기자기 꽃무늬로 도배된 카멜 빈티지 원피스도 마음에 걸렸다.

그냥 청바지에 티셔츠 걸치고 나올걸 그랬나.

초조함으로 얼룩진 정음의 머리 위로 푸른 하늘이 가없이 펼쳐져 있다. 왈왈, 멀찍이 개 짖는 소리가 들리는가 싶더니 호랑이 저리 가라 싶을 정도의 덩치를 가진 개가 불쑥 정음의 코앞으로 닐려들었다.

"엄마야!"

혼비백산하여 나자빠지려는 그녀를 단단한 손이 붙들어 힘을 실어준다. 찌푸린 정음의 눈에 비친 것은 햇살을 잔뜩 받아 찬란하게 빛나고 있는 나르시스의, 아니, 이훈민의 웃는 얼굴이었다. 왜 웃어? 사람을 그렇게 힘들게 만들어놓고 웃음이 나와? 라고 묻고 싶었다.

"어디 나들이라도 나왔냐?"

그가 웃음기 가득한 목소리로 물었다.

"뭐?"

"거기다 밀짚모자만 쓰면 딱일 것 같은데. 피크닉 바구니도 들고."

"시간이 애매해서 간식 좀 챙겨온 거야. 오버하지 마."

"흐응, 그 원피스도 시간이 애매할 때 입는 모양이지?"

"이건! 고모가 어디 나갈 때 입으라고 생일 때 사주신 거야. 학교 빼고 아르바이트 빼면 따로 나갈 기회도 없으니까. 오늘 아니면 언제 입나 싶어서."

장롱 속에 3개월간 방치해 뒀던 걸 이제 꺼내 입은 거야. 덧붙이려다가 어쩐지 구차스러워 아랫입술을 쑥 빼물었다. 그냥 넘어가 주면 안 되나. 뿌루퉁해진 입매에 심술이 서린다. 원피스 아래로 조용히 드러난 곧은 다리가 불안스레 움직였다.

샌들도 괜히 신었어. 낡아빠진 운동화 잔뜩 구겨 신고 나오는 건데.

"예뻐서 그래."

뜻밖의 말에 정음의 눈이 둥그레졌다.

"통통거리던 여자애가 갑자기 여인이 되어 공원 앞에 서 있는데 안 놀랄 수가 있어야지. 봐라, 요놈도 꼴에 남자라고 산책시켜 주는 날 모른 척하고 너 있는 데로 내빼는 거."

하얀 다리로 달라붙는 갈색 뭉치 덕에, 정음은 발그레해진 얼굴을 감출 수 있어 다행이라고 생각했다. 덩치 큰 친구는 정음이 적잖이 맘에 들었는지, 물고 핥고 빨고 비비적거리느라 난리였다. 첨엔 그 덩치에 놀랐는데 가까이서 보니 어딘지 귀여운 구석도 있는 듯하다.

"얘 이름이 뭐야?"

"토비. 관리인 아저씨가 애지중지하는 녀석이야. 생긴 건 이래도 붙임성 좋고 애교도 많거든. 이 녀석 현관문도 열 줄 알고, 아침이면 누구보다 먼저 마당으로 뛰어나가 신문도 집어오곤 해. 비상한 녀석이지. 덕분에 침으로 범벅된 활자를 읽어야 하지만."

"아주 용한 재주를 가졌네. 아하하, 그만 좀 핥아. 왼뺨이 닳아 없어지겠다. 근데, 왜 네가 데리고 나온 거야?"

"관리인 아저씨가 부탁하셨어. 난 바람을 쐴 수 있어 좋고, 아저씨는 한가하게 집안을 돌볼 수 있어서 좋고."

"좋겠다. 나도 마당 있는 집에서 살면 이렇게 예쁜 강아지도 키울 수 있으련만."

"예뻐? 애가?"

"예쁘잖아. 요 새까만 눈망울 좀 봐. 요 선한 눈으로 이러고 쳐다보면 뭐든 해주고 싶어질 것 같아."

"방금 전엔 기겁해서 뒤로 자빠지려고까지 했으면서."

"그건 놀라서 그런 거고."

정음의 다리에 영역표시라도 하듯 한참을 비비적거리던 녀석은 목줄을 쥐고 있는 훈민은 아랑곳하지도 않고 카멜 원피스를 향해 앞발을 들고 펄쩍거리기 시작했다. 뒤에서 당기건 말건 신경도 안 쓰는 폼이 산책 파트너로 훈민이 아닌 정음을 원하는 것 같았다.

"선택받으셨군. 자, 여기 목줄. 아량을 베풀어 네게 양보하지."

"이러려고 데리고 온 거지?"

"겸사겸사."

"평소에도 이렇게 안 친해?"

"아니. 너만 없으면 완전 내 팬이야."

"어련하시겠어."

정음은 챙겨온 마늘바게트를 훈민에게는 권하지도 않고 한 조각 끊어내어 토비의 입에 물려주었다. 배가 고팠을까? 찹찹

소리 두 번 만에 딱딱했던 빵이 흔적도 없이 사라진다. 두 번 생각도 않고 다시 물려주려는 정음의 손에서 훈민이 나머지 빵을 거두어갔다.

"먹으려고?"

"심하다, 너. 아무리 쟤가 예뻐도 그렇지, 어떻게 옆에 버젓이 서 있는 사람한테 권하지도 않고 강아지 입에 먼저 넣어주냐."

"간식거리로 챙겨오긴 했지만, 권하긴 민망한 맛이거든. 우리 고모는 한식이건 양식이건 제과제빵이건 손에 닿는 재료로 뭐든 맛나게 만들어놓는데 난 그러지 못해. 손맛은 닮지 못했나 봐."

"직접 만든 거야?"

훈민은 무심코 입에 넣으려던 빵 조각을 새삼 진지한 눈빛으로 찬찬히 뜯어보았다.

"제법이네."

정음은 훈민의 입에서 흘러나온 칭찬이 어쩐지 쑥스러워 못 들은 척 개의 머리를 부드럽게 쓸어주었다.

잠시 말없이 가지고 온 바게트를 사이좋게 나눠 먹은 그들은 토비를 가운데 세우고 앞서거니 뒤서거니 공원을 활보하기 시작했다. 샌들 밖으로 비어져 나온 발가락을 감싸는 공기가 아늑하다.

"학교생활은 할 만해?"

"뭐?"

"불편한 건 없나 해서. 한국이랑은 많이 다르잖아, 여기."

"몹시 뒷북이라는 생각 안 드냐? 그리고 불편한 거 있으면 네가 해결해 줄 위치는 되고? 그새 상담교사 알바라도 시작한 거야?"

"꼭 그래서가 아니라. 야! 넌 무슨 애가 호의를 그렇게 삐딱하게 받아들이니? 물어도 못 봐? 혹 모르잖아. 대인관계라면 나도 어느 정도 관여할 수는 있다고. 그래도 너보단 내가 대인관계는 원만하다고 볼 수 있으니."

"친구도 나보다 많고."

"그렇지."

"적도 나보다 많으니 말이지?"

"적이라니?"

"네 일이라면 쌍심지를 켜고 덤비는 인물이 있던데. 패트릭 건도 그 친구 입에서 입으로 전파되었다지, 아마?"

반박하고 싶었지만, 새치름하게 눈을 뜬 리에 무리를 떠올리니 할 말이 없어졌다. 한일대항전도 아니고, 대립각을 세우고 으르렁댄 적이 어디 한두 번이야지 말이다. 가끔 찰스까지 합세해서 한·중·일 3파전. 국가적 사명이 걸린 문제가 아니라면 이젠 나서지 말아야겠다, 다짐하는 정음이었다.

"정 그렇게 도와주고 싶다면 네 도움이 절실한 일이 하나 있긴 한데."

"그게 뭔데?"

드디어 도움이 될 수 있다! 게다가 절실하기까지 하다니. 언어 배틀 건도 그렇고, 여러모로 캥기는 일만 가득인 정음은 뭐든 들어주겠다는 열의로 눈까지 빛내며 토비의 목줄을 바짝 그러쥔 채 훈민 곁으로 다가섰다.

"뭐, 그렇게 대단한 일은 아니고."

"대단한 거면 내가 감히 할 수도 없는 거잖아. 뭔데 그래?"

"홈커밍 파티, 갈 거냐?"

훈민의 말에 정음은 꿀꺽, 침을 삼켰다.

홈커밍 파티라고 한 거지, 지금? 꿀렁 넘어가는 가슴의 파도. '갈 거냐?'의 의도를 파악해 보려 고개를 들었다. 요동치는 정음과는 달리 태연하기 그지없는 태도로 훈민이 다시 묻는다.

"갈 거야?"

"홈커밍? 입고 갈 옷도 마땅치 않고, 그리고 또……."

같이 갈 사람도 없다고, 너와 같이 가고 싶었는데 너에게는 이미 연예인처럼 예쁜 여자친구가 있더라고 말하려던 정음은 순간 입을 다물어 버렸다.

"근데 그걸 왜 물어?"

"가자, 홈커밍 파티."

가자고? 지금 훈민이 내게 파티에 같이 가자고 청하는 건가? 심장이 미친 듯이 뛰기 시작했다. 정음은 믿어지지 않는 듯, 멍한 표정으로 그를 쳐다보았다.

"네가 날 좀 구해줘야겠어."

"구해주다니, 무슨 소리야? 홈커밍 파티가 널 잡아먹기라도 한다든?"

"그 비슷한 경우라 할 수 있지. 자선모금 행사 중 하나로 몇몇 남학생을 경매에 붙인다는 모양이야. 일단 상품으로 등록되면 거부할 수도 없고."

"응. 우리 학교 전통이야. 경매에 붙여지는 남자들은 자신의 몸값으로 불우이웃을 돕는 영광스러운 처지가 되는 거지."

"나는 그런 영광 필요 없어. 네 임무는 바로 거기서 날 구해내는 거야."

"뭐 어때서? 거기에 올랐다는 건 그만큼 네 인기가 하늘을 찌른다는 반증인데. 혹 비틀어 잘난 척 중인 거 아냐? 나, 이런 사람이다 으스대는 중?"

"할 일도 없다."

빳빳해진 뒷목을 보아하니 지금 이 상황이 몹시도 불편한 모양이다.

그게 뭐 어때서? 란 생각이 들었지만, 세상에는 인기를 질색하는 별 희한한 종류의 인간도 있나 보다. 기왕 도와주기로 한거 끝까지 들어나 보자 작정하고 훈민에게 물었다.

"그러니까 뭐야, 내 임무란 게 다른 사람한테 팔리기 전에 냉큼 널 사버리라 그 말이지?"

"응. 그 총명한 머릴 굴려서 그 자리에서 날 빼내보라고. 왁자한 파티도 싫거니와 모르는 여자애 옆에서 시시덕거리는 건 더

더욱 질색이니까."

내 말이! 네가 다른 여자애랑 그런 꼴을 어떻게 보니. 정음은 그의 말에 적극 동조하면서도 훈민을 노리는 수많은 여학생들을 떠올리며 기죽은 목소리로 말했다.

"그치만 넌 비쌀 텐데?"

앞서 걷던 훈민의 걸음이 우뚝 멈춰 섰다. 뭔 소리냐? 묻는 그의 얼굴에 대고 정음은 뾰족해진 입술로 종알거렸다.

"너의 잘난 척에 기름을 붓고 싶은 마음은 눈곱만치도 없지만 이번 기회에 널 사보겠다고 혈안이 된 여자애들이 한두 명은 아닐 거란 말이지. 그중에는 나 돈 많아요, 얼굴에 써 붙인 리에 같은 애도 있을 테고. 칭은 완전 재벌이야. 너 익히 소문 들어 알지? 중국 부자가 얼마나 돈이 많은지. 그런 애들을 어떻게 물리쳐? 너도 알다시피 난 가난한 아르바이트생일 뿐인데 말이야."

'드레스 살 돈도 없어.'는 간신히 묻어두고 말했다.

"염려 마, 비용까지 부담시키진 않을 테니. 넌 그냥 최고액을 불러서 날 빼오기만 하면 돼."

비용을 부담시키지 않을 거라고? 정음은 안도의 한숨을 내쉬다 문득 고개를 갸웃거렸다.

"꼭 그렇게까지 해야 되는 거야? 적당히 즐기면 되는 거잖아. 대부분의 남자들은 이런 경우 무지 기뻐할 것 같은데 말이지."

"대부분의 남자들은 애정 없이 상황을 즐기는지 몰라도 난 아니야. 내 사전에 적당이란 없어."

단호하게 말하는 그를 보다 그러고 싶진 않았지만, 우정이 떠올랐다. '잘 부탁해.' 라고 했던가. 쓸데없는 걱정이었네. 이 정도로 꽉 막힌 남자친구라면.

"알았어. 귀찮긴 하지만 까짓것, 해줄게. 목청 높이는 일이라면 자신 있으니까."

"오늘 스타일대로 입고 오길 바란다. 좀 여성스럽게."

"옷차림까지 간섭하는 거야? 그리고 평소에 내가 뭐가 어때서? 충분히 여성스럽거든."

"퍽이나."

웃기시네를 고스란히 드러낸 얼굴에 분통이 터진다.

네 여자친구만은 못 하지만 나도 꽤 여성스러워!

속으로만 버럭대며 또다시 겅중겅중 앞서 가는 긴 다릴 종종 걸음으로 쫓아갔다. 나비에 혼을 뺏긴 토비를 끌고 가느라 기우뚱거리는 몸짓으로.

새벽녘, 살짝 열린 창문 틈으로 촉촉한 빗소리가 들려왔다.

"홈커밍 파티에서 네가 나를 구해줘!"

훈민의 부탁 아닌 부탁에 잠을 설친 정음은 새벽부터 자리를 털고 일어나 책상 앞에 자리를 잡았다.

촌스럽기는.

파티의 파트너가 되어달라는 고백이 아니라, 곤란한 지경에 빠진 자신을 도와달라는 명령조의 부탁일 뿐이었다. 고작 그 말에 잠을 못 이룰 정도로 설레어하는 자신이 한심하면서도 가슴 속 깊은 곳에서부터 희미하게 솟아나는 '어쩌면…….'이라는 기대를 내려놓지 못하는 정음이다.

기대가 크면 실망도 큰 법.

정음은 깊은 한숨을 내쉬며 마음을 차분히 가라앉혔다. 그리고 상상의 나래 대신 오늘 해야 할 일을 수첩에 적어 나가기 시작했다. 매일 아침 기도와 묵상. 해야 할 일을 정리하시던 아빠의 오랜 습관을 그대로 물려받은 탓이다.

—잔디 깎기 알바는 패스!

오전 9시부터 오후 3시까지 서점 알바!

홈커밍 파티까지 2주. 그동안 허리띠 바짝 졸라매고 저축을 한다면 아주 비싼 드레스는 아니더라도 꽤 괜찮은 드레스를 대여할 수 있을 정도의 돈은 모아두었다.

좋았어. 다음은…….

정음의 연필이 사각거리며 다시 움직이기 시작했다.

—류하 오빠에게 깍두기 전해주기.

이것도 고민이었다.

혹시 깍두기가 맛이 없다고 돈으로 물러달라고 하지는 않을까?

조막만 한 얼굴에 섬세한 이목구비, 이기적일 만큼 큰 키와 팔다리를 가진 류하. 겉으로 보기에는 무척이나 까다로워 보이는 그가 고모의 깍두기를 받아들여 줄지 의문이었다. 물론, 대대로 내려오는 비법 양념가루로 버무린 깍두기를 맛본 사람들은 대부분 감탄을 금치 못했지만, 사람의 입맛은 천차만별인 만큼 안심할 수는 없는 노릇이었다. 제발, 명품가방과 지갑 대신 깍두기를 선택한 그의 엉뚱함만큼 입맛도 특이하지 않기만을 바랄 뿐이다.

그때 흥분만 하지 않았어도…….

후회를 하다 문득 요즘은 낙서범이 출범하지 않는다는 사실을 떠올렸다. 그리고 보니 3주에 한 번 꼴로 일어나던 흉측한 낙서가, 류하를 만난 뒤로 더 이상 그려져 있지 않고 있다는 것을 깨달았다.

"설마, 진짜 범인 아니야?"

꼬리를 밟힌 뒤 더 이상 낙서를 하지 않는 것은 아닐까? 연필 머리를 잘근잘근 씹어가며 심각하게 고민해 보았지만, 누가 알아주는 것도 아닌데 유해 포스터를 뜯고 있던 사람이 범인일 리는 없다는 결론이 나왔다. 아니, 굳이 그날 새벽 일이 아니더라도 다시 만난 류하는 절대 그럴 사람으로 보이지 않았다. 그렇게 맑고 예쁜 눈을 가진 사람이 그런 짓을 할 리가 없었다. 정음의 본능이 그렇게 말하고 있었다.

하루 일과를 정리한 정음은 고모가 깨지 않도록 조심스레 주방으로 향했다. 커다란 유리병에 깍두기를 담고 덤으로 동치미까지 챙긴 뒤, 야간 업무를 마치고 정신없이 잠에 빠져 있는 고모의 이마에 사랑이 듬뿍 담긴 키스를 남기고 조심스레 집을 나섰다.

탐스 서점.

30분 일찍 출근한 정음은 평소와 다름없이 청소로 하루의 일과를 시작했다. 먼지를 털고 청소기로 바닥을 민 뒤, 물기를 꼭 짠 밀걸레로 마무리를 하고 나면 8시 50분. 별다른 일이 없는 한 언제나 10분 전에 출근하시는 홍숙자 사장님 특유의 쾌활한 목소리가 서점 영업의 시작을 알린다.

"안녕! 정음!"

"안녕하세요, 사장님!"

"일주일 만에 겁나게 예뻐졌다. 남자친구라도 생긴 거야?"

체구는 자그마하지만, 웬만한 남자보다 훨씬 강단 있는 사장님이 예리한 눈빛으로 정음을 아래위로 훑었다.

"그럴 리가요."

"아닌데. 뭔가 분위기가 달라졌어. 더 예뻐진 것 같기도 하고."

"지난주에도 그런 말씀을 하셨어요."

"그랬나? 그럼, 아무 일 없었단 말이지?"

"네."

"쯧쯧. 젊디젊은 것이 남자 하나 못 후려? 너 혹시 여자 좋아하냐?"

"헐! 사장님!"

"그래. 그랬다가는 너 하나 보고 사는 네 고모 뒷목 잡고 거품 물 게 뻔하지. 아무리 궁해도 그럼 못쓴다."

"네."

정음의 대답에 만족한 숙자는 고개를 끄덕이며 카운터 정리에 들어갔다.

"참! 학교 축제한다며? 괜찮은 놈은 찜해놓은 거야?"

괜찮은 놈이라……

짧은 순간 정음은 훈민을 생각했다. 괜찮긴 하지만 여자친구가 있을지도 모르니까……. 정음은 낮은 한숨을 내쉬었다.

"흠……. 그닥이요."

"쯧쯧. 꽃게랑 같은 년."

"사장님임!"

"너 꽃게랑 맞잖아. 눈이 머리 위에 달려서 웬만한 남잔 눈에

도 안 들어오지? 그래, 그럴 것이다. 좀만 기다려 봐. 대학 들어
가면 우리 동생 소개해 줄랑게. 그때까진 아무나 사귀고 그럼
안 된다."

전라도 장흥이 고향인 홍숙자 사장님은 이민 1세대답지 않게
완벽한 네거티브 영어를 구사하는 특별한 분이셨다. 게다가 피
는 못 속인다고 했던가? 사장님의 자랑이신 남동생은 어린 나이
에 몇 개 국어를 구사하는 데다, 대학원까지 다니고 있는 능력
자라고 했다.

"네엡. 마음 변하지 마시고 꼭 소개해 주셔야 해요!"

"알았어. 걱정 말어. 그나저나 알렉스는 어쩌면 가다귀 치듯
저래 놓냐? 꼭 생긴 것처럼 놀아요."

"가다귀 치는 게 뭐예요?"

발음이며 어휘 구사 능력이 미국에서 태어나 자랐다고 해도
믿을 정도로 뛰어난 사장님은 구수한 전라도 사투리를 즐겨 썼
는데, 생전 처음 들어보는 재미있는 단어들이며 독특한 억양 덕
에 웃음이 터지는 일이 많았다.

"일을 거듬거듬 해치우는 걸 말하제."

"거듬거듬?"

말을 하면서도 부지런히 손을 놀려 책을 정리하는 사장님을
보며 정음이 다시 물었다.

"이렇게 흩어져 있는 것들을 대충대충 거둬들이는 뽐새를 말
하는 거시여! 아야! 너네 고모는 그런 것도 안 가르쳐 주고 뭘

하냐?"

"헤헤헤. 저희 고모는 안동 분이시잖아요."

"쯧쯧. 맞어! 별 영양가 없는 경상도 사투리만 쓰제. 하기야 그것도 제대로 기억도 못 하는 것 같더만. 그런데 정음, 오늘 들어올 책은…… 이게 다야?"

입고될 책 목록을 확인하던 숙자 사장님이 이맛살을 찌푸렸다.

"네. 품절됐던 Harry Potter and the Philosopher′s Stone 시리즈랑, 지난번 주문받은 한국 책도 여러 권 오고요. 뭐 잘못된 거 있어요?"

"아니, 아니, 내가 아는 인간이 책을 낸 것 같아서. 요즘은 개나 소나 다 책을 내나봐."

"정말이요? 누가요?"

"이영민."

"이영민?"

"그런 놈이 있어. 네 고모 가슴에……."

홍 사장이 뭔가 더 할 말이 있는 사람처럼 머뭇거리다, 의아해하는 정음을 보며 입을 다물어 버렸다.

"고모 가슴이라뇨? 이분이 고모랑 아는 분이세요? 한데 사장님은 어떻게 아는 분이에요?"

정음은 목록 속에 있는 '이영민'이라는 이름을 뚫어질 듯 바라보았다. 한국에서 자기개발 서적을 쓴 모양이지만, 기억에 없는 이름이었다.

"몰라? 아아, 그럴 수도 있겠다."

쭈뼛거리던 숙자 씨가 괜히 주위를 두리번거리다 창고 쪽으로 쏙 들어가 버렸다.

사장님이 왜 저러시지?

고개를 갸웃거리는 정음에게 곧 아무렇지도 않은 사장님의 목소리가 들려왔다.

"정음! 이건 뭐니? 나 주려고 싸온 거야?"

창고 안에 넣어둔 깍두기와 동치미가 든 쇼핑백을 본 모양이다.

"아뇨. 친구 주려고 싸왔어요."

"빛깔 죽인다. 고모한테 지 친구도 좀 챙기라 그래."

"네. 담에 싸다 드릴게요."

"고마워."

'이영민'이라는 이름을 들먹이며 당황해하는 사장님이 이상했지만, 곧바로 손님이 들어서는 바람에 더 이상 생각할 겨를이 없었다.

토요일 서점 아르바이트는 정음이 가장 좋아하는 시간이다. 가족처럼 편하고 재밌는 사장님과 여러 종류의 책과 함께 시간을 보낼 수 있든 행복한 아르바이트였다. 간혹 진상 손님이 시비를 걸기도 했지만, 힘든 레스토랑 일에 비하면 천국 수준이었다.

즐거운 시간은 어찌나 금방 흘러가 버리는지…….

후다닥 지나가 버린 시간을 아쉬워하며 서점 아르바이트를 마무리한 정음은 류하와 만나기로 한 약속 장소로 향했다. 쇼핑백 안에는 맛깔스러운 깍두기와 동치미가 밀봉된 유리병에 담겨 있었고, 찜찜한 빚을 청산한다는 홀가분함에 발걸음마저 가벼웠다.

요즘 한국에서 유행하는 노래를 흥얼거리며 공원 입구 계단을 오르던 정음은 문득 발밑이 허전한 것을 느끼고는 걸음을 멈추었다.

뭐가 잘못됐지?

의아해하며 아래를 내려다보던 정음은 저도 모르게 숨을 들이켰다.

"헉!"

맨발이다!

놀라 뒤를 돌아보니 빨간 구두가 계단 저 아래쯤에 벗겨져 있었다. 고모의 구두를 신고 나온 것이 화근이었다. 고모가 사놓고 몇 번 신지 않은 빨간 구두는 정음에게로 물려졌지만, 한 사이즈 차이 나는 발 크기 때문에 이런 사단이 생겨 버렸다.

깔창을 깔았는데…….

혹시 본 사람은 없을까?

놀라 주위를 둘러보니 계단 아래쪽의 몇몇 사람이 정음을 보며 웃고 있었다. 어른 신발을 신고 나온 초등학생으로 보였을까?

창피!

후다닥 뛰어 내려가 신발을 가져오려는데 누군가가 먼저 움직인 사람이 있었다. 큰 키만큼이나 긴 팔과 우아한 손가락의 주인공, 류하다.

"이건…… 버리는 거야?"

그가 정음의 구두 한 짝을 들어 올리며 느릿한 목소리로 물었다.

"그럴 리가요. 일부러 벗은 거예요. 아시죠? 신데렐라."

"그 놀이는 12시에만 하는 거지."

다가온 류하가 정음의 발 앞에 신발을 내려놓았다.

"고맙습니다, 류하 오빠!"

"오빠라 부르지 말라니까."

"채권자님!"

"그렇게도 부르지 마."

"그럼 뭐라고 불러요?"

"그냥 류하라고 불러."

"그래, 그럼 그러던지. 고마워, 류하!"

새침하게 말하는 정음을 보며 류하가 픽, 웃음을 터뜨렸다.

"왜 웃어요? 류하라 부르라며?"

"그래, 잘했어. 앞으로도 그렇게 불러."

천천히 고개를 끄덕이는 류하의 입가에 미처 드러내지 못한 웃음기를 보며 정음도 결국 웃음을 터뜨려 버렸다. 마음을 설레게 하는 훈민과는 또 다른, 예전부터 알고 있었던 사람처럼 편안함이 느껴지는 류하였다.

"근데, 정말 몇 살이야?"

한결 편안해진 마음으로 정음이 류하에게 물었다. 류하는 분명 나이는 많아 보이지 않는데 들고 있는 어려운 책이며 묘한 분위기가 또래 같지 않은 성숙한 느낌이 들게 했다.

"내 나이는 알아서 뭐 하게?"

"그냥 궁금해서. 난 열일곱. 한국 나이로 열여덟."

"궁금하지 않아."

"치사하게 내 나이만 알고 그냥 넘어가는 거야?"

종알거리는 정음을 보며 류하가 손을 내밀었다.

"바쁘니까 빚 청산이나 빨리 하자고."

"여기서? 저기 계단 다 올라가면 벤치 있거든. 거기 가서……."

"그냥 줘."

정음은 할 수 없이 공원으로 향하는 계단 한복판에서 그에게 쇼핑백을 내밀었다.

"여기. 맛없음……."

맛없으면 말해. 다시 담가다 줄게, 라고 말하려던 참이었다.

"밥이나 먹으러 가자."

"응?"

"저녁 시간이잖아."

쇼핑백을 든 류하가 성큼성큼 앞서 간다. 어쩜 다리는 저렇게 긴지…….

"같이 가!"

정음은 열심히 그의 뒤를 따랐다.

주차장에 세워둔 그의 차는 깍두기를 싣기 아까울 정도로 잘 빠진 고급차였지만, 그는 개의치 않는 것처럼 보였다.

"우와! 이거 네 차야?"

"그럼. 네 차냐? 쓸데없는 소리 하지 말고 어서 타."

"어디 갈 건데? 여기 근처에 진짜 맛있는 식당 있는데……."

정음의 말에 류하가 차 문을 닫았다.

"앞장서. 맛없음 네가 돈 내라."

"흐흐흐. 그럴 일은 없을 거야."

정음이 류하를 데리고 간 곳은 한국식 뷔페식당이었다. 창가에 자리를 잡은 정음은 흐뭇한 미소를 지으며 음식을 날랐고, 그들의 테이블은 곧 몇 개의 접시로 세팅이 되었다.

"잘 먹겠습니다."

랍스타 퐁듀에 립아이, 치킨 까르보나라를 게 눈 감추듯 먹어 치운 것도 모자라 쪼르르 샐러드 바로 달려가서 야채를 가장한 느끼덩어리들을 산더미같이 담아온 정음의 기세에 류하의 입이 떡 벌어졌다.

처음 가져온 프라이드치킨을 야무지게 베어 무는 모습에 예사 식성은 아니구나, 짐작했지만 이 정도로 잘 먹는 줄은 몰랐다. 좀 전에 먹었던 것들은 위 속에서 깡그리 잊힌 듯 새로 떠온 샐러드에 온 신경을 집중하고 있는 정음에게서 류하는 눈을 뗄 수가 없었다.

저 가녀린 몸 어딘가에 안 보이는 음식 서장고라도 숨거둔 것 인가.

먹을 것 앞에서 위대(胃大)해진 정음을 보니 고작 비비큐립 하 나에 매시포테이토를 받아 들고 한 시간째 씨름 중인 자신이 우 습게 여겨지는 류하다.

"맛이 별로야? 어째 먹는 속도가 시원찮은 것 같다?"

"내가 시원찮은 게 아니라 네가 너무 달리는 것 같은데."

"흔치 않은 기회니까. 너한테 언제 또 얻어먹겠어. 이럴 때 야 무지게 먹어둬야지."

"맛없음 네가 내야 한다니까."

이죽거리는 투로 말은 했지만, 음식은 썩 훌륭했다. 게다가 정음이 한껏 입을 벌리며 먹는 모습이 밉지 않았다. 오히려 작 은 제비 새끼 같다고, 오물거리는 입을 보며 류하는 생각했다.

맞은편 테이블을 치우고 있던 금발의 웨이트리스가 정음과 시선이 얽히자 친근한 미소를 보내온다. 류하를 향해 은근히 눈 짓을 하며 남자친구? 묻는 것도 잊지 않고. 정음은 화들짝 놀라 손사래를 쳤지만, 류하는 이 모든 상황이 싫지 않았다. 왠지 정 음의 일부분에 한쪽 발을 들이민 기분이다.

"여기 단골인가 보지?"

"응, 우리 고모랑 내 아지트거든."

"아지트?"

"고모 월급날이라든가 혹은 내가 알바비를 두둑이 받았을 때, 그리고 속상한 일이 생기거나 함께 축하할 일이 생길 때도 언제나 이곳으로 와. 맛난 음식을 값싸게 먹을 수 있고, 종일 엉덩이 붙이고 앉아서 수다를 떨어도 눈치 주는 사람이 없으니까."

"그래서 남자는 눈 씻고 찾아봐도 없고 입에 모터기 단 여자들만 들끓는 거로군. 음악은 잠시 꺼둬도 되겠어. 재잘거리는 소리에 무슨 음악인지 알아들을 수도 없으니 말이야."

"솔직히 남자 취향은 아니지."

"그래도 음식은 입에 맞는 편이야."

"정말? 다행이다."

정음은 환하게 웃으며 안도의 한숨을 내쉬었다. 사실, 류하와는 첫 만남부터 지금까지 굴욕의 연속이었다. 낙서 범인으로 오해하고 가방을 엎질 않나, 구두가 벗겨진 줄도 모르고 계단을 오르질 않나……. 다른 사람 앞에서 발휘되는 참하고 이지적인 모습이 어찌 된 영문인지 류하 앞에선 흔적도 없이 사라지고 만다.

"잠깐, 여길 좀 봐봐."

정음의 주위를 환기시킨 류하가 그녀의 얼굴을 향해 손을 내밀었다.

"응?"

류하는 안 보이는 무언가를 향해 집중하듯 살짝 이마를 찌푸리며 왼쪽 눈가를 더듬었고, 그의 엄지에 정음의 눈에서 떨어져 나온 속눈썹이 닿았다.

"아. 내가 할게."

"가만히 있어."

류하가 속눈썹을 부드럽게 집어냈다. 뜻밖의 다정다감한 손길에 정음은 자신의 목 끝까지 열이 오르는 것을 느꼈고 그래서 더 당황스러웠다.

"속눈썹이 기네."

류하가 낮은 목소리로 말했다.

"어, 아빠 쪽 유전이야. 할머니도 길었고 아빠도 길고, 그리고 고모도 길고 나도 길지. 고마워. 아니, 속눈썹이 길다고 말해줘서 고맙다는 게 아니라 그걸 떼줘서 고맙다구."

나 지금 뭐래는 거니? 정음은 쿵쿵 요동치는 가슴을 진정시키기 위해 찬물을 들이켰지만, 별다른 효과는 없는 것 같았다. 아, 이렇게 당황스러울 수가.

"별말씀을."

류하가 점잖게 말했다.

난데없는 가슴 떨림에 당황한 정음을 두고 류하가 몸을 일으켰다.

"어디 가려고?"

"샐러드 좀 가져올까 해서. 보니까 푸딩 종류도 있던데. 무슨 맛 좋아해?"

"어, 사과 맛이랑 캐러멜 커스터드."

"오케이."

샐러드 바를 향해 걸음을 옮기는 류하를 바라보며 정음은 낮은 한숨을 내쉬었다.

뒤태는 왜 또 저렇게 멋진 거야? 세상에는 멋진 남자가 너무나 많았다. 닭대가리라는 모멸감 가득한 호칭을 안겨주었던 훈민과는 또 다른 부드러움. 정음은 두 뺨에 발그레 홍조를 띠고 맛있는 음식을 잔뜩 들고 올 류하를 기다렸다.

1. 드리워지는 그림자

레스토랑 클레멘트.

「아무도 의심 가는 사람이 없다?」

「저희 전 직원은 모두 각자의 자리에서 열심히 일을 하고 있습니다. 누, 누가 감히 카운터에 손을……」

벌써 여러 달째 발행한 영수증과 매출이 차이가 난다는 사장 토마스의 말에 매니저 존은 연신 흐르는 땀을 닦아내야 했다.

「아닐세. 이번 달에도 꽤 차이가 나는걸. 아무래도 CCTV 설치를 진지하게 생각해 봐야겠어. 자네 생각은 어떤가?」

「사, 사장님 생각이 그러시다면, 그렇게 하는 것이 좋을 듯합니다.」

클레멘트의 사장 토마스는 콧잔등까지 내려온 안경을 올리며 고개를 끄덕였다. 벌써 여러 달 전부터 눈에 띄게 매상이 줄고 있었다. 무슨 문제가 있는 걸까? 처음부터 꼼꼼하게 장부와 영수증을 비교한 결과 돈이 새고 있다는 것을 알게 되었다.

「자네도 잘 알다시피, 난 모든 직원들이 가족 같은 분위기를 느낄 수 있도록 각별히 신경 써왔네. 물론 자네가 제일 많은 수고를 했겠지만.」

「아이고, 과찬이십니다. 직원들을 생각하는 사장님의 마음에 제가 도리어 피해를 입히지 않았는지. 저는 최선을 다해서 한다고 했지만.」

존이 황급히 맞장구를 치며 토마스의 상처 입은 마음을 달래주었다.

「다행히 자네 같은 좋은 매니저를 만나 별다른 문제 없이 잘 굴러왔지 않은가? 물론, 최근에 아시아계 직원들이 도에 넘는 요구를 해서 약간의 잡음이 일어났었지만, 그것마저 원만히 해결이 되었다고 했었지?」

「네. 반발심을 가진 직원들이 사표를 내고 뛰쳐나가 버렸지만, 지금은 모두 다 후회를 하는 모양입니다. 최근에도 한 직원이 이곳이 좋았다, 잘못했으니 다시 받아달라는 연락을 해왔었습니다.」

「흐음, 그래. 그렇겠지. 그래서 말인데, 난 이번 일이 참 충격이었네. 내 가게에서 이런 비양심적인 행위가 일어나고 있다는 것이 믿어지지 않아.」

「혹시 지난번 그만뒀던 아시안 직원들의 소행이 아닐까요?」

그의 충실한 직원 존이 조심스레 물었다.

「그럼 그만둔 직원들이 나오지 않은 이번 주간은 돈이 딱 맞 아떨어졌어야지.」

「이런……. 정말 그렇군요. 역시 사장님의 예리하심은 제가 따라갈 수가 없습니다. 아무튼 이런 불미스러운 일이 일어나 정 말 죄송합니다, 사장님. 이 모든 것이 다 매니저인 저의 불찰입 니다.」

토마스는 마치 자신이 잘못을 저지른 사람처럼 풀이 죽어 있 는 존의 어깨를 두드려 주었다.

「아닐세. 자네같이 열심히 일하는 직원만 있으면 무슨 걱정이 있겠나.」

「그렇게 말씀해 주시니 정말 뭐라고 말씀을 드려야 할 지…….」

사장이 자신을 인정해 주는 것에 감격한 존이 흥분한 목소리 로 덧붙였다.

「저는…… 웃으실지도 모르겠지만, 이곳이 제 식당이라는 마 음으로 손님들을 모시고 있습니다. 아, 얼마 전에는 매너와 서 비스에 관한 책을 사서 읽기도 했습니다. 물론 손님에게 좀 더 나은 서비스를 제공하기 위해서지요.」

시건방지기 짝이 없는 동양 소년이 가르쳐 준 책 제목이 이럴 때 쓰이다니. 존은 자신이 생각해도 열정이 넘치는 목소리로 강력하게 어필을 했고, 사장은 다행스럽게도 그의 열정에 감복한 듯 연신 고개를 끄덕였다.

「그래, 그래, 내 잘 알지. 앞으로도 잘 부탁하네.」

「감사합니다. 최선을 다하겠습니다.」

「그래. 어서 마무리하고 들어가지. 고생했네.」

천성이 남을 잘 믿고 어수룩한 토마스는 흡족한 마음으로 가게를 나섰다. 비록 계산은 착오가 났지만, 식당 일에 최선을 다하는 훌륭한 직원을 두지 않았는가. 모든 것이 바로잡힐 것이라, 토마스는 그렇게 생각을 했다.

존은 토마스의 차가 주차장을 벗어날 때까지 그 자리를 지켰다.

쯧쯧. 어쩌자고 사람을 저렇게 잘 믿어서는…….

더없이 선하고 부드러운 얼굴로 사장을 배웅하고 돌아서는 존의 얼굴이 삽시간에 퉁명스럽고 심술궂게 변해 버렸다.

「젠장!」

존은 낮게 중얼거리며 가게 문을 열어젖혔다. 긴장한 직원들이 그의 눈치를 살피며 청소에 열을 올리고 있었다.

「자! 자! 우리를 끝까지 믿어주는 사장님을 위해서라도 최선을 다하자고. 어서 움직여! 바닥에서 광이 날 때까지 열심히 닦으라고.」

박수를 치며 직원들을 다그친 존은 착잡한 심정으로 직원 전용 복도로 들어섰다. 이마에 흥건히 고인 땀을 훔쳐 내며 자신의 사무실 앞에 선 그는 깊은 심호흡을 하며 문을 열어젖혔다. 딸깍, 소리와 함께 문이 열리자 소파에 앉아 있던 수잔이 벌떡 일어났다. 하얗게 질려 있는 그녀의 얼굴은 딱딱하게 굳어 화가 난 사람처럼 보이기도 했다.

「앉아. 왜 일어서, 피곤할 텐데.」

전에 없이 친절한 존의 태도에 수잔은 눈살을 찌푸렸다.

「매니저님이 왜 이러시는지 다 알아요.」

「어허. 그게 무슨 말이야? 내가 언제는 안 친절했나?」

존은 끓어오르는 화를 억누르며 억지로 미소를 지어 보였다. 이 건방진 중국 여자 따위, 당장에라도 귀싸대기를 날려 복종시키고 싶었지만, 지금은 그럴 때가 아니었다.

「전 봤어요.」

「그러니까, 대체 뭘 봤다고 이러는 거야?」

「매니저님이 금고에 손을 대는 걸 다 봤다고요. 사장님께 말하겠어요.」

수잔은 떨리는 가슴을 진정시켜 가며 한마디 한마디를 힘겹게 뱉어냈다. 평소 그렇게 이민자들을 괴롭히던 존에게 드디어 복수할 길이 생겼다는 생각만으로도 살 떨리는 희열이 느껴졌다.

「어허. 아니라니까 그러네. 수잔, 네가 잘못 본 거야.」

「흥! 전 똑똑히 봤어요. 사장님께 매니저님이 저지른 일 다 얘기할 거예요.」

뜻을 굽히지 않는 수잔을 향해 비굴하게 웃던 존의 얼굴이 서서히 굳어져 갔다. 언제나처럼 거만하고 심술궂은, 이민자들을 멸시하며 괴롭히던 본성이 드러난 것이다.

「그래, 그럼 그래 보던지. 네년이 얼마나 잘 할지 은근히 기대되는걸?」

「뭐, 뭐라고요?」

거짓말처럼 금세 야비하게 변한 존이 입가를 올리며 차갑게 말했다.

「나를 걸고넘어지면, 난 사장님께 네년이 범인이라고 할 테니까 알아서 하라고. 밀린 집세며 아이들 교육비에……. 아! 둘째는 병원에 입원했다고 했지? 의료보험도 없으니 돈이 얼마나 많이 들어갈 거야. 지난달 가불은 얼마였더라? 뭐, 돈이 급하면 그런 짓을 할 수도 있겠지.」

「거짓말! 난 금고에 손대지 않았다고. 도둑질을 한 건 당신이야!」

탕! 존이 책상을 내려치며 자리에서 일어났다.

「도둑질이라니! 입조심해. 정말 끝장나고 싶어? 그리고 사장이 과연 내 말을 믿을까? 아님 천하고 더러운 네년의 말을 믿을까?」

「이…… 이…… 나쁜…….」

수잔의 두 눈에서 왈칵 눈물이 쏟아졌다. 아이들 때문에, 아이들에게 보다 넓은 세상을 보여주고 싶어 결정한 이민이었다. 하지만 아메리칸드림은 말 그대로 꿈에 지나지 않았다. 안정된 생활을 버리고 온 남편은 일찌감치 그녀의 곁을 떠나 버렸고, 혼자 남은 그녀는 지긋지긋한 가난과 역겨운 멸시를 받아가며 일을 해야 했다. 하루 종일 그릇을 닦고 또 닦아도 돈은 모아지지 않았다. 억울했지만 존의 말이 맞았다. 놈이 작정하고 뒤집어씌운다면 그녀는 꼼짝없이 범인이 되고 말 것이다.

「자. 자. 수잔, 흥분하지 말고 앉자고. 그러니까, 내 말을 잘 들어봐. 둘째 병원비며 집세는 어떻게 할 거야? 이대로 중국으로 다시 돌아갈 거야? 휴……. 이봐. 그러지 말고 내가 사장님께 잘 말씀드려서 정직원으로 승진을 시켜주지. 앞으로 접시닦기 대신 홀 서빙을 하라고. 그럼 팁도 챙길 수 있을 거야. 어때?」

조금 전의 난폭함은 흔적도 없이 사라진 존이 부드럽게 웃으며 자리에서 일어났다. 개인 냉장고를 향해 간 존이 시원한 차와 간식을 가져와 수잔에게 내밀었다.

「잘 생각해 봐. 지금 가장 중요한 게 뭔지. 아이들을 생각해야지. 정직원이 되면 보너스며 보험료에 여러 가지 혜택도 받을 수 있어.」

존의 말에 수잔의 마음은 흔들리기 시작했다. 무엇보다 아이들의 병원비를 지원받을 수 있게 된다는 사실은 거부할 수 없는 유혹이었다. 존과 타협을 해야 한다는 사실이 자존심 상했지만,

수잔은 아이들을 지키고 보호해야 할 엄마였다. 엄마는…… 아이들을 위해 못 할 짓이 없는 존재들이다.

「조, 좋아요.」

초조해하던 존의 얼굴에 환한 미소가 돌아왔다. 존은 크게 고개를 끄덕이며 수잔의 어깨를 두드려 주었다.

「잘 생각했어. 암, 백 번 생각해도 옳은 선택이지.」

「그, 그럼 나가 볼게요.」

쭈뼛거리며 자리에서 일어서는 수잔을 존이 잡았다.

「왜? 왜 이래요?」

「이대로 나가면 어떻게 하나? 말을 맞춰야지.」

「입…… 입만 다물고 있으면 되는 거 아닌가요?」

「아니, 그럼 안 되지. 네가 본 걸 그대로 사장님께 말씀드려야지.」

「네? 제가 본 걸 말씀드리라뇨? 좀 전까지 말하지 말라고…….」

「아니, 아니, 진실을 말하란 말이야. 금고에 손을 댄 사람이 누구인지.」

존의 말에 수잔은 이맛살을 찌푸렸다.

「매니저님이…….」

「정음! 정음이야. 금고에 손을 댄 사람은 정음이라고. 그러니까 수잔이 사장님께 진실을 말해. 정음이가 얼마나 자주 금고에 손을 댔는지.」

헉! 다리에 힘이 풀린 수잔은 자리에 주저앉았다.

「정음이에게 뒤집어씌우란 말인가요? 그럴 수 없어요. 정음이기 얼마나 열심히 일했는지 잘 아시잖아요.」

존의 얼굴이 다시 차갑게 변해 버렸다.

「수잔! 수잔! 제발 현명하게 생각해. 당신이 못 하겠다면 우리 계약은 없었던 걸로 해야 한다고. 그럼 불쌍한 아이들은 어떻게 할 거야. 정음이를 살리자고 당신 아이들을 버릴 거야? 정음이는 일주일에 네 번, 고작 세 시간 일하는 아르바이트일 뿐이라고. 걘 아직 어려. 앞으로 얼마든지 좋은 자리를 얻을 수 있으니까 너무 걱정하지 말라고. 알았지?」

「그, 그럴 순 없어요.」

「후유. 당신 정말 끝내주는 욕심쟁이군. 좋아. 사장님이 나를 얼마나 신임하는지 알지? 사장님께 말씀드려서 우수직원으로 뽑아주지. 당신도 잘 알다시피 우리 식당 우수직원에게는 1년치 숙박이 무료로 제공되고 있어. 자! 더 이상은 양보 못 해. 선택은 당신이 하는 거야.」

비열한 존의 웃음을 보며 수잔은 눈물을 흘렸다.

잡아먹을 듯 노려본다는 건 바로 저런 눈빛이려나.

광채를 띠고 자신을 살피는 릴리의 눈빛에 기죽지 않으려 정음도 눈꼬리에 힘을 주었나. 고모 혼자의 힘으론 생활비 충당이 어렵다는 걸 깨닫고, 동네 비디오가게에 무작정 쳐들어가 고용해 주십사 애원하던 열다섯 살의 그 기억처럼 심장이 쉴 새 없이 두근거린다. 어찌나 힘을 줬던지 어깨에 담이 걸릴 지경이었다.

「적당히 해. 런웨이 모델을 뽑는 게 아니라고. 필사의 역작이라도 입혀주려고 그래?」

잔뜩 굳어 있는 친구를 바라보던 샘이 언니인 릴리에게 항의를 해봤지만, 아무런 효과도 없었다.

「도움을 바라는 태도가 그게 뭐냐. 필요 없음 당장 꺼지시던가.」

「알았어. 지퍼 채울게.」

뿌루퉁해진 샘이 침대에 걸터앉으며 정음을 향해 입을 벙긋거렸다.

「짜증 나도 조금만 참아. 저래 봬도 전문가니까.」

「재킷을 벗고 머리칼을 묶어서 들어 올려봐. 어깨선이 보이도록 말이야.」

정음은 전문가의 요구대로 재빨리 행동에 옮겼다. 드러난 목선에 만족감을 표한 릴리가 동생에게는 들려주지 않는 장난기 어린 목소리로 말했다.

「튜브 탑 드레스가 좋겠어. 우윳빛 피부가 돋보이게 눈부신 레드로. 남자들을 홀릴 수 있게 어깨선을 감출 생각일랑 말고.」

「저렴하지만 있어 보이는 드레스를 구할 방법은 없을까? 한 번 입고 말 건데 너무 비싸면 부담되잖아.」

고맙게도 내내 정음을 짓누르고 있던 문제를 샘이 나서서 대신 물어주었다. 혹시나 복권이라도 당첨되어 회사를 차리게 된다면 제일 먼저 샘을 불러 최측근으로 삼아야겠다고 다짐하는 정음이었다.

「다행히도 그 문제는 내가 해결해 줄 수 있을 것 같네. 세상을 여는 사진가들의 모임인지 뭔지, 아무튼 루저 파티 비슷한 곳에 초대받아 준비한 옷이 있거든. 앞서 말한 레드 탑 드레스지. 받아서 입고 버리든 걸레로 쓰든 알아서 하렴. 시야에서 치워주는 것만으로 감사하니까.」

아마도 루저 파티 일원 중 한 명이 릴리의 전 남자친구인 모양이다. 타인의 불행이 뜻밖의 행운으로 이어지다니. 기뻐해야 하는 것이 먼저인지 위로의 말을 건네야 하는 것이 먼저인지 아리송해 주춤거리는 정음의 어깨 위로 구릿빛 손이 올려졌다. 기분 좋게 가녀린, 언제나 위안이 되는 예쁜 손.

「아주아주 재밌는 일이 벌어질 게 분명해!」

왕방울만 한 샘의 두 눈이 못 말리는 호기심을 담고 반짝인다.

「이번엔 들러리 말고 제대로 된 주인공 한 번 돼보자고. 여주인공은 네가 해. 난 스포트라이트는 영 자신 없으니. 대신 난 주인공 베프 할게. 한국 드라마에 나오는 푼수데기지만 의리는 완빵인 정 많은 단짝친구. 원래는 남지주인공 단짝이랑 정분이 나야 하지만, 너도 알다시피 훈민은 딱히 친구가 없잖아. 그러니까 겸사겸사 우리 마크를 그의 친구로 내세워서…….」

정음은 드라마 작가라도 된 양 희희낙락거리는 샘의 곁에서 목석같은 훈민을 그려보았다. 알다가도 모를 이훈민. 그가 건넨 돈을 받아 그를 구하러 가는 파티다. 샘의 말마따나 아주아주 재미난 일은 몰라도, 더 이상 파티의 구경꾼으로만 남아 있지 않아도 되는 것은 틀림없었다.

「자, 옷은 해결되었으니, 이제 옷에 맞는 구두나 보러 다닐까?」

자신의 코디에 만족스러워하는 릴리를 보며 정음은 미안한 듯 고개를 저었다.

「죄송하지만, 오늘은 아르바이트를 가야 해서요. 대신 제가 다음에 맛있는 밥 살게요.」

「그래? 그래라, 그럼.」

시원하게 대답하는 릴리를 보며 정음은 고개를 끄덕였다.

자매의 배웅을 받으며 샘의 집을 나선 정음의 발걸음은 날아갈 듯이 가벼웠다. 샘 자매 덕분에 고민하던 드레스가 해결되었다. 드레스를 사려고 모아놓은 돈으로 예쁜 구두를 살 수 있을지도 몰랐다. 돈이 남으면 고모의 구두까지. 기뻐할 고모를 생각하는 것만으로도 기분이 좋아졌다. 싱글벙글거리며 레스토랑 뒷문으로 들어선 정음은 평소와 같이 씩씩하게 인사를 했지만,

돌아오는 대답이 없었다.

무슨 일이지?

왠지 노를 어두운 분위기였다. 정음은 고개를 갸웃거리며 앞치마를 둘렀다. 탈의실을 벗어나 주방으로 들어섰지만, 여전히 무거운 침묵뿐이다.

「다들, 반가워요!」

평소보다 더 밝은 목소리로 인사를 했지만, 주방 안은 약속이라도 한 듯 조용했다. 한껏 들떠 있던 정음의 마음이 차분하게 가라앉았다. 그녀는 입술을 다시며 주위를 둘러보았다. 아무도 말해주지 않았지만, 무엇인가가 대단히 잘못되었다는 것을 느낄 수 있었다.

「정음.」

드디어 말을 걸어주는 사람이 생겼다. 정음은 기쁜 듯 뒤를 돌아보았고, 자신을 향해 다가오는 주방의 막내 대니에게 환한 미소를 지었다.

「안녕, 대니!」

「매니저님이 부르셔.」

인사도 없이 말을 전하는 대니의 얼굴이 딱딱하게 굳어 있었다. 언제나 웃음기 가득하던 대니의 얼굴이 아니었다.

「대니, 오늘 무슨 일 있었어? 대체 무슨 일인데 다들…….」

「빨리 가봐. 난 그만 가볼게.」

자신의 말만 하고 재빨리 사라지는 대니를 보며 정음은 이맛살을 찌푸렸다. 다정하고 재밌는 친구 대니가 말을 끊고 사라지다니. 전에 없던 일이었다. 그러고 보니 주방식구들도 이상했다. 느낌인지 모르겠지만, 자신을 바라보는 시선도 전에 없이 차갑고 무심했다. 내가 뭘 잘못했나? 대체 무슨 일인지 알아야겠어. 정음은 앞치마를 풀고 매니저실로 향했다.

커다란 문 앞에 선 정음은 심호흡을 하며 똑똑, 문을 두드렸다. 안에서 들어오라는 말이 들려왔다.

「절 부르셨다고요?」

「어서 와, 정음.」

소파에 거만하게 앉아 있던 존이 씨익, 웃으며 정음을 반겼다. 웃고 있지만, 왠지 개운치 않은 미소. 정음은 괜히 뒷머리가 쭈뼛거리는 느낌에 자신의 머리를 쓰다듬으며 존이 권하는 자리에 앉았다.

「무슨 일이신지?」

「정음, 네가 더 잘 알 텐데.」

아무래도 존의 웃음이 심상치 않았다. 정음은 불쾌한 듯 미간을 좁히며 존을 노려보았다.

「무슨 말인지 모르겠어요.」

「어허. 조용히 처리하려 했더니. 끝내 모른 체를 하는군. 일 크게 만들지 말고 조용히 나가도록 하지.」

「지금 무슨 말을 하는 거예요?」

「말귀를 못 알아듣는 건가? 넌 해고라고! 도둑을 직원으로 둘

순 없잖아.」

존이 농담을 하는 건가? 아무래도 자신이 잘못 들은 것이 틀림없었다. 정음은 귀를 기울이며 존에게 다시 물었다.

「제가 잘못 들은 건가요? 지금 뭐라고 하셨어요?」

「도둑이라고 했어.」

존이 다시 말했다. 그의 입가에는 비열한 웃음이 가득했고, 득의양양한 눈빛은 전에 없이 반짝거리고 있었다.

「말도 안 돼! 도둑이라뇨? 난 도둑이 아니에요.」

「증인이 있어.」

「거짓말! 훔치지도 않았는데, 증인이 어딨어요?」

「네가 끝까지 그렇게 나올 줄 알았지. 하지만 진실은 숨길 수 없는 법이잖아. 네 친구 수잔이 불었어. 네가 금고에 손대는 것을 봤다고.」

금고에 손을 댔다니? 그런데 그걸 수잔이 봤다고? 그럴 리가 없다. 하늘에 맹세코 정음은 그런 짓을 한 적이 없었다. 무엇인가가 잘못된 것이 틀림없었다.

「아니에요. 그럴 리가 없어요. 수잔을 불러주세요.」

「수잔은 오늘 휴무야. 하지만 휴가를 떠나기 전 용기 있게 진실을 말했지. 친절하신 사장님은 네가 그런 짓을 했다는 것에 매우 슬퍼하셨어. 물론, 해고 명령을 내리신 다음에 말이지.」

「그, 그럴 리가 없어요.」

정음은 자신의 결백을 주장했지만, 존은 들으려고 하지도 않았다.

「쯧쯧. 얼마나 힘이 들었으면. 원래는 경찰에 넘겨야 하지만, 여태 고생한 것도 있고 정든 것도 있으니 그냥 넘어가 줄게. 대신, 지금까지 가져간 돈은 다 토해놓고 가라는 명령이셔. 자, 나도 오늘 할 일이 많으니 이쯤에서 그만 일어나시지. 억울하면 네 결백을 증명해 보든지.」

존이 자리에서 일어나며 씨익, 미소를 지었다. 입꼬리를 올리며 웃는 그의 얼굴을 한 대 때려주고 싶었지만, 그럴 수도 없었다.

「나, 난 아니에요!」

정음이 부르짖었지만, 존은 두 눈을 굴리며 어깨를 으쓱거릴 뿐이었다. 속이 울렁거렸다. 피를 토할 것 같은 심정으로 존을 노려보았지만, 그녀 혼자의 힘으로는 별다른 방법이 없었다.

매니저실을 벗어나 다시 주방으로 향했다. 여태 가족처럼 일했던 직원들이 차가운 눈빛으로 그녀를 외면했다.

내가…… 한 짓이 아니라고요.

고모에게는 뭐라고 말을 하지?

정음은 쏟아지는 눈물을 애써 참으며 짐을 챙기고, 레스토랑을 벗어났다.

눈물을 애써 참으며 레스토랑을 벗어나는 정음이 보였다.

수잔은 미안함과 죄책감으로 차마 고개를 들 수가 없었다. 동생처럼 예쁘고 착한 아이였는데. 가슴이 아팠다. 하지만 이렇게 좋은 기회를 놓칠 수도 없었다. 아픈 아이들을 생각해서라도 마음을 굳게 먹어야 했다.

주머니 속 휴대전화 벨이 울렸다. 사건의 모든 전말을 다 알고 있는 단짝 친구 메이였다.

수잔은 깊은 한숨을 내쉬며 전화를 받았다. 그리고 모국어인 중국어로 친구에게 하소연을 했다. 얼마나 마음이 아프고, 얼마나 미안한지. 수잔의 형편을 잘 아는 친구는 그녀를 위로해 주었고, 아이들을 위해 마음을 굳게 먹어라, 다독여 주었다.

그래, 내 힘으로는 어쩔 수가 없는 일이야. 그렇다고 내가 범인이 될 순 없잖아. 수잔은 눈물을 삼켰다. 지난번 남은 음식과 소스 몇 가지를 싸갔던 것을 들키지만 않았어도, 어쩜 더 당당하게 존과 맞설 수 있었을 것이다.

눈물을 훔치며 돌아서는 수잔의 눈에 아주 잘생긴 청년이 들어왔다. 막대사탕을 입에 넣고 책을 보고 있는 남자의 검은 머리를 보며 수잔은 순간적으로 당황했다.

중국인인가?

걱정스러운 마음에 남자의 아래위를 훑었다. 들고 있는 시집은 불어판이다. 프랑스 남자인가? 재빠르게 남자를 훑은 수잔의 눈에 남자의 특이한 눈동자가 들어왔다.

오드아이? 그래도 다행이네. 중국인은 아닌 모양이야.

자신의 말을 알아듣지 못한 것을 확신한 수잔은 남자의 금빛과 회색 눈동자를 다시 한 번 쳐다본 후 레스토랑 안으로 들어갔다.

세상이 끝장난다는 느낌이 이런 것일까? 자신에게 닥친 말도 안 되는 상황에 정음은 아무것도 생각할 수가 없었다. 어떻게 하면 누명을 벗을 수 있을까? 고모에게는 또 어떻게 말을 해야 할까? 두려움으로 앞이 막막했다. 어떻게 해야 하지? 집 근처 공원 벤치에 앉아 입술을 잘근잘근 씹으며 고민에 잠겨 있는데, 갑자기 전화벨이 울렸다.

혹시 레스토랑은 아닐까? 떨리는 마음에 전화를 받으니 낯선 남자의 목소리가 들려온다.

[너 지금 어디야?]

누구지?

정음은 두려운 마음으로 조심스레 물었다.

"누구세요? 몇 번에 거신 거예요?"

[잘 생각해 봐.]

아무래도 장난 전화인가 보다.

정음은 치밀어 오르는 짜증을 억누르며 전화기의 end 버튼으로 손을 뻗으려다, 문득 자신의 주위에 한국말을 하는 남자가 흔치 않다는 것을 떠올렸다.

"누구……?"

[어이! 채무.]

채무? 가만, 목소리가 낯이 익는데.

정음은 전화기 너머에서 들리는 목소리에 가만히 귀를 기울이다, 전화를 건 주인공이 류하라는 것을 깨달았다. 휴우. 다행이다.

"전활 했으면 먼저 자신이 누군지를 밝히는 게 예의지. 우리 동네서 이렇게 전화하면 못 배워 처먹었다고 욕먹어, 류하."

[따박따박 말대답하는 걸 보니 걱정할 만한 상태는 아닌가 보군.]

혼잣말처럼 중얼거리는 소리가 전화기 너머에서 들렸다.

"뭐라고?"

[아무것도 아니야.]

"싱겁기는. 그런데 무슨 일이야? 설마, 깍두기가 맛이 없었어?"

[혹시 오늘 한국 뉴스 봤어?]

갑자기 류하의 목소리가 심각해졌다.

"아니. 왜? 무슨 일 있었어?"

[설악산에…… 바위 있지? 흔들바위가? 혹시 그 소식 들었어?]

"흔들바위? 있다는 얘긴 들었는데. 흔들바위가 왜?"

[그게 오늘 떨어졌대.]

"헐! 어쩌다?"

[일본에서 스모 선수들이 한국 관광 와서는 장난삼아 밀어봤대. 진짜 떨어지나 안 떨어지나.]

"어머! 정말? 그래서? 그래서 어떻게 됐어? 다친 사람은 없대?"

[한국 씨름 선수들이 모였대. 일본 가서 걔들 가만 안 둔다고 난리들 났나 봐.]

"웬일이니? 정말 이러다 전쟁 나는 거 아냐?"

정말 전쟁이 나면 어쩌지? 설마, 바위 하나 때문에 전쟁까지 나겠어? 생각하던 정음은 전화기 너머로 들려오는 의미심장한 침묵에 미간을 모았다.

"너…… 지금 농담한 거지?"

[응.]

"헐! 나 진짜 놀랐단 말이야."

[날씨가 흐려서 농담 한번 해봤어. 참! 너 깍두기. 그거 네가 담근 거 아니지?]

"당연하지. 우리 고모가 담갔어. 왜, 입에 안 맞아?"

[아니. 김치는 맛있었는데 내가 원하는 건 네가 직접 담근 김치야. 다시 담가봐.]

나더러 김치를 담그라고?

맥이 빠진 듯, 온몸에 힘이 없는 가운데서도 피식 웃음이 났다.

류하가 오늘 왜 이러지? 몇 번 만나지는 않았지만, 그녀가 생각하던 류하의 모습이 아니었다. 꼭 정음의 힘든 상태를 아는 사람처럼, 긴장을 풀어주기라도 하듯 가벼운 농담을 하고 있었다.

"아주 보쌈까지 해다 바치라 그러지?"

[보쌈? 보쌈이 뭐야?]

"헐. 김치랑 같이 먹는 수육 몰라? 마늘이랑 파랑 돼지고기랑 넣고 푹 삶아서 갓 담근 김치랑 먹는 거."

[그거…… 맛있는 거냐?]

"헐……. 그걸 못 먹어봤어? 된장 넣고 푹 삶은 야들야들한 돼지고기를 갓 담근 매콤한 김치로 둘둘 싸서 입에 넣으면 살살 녹아. 둘이 먹다가 하나 죽어도 모른다고. 그게 얼마나 맛있는데. 완전 죽음이지."

[그럼 네가 만들어서 김치랑 같이 가져와 봐.]

이젠 거의 장난을 넘어서 진심이 가득한 목소리다.

"내가 김치를 어떻게 담가?"

[연구를 해봐.]

"헐! 이상한 소리 할 거면 얼른 끊어. 나 지금 무지 바쁘거든."

[잠시만. 너 지금 어디야?]

"나? 왜? 김치 안 남근다고 와서 때리게?"

[까분다. 어디냐니까?]

"나야 우리 동네지. 우리 동네 ABC마트 앞."

[ABC마트? 너희 동네가 어딘데?]

"우리 동네? 여기가 어디냐 하면……."

정음은 류하의 질문에 또박또박 대답했다. 레스토랑에서 당한 일을 생각하면 남자랑 이렇게 한가하게 대화를 할 처지가 아니었건만, 류하와 통화를 하다 보니 왠지 마음이 차분하게 가라앉는 것이 느껴졌다. 의도한 바는 아니겠지만, 류하 덕분에 잠시나마 우울한 기분에서 벗어날 수 있었다.

"그런데 주소는 왜 물어?"

정음의 물음에 잠깐만 기다리라는 말과 함께 통화가 끝이 났다.

"뭐야? 하여튼 엉뚱하기는."

정음은 어깨를 으쓱이며 마트를 향해 발걸음을 옮겼다.

매장으로 들어가기 전, 화장실에 먼저 들러 얼굴에 눈물기가 남아 있지는 않은지 확인을 하고 머리도 단정하게 가다듬었다. 조카를 위해 희생만 하고 사는 고마운 고모에게 걱정을 끼칠 순 없었다.

"아르바이트 끝났으면 집으로 가서 얼른 쉴 일이지, 피곤하게 여긴 뭐 하러 왔어?"

고모 현옥이 들어서는 정음을 부드러운 미소로 반겨주었다.

마음을 다잡고 다잡았건만, 고모를 보는 순간 정음은 마음이 울컥거리며 코끝이 찡해왔다.

"그냥. 고모 보고 싶어서."

"오늘 무슨 일 있었니?"

"일은 무슨 일."

정음은 애써 눈물을 참으며 빙그레 웃음을 만들었다.

"그런데 얼굴이 왜 그래? 사흘 동안 피죽 한 그릇도 못 얻어먹은 사람처럼. 뭐 좀 먹을래?"

식료품 창고에서 물건을 꺼내 진열대 위를 정리하고 있던 현옥은 정음의 얼굴을 물끄러미 바라보며 고개를 갸웃거렸다. 오늘따라 정음의 얼굴이 유난히 어둡게 보이는 것은 기분 탓일까?

"헤헤. 피곤할 때 우리 고모 얼굴 한 번 보면 천연 강장제가 따로 없거든. 그래서 왔지."

정음은 물건을 정리하는 고모를 뒤에서 껴안았다. 따뜻하고 부드러운 냄새를 깊이 들이마시자 요동치던 격한 마음이 조금씩 안정되는 것 같았다.

"얘가 왜 이래?"

"너무 좋아서."

차마 '오늘 레스토랑에서 억울하게 도둑 누명을 쓰고 불명예스러운 해고를 당했어.' 라고 말할 수는 없었다.

"쯧쯧. 덩치만 커다랗지 하는 짓은 아직 애기지? 고모 찌찌라도 먹으리?"

장난스럽게 말한 현옥이 뒤돌아서서 정음을 마주 안아주었
다.

"찌찌는 사양!"

"후후. 그럼 샐러드 먹을래? 기운 없을 땐 먹는 게 최고거든."

"좋지."

현옥은 정음을 데리고 푸드 코너로 가 과일 샐러드 한 접시를
시켰다. 오늘따라 더 여위고 파리하게 보이는 조카딸에게 겨우
샐러드 한 접시를 시켜줘야 하는 자신의 처지에 속이 상했지만,
무슨 일인지 말도 하지 않고 씩씩하게 버티고 있는 정음이 앞에
서 자신이 더 약해질 수는 없었다.

"어이! 조카딸년, 고모 일하러 가야 해. 혼자 먹을 수 있지?"

"그럼."

"그래, 그럼 먹어. 먹고 집으로 바로 가."

"응. 잘 먹겠습니다."

현옥은 헤헤거리는 정음을 지켜보다 천천히 돌아섰다.

멀쩡하던 눈가가 시려온다. 무슨 일이 있었는지 모르지만, 어
린것이 얼마나 힘이 들었으면 얼굴에 핏기 하나 없이 자신을 찾
아왔을까, 마음이 욱신거리며 아파왔다.

더구나 집이라고 가봐야 아무도 없으니.

현옥은 시큰거리는 눈가를 훔쳐 내며 떨어지지 않는 걸음을
억지로 옮겨 자신의 자리로 다시 돌아갔다.

"휴!"

혼자 남은 정음은 고모가 시켜준 샐러드를 가만히 바라보았다.

지금은 아무것도 먹을 수 없을 것 같은데…….

이 아까운 걸 어쩌나? 이 와중에도 남을 음식을 걱정하는 자신이 궁상스럽게 느껴지는 정음이었다.

그때, 그녀의 앞으로 키가 큰 남자가 다가왔다.

"제사 지내냐?"

류하였다.

"진짜 왔네."

"그걸로 저녁이 돼?"

"아니. 저녁은 벌써 먹었고 이건 어디까지나 야참. 같이 먹을래?"

"됐어. 벼룩의 간을 빼먹지, 네 양을 빤히 아는데 어딜 손을 대겠냐?"

"그럼 그러든지."

"다 죽어가는 줄 알았더니 생각보다 괜찮네."

팔짱을 낀 류하가 정음의 맞은편에 앉으며 말했다.

"응?"

남극에서나 통할 썰렁한 농담을 하지 않나, 뜻 모를 소리만 하는, 오늘따라 참 이상한 류하였다.

"정말 깍두기 담그라고 찾아온 거야?"

정음은 샐러드 접시에 있던 딸기를 집어 올리며 물었다.

"아님 이 밤에 네가 보고 싶어서 나타나기라도 했을까 봐?"

콜록, 힘들게 삼킨 딸기가 걸렸는지 정음이 기침을 하자 류하가 얼른 물 한 잔을 따라 건네주더니, 주머니에서 손수건도 꺼내 함께 내밀었다.

"괜찮냐?"

"고마워."

"입맛이 없어?"

"아니, 배불러서."

샐러드 접시를 뒤적거리는 정음을 말없이 바라보던 류하가 자신의 팔에 채워진 천 팔찌 두 개 중 하나를 빼서 앞으로 내밀었다. 독특한 기하학 문양의 붉은색 팔찌는 얼핏 보기에도 손바느질로 만든 듯한, 상당한 정성이 깃든 것 같았다.

"이게 뭐야?"

"행운을 가져다주는 팔찌."

"행운?"

"응."

"이걸 왜 나한테?"

"깍두기에 대한 보답이라고 해두지. 게다가 넌 내 유일한 한국 친구이기도 하니까."

"친구? 우리가 친구 사이인 거야?"

뜻밖이었다, 류하가 자신을 친구로 생각해 주다니. 내내 어두웠던 정음의 얼굴에 비로소 작은 미소가 비쳤다.

"만나서 같이 밥 먹으면 친구인 거지. 왜 싫어?"

"아니. 난 네가 오빠라고도 부르지 말라 그리고, 채권자님이라고도 부르지 말라 그리고, 내가 아는 척하는 것도 싫어하는 것 같아서 니가 나를 무척이나 싫어하나 보다 그랬거든. 이 팔찌 정말 내가 해도 되는 거야?"

"내게 행복을 가져다준 팔찌야. 너에게도 그렇게 될 거야."

류하가 의미심장한 말과 함께 정음의 팔에 팔찌를 끼워주었다.

돌아가신 어머니가 류하를 위해 한 땀 한 땀 정성을 기울여 수놓은 팔찌란 걸 알 리 없는 정음이었지만, 왠지 정이 가는 팔찌를 쓰다듬으며 감동스러워했다.

"고마워. 정말 마음에 든다."

그녀가 걱정돼 한달음에 달려온 류하는 정음의 하얀 팔목에 매달린 빨간 팔찌를 바라보며 옅은 미소를 지었다.

"나 이 팔찌 보답하고 싶은데, 뭐 먹고 싶은 거 없어? 오늘은 내가 쏠게."

"글쎄."

"그러지 말고 말해봐."

"음…… 떡볶이?"

"기껏 떡볶이야?"

"좀처럼 먹을 기회가 없잖아."

"좋아! 그럼 떡볶이로 결정!"

정음은 떡볶이와 순대, 잘려진 튀김 몇 조각을 사와 류하의 앞으로 내어놓았다.

"우리 동네는 한인들이 많아서 이런 거 먹을 수 있는데, 다른 동네는 힘들지?"

"응."

"한국 가봤어? 한국에는 이런 음식집이 많다지?"

콜라를 한 모금 삼킨 정음이 콧잔등을 잔뜩 찡그린 채 물었다.

"한국?"

"응."

"아니, 한 번도 못 가봤어."

"아. 그럼 2세야?"

"아니, 그런 건 아닌데."

"왜? 엄마가 싫어하셨어? 영어 땜에? 난 열 살 때 여기 왔는데 우리 고모는 계속 한국말만 시켰어. 잊어버림 안 된다고. 집에서는 한국말 써야지, 학교에서는 영어 써야지. 어우, 말도 마. 나 무지 힘들었어."

떡볶이 국물에 적신 순대 한 조각을 이리저리 굴리던 정음의 말에 류하가 고개를 끄덕였다.

"깍두기 담가주신 고모?"

"응. 난 어릴 때 아빠랑 헤어져서 고모랑 살아."

엄마의 이야기를 쏙 빼놓는 정음을 보며 류하는 고개를 끄덕였다.

"고모가 요리 솜씨가 좋으신가 보네?"

"응. 우리 고모가 그러는데 한국에서는 요리 잘하고 살림 잘하는 사람을 손끝이 야무지다고 한대. 우린 고몬 자기가 그 대표적인 예래. 내가 비웃으면 한 번씩 특식을 만들어주시기도 해. 떡볶이도 종종 해주시고. 이게 은근 중독성이 강하다. 근데 한국에서 온 내 친구 얘기 들어보니까 이게 나트륨 함량도 많고 자극적이라 엄마가 잘 안 해준대. 너도 그래서 못 먹었지?"

순대 속의 잡채가 포크에 의해 갈가리 찢어진 줄도 모른 채 정음은 계속 손을 놀리고 있었다.

"나도 없어."

류하가 제 앞에 놓인 떡볶이 한 조각을 베어 물며 말했다.

엉? 뜬금없는 류하의 대답에 정음의 동그랗게 변한 눈이 함께 물었다.

"나도 엄마가 어릴 때 돌아가셔서 잘 모른다고."

"아."

정음은 순간 무슨 말을 해야 할까 생각했지만, 적당한 말이 떠오르지 않았다. 대신 류하의 빈 잔에 콜라를 가득 부어주었다.

"지금 뭐 하냐?"

"그냥, 너도 많이 힘들었겠다 싶어서. 힘내, 친구!"

저도 힘들 텐데 밝게 웃으며 힘을 주는 정음의 말에 류하는 훈훈한 위로를 받았다.

예전에는 느껴보지 못한 묘한 기분이었다. 자신 앞에 앉은 정음은 그에게 대시를 해오는 뉴욕 여자들처럼 끝내주는 미모도, 잘빠진 몸매의 소유자도 아니었지만, 자꾸만 쳐다보게 되고, 보고 있노라면 저도 모르게 웃게 되는 특별한 친구였다.

가족들과 함께 수요 성경 모임을 마치고 회관을 나서던 토마스의 앞에 기다란 두 개의 그림자가 드리워졌다.

「뭐요? 무슨 일입니까?」

가족들의 앞에 선 토마스는 경계하는 눈초리로 그들을 바라보았다.

「클레멘트를 경영하시는 헨리 토마스 사장님이시죠? 저희는 예일대학의 학생들입니다. 긴히 드릴 말씀이 있어서 이렇게 실례를 무릅쓰고 찾아왔습니다.」

토머스는 자신 앞에 나타난 매력적인 남녀 한 쌍을 바라보았다. 두 사람 다 동양계인 듯했지만 앞에 서 있는 여자는 검은 눈동자를, 뒤의 남자는 매력적인 금빛 눈동자를…… 아니, 양쪽의 눈빛이 다른 오드아이를 가지고 있었다.

평소 독실한 유대교 신사였던 토마스는 오른손이 한 일을 왼

손이 모르게 하라는 가르침을 받았지만, 모처럼 찾아온 선행을 알릴 기회를 놓칠 만큼 바보는 아니었다.

「예일대라면 혹시 내 장학금을 받는 학생들인가?」

그는 주변을 의식하며 다소 큰 소리로 물었고, 회관을 나서는 사람들이 자신을 힐끔거리며 쳐다보는 것을 느꼈다. 자신의 선행을 이야기하는 낮은 중얼거림이 들려오는 것과 동시에, 토마스의 입가에 인자한 미소가 걸리기 시작했다.

「허허. 기특하게도 내가 후원하는 학생들인가 보군.」

「네. 감사하게도 제가 사장님의 후원을 받고 있습니다.」

여학생이 앞으로 나서며 고개를 숙이자, 뒤에 있던 남학생도 예의 바르게 허리를 굽혔다.

「어허! 내가 뭘 한 게 있다고 이렇게까지. 어서들 고개를 들어.」

허리를 굽혀 인사하는 청년들을 보며 토마스는 깊은 감동을 받았다. 참으로 어른을 공경하고 예의가 바르지 않은가? 평소 자신을 우습게 여기는 못된 아내와 딸들에게 좋은 본보기가 될 청년들이었다. 그는 전에 없이 근엄한 시선으로 아내와 딸들을 보며 고개를 끄덕였다.

「당신은 아이들과 먼저 집에 가 있어요. 나는 이 학생들과 이야기를 좀 나눈 뒤 갈게요.」

호기심 어린 시선으로 자신을 쳐다보는 아내와 딸들을 뒤로 하며 토마스는 위풍당당하게 앞으로 향했다.

「자, 학생들은 저기로 가서 차나 한잔하지.」

잘생기고 공손한 남녀가 예의 바르게 자신의 뒤를 따르자, 토마스는 관대해진 마음으로 그들을 근처 카페로 안내했다.

8. 또 다른 설렘

"아이고, 오랜만입니다, 김 선생."

창밖의 햇살을 친구 삼아 자신의 서재에서 독서를 즐기던 신정숙 여사에게 한국에서 한 통의 전화가 날아들었다. 간간이 고개를 끄덕이며 전화 내용을 열심히 경청하고 있던 신 여사는 자신이 보던 책 위로 쓰고 있던 돋보기를 내려놓았다.

"알았어요. 그쪽에도 좋은 분들이 넘쳐 날 텐데 이렇게 멀리까지 연락을 다 주시고, 고맙습니다. 미약한 힘이나마 보태도록 해보지요. 그럼 이쪽에서 준비가 끝나는 대로 연락드릴게요. 네, 그래요. 그럼 들어가세요."

전화를 끊고 잠시 생각에 잠기던 신정숙 여사의 손놀림이 분주해졌다.

"할미다. 할미가 할 얘기가 있어서 그러는데 집으로 빨리 좀 들어올 수 있겠니? 오냐, 그래. 할미가 기다리고 있을 테니 얼른 들어오너라. 참! 정음이도 함께 데리고 오렴. 그럼 이따 보자꾸나."

손자인 훈민에게 전화를 건 신 여사는 흔들의자에서 일어서며 엷은 미소를 지었다. 그리고 책들이 빼곡히 들어선 책꽂이 쪽으로 발걸음을 옮겼다.

[그럼 이따 보자꾸나.]

"네, 할머니."

전화를 끊고 돌아서는 훈민의 앞을 리에가 막아섰다.

「안녕, 훈민.」

생글거리며 스윙을 그리듯 손가락을 앞뒤로 움직이며 인사를 하는 그녀의 눈동자가 평소보다 유독 크고 까맣다. 애는 대체 멀쩡한 눈에다 무슨 짓을 하고 다니는 거야? 훈민은 못마땅한 기색을 감추지 않고 퉁명스럽게 리에를 바라보았다.

「바쁘니까 별일 아니면 좀 비키지?」

이 버르장머리 없는 놈. 성질 같아서는 당장 따귀라도 날리고 싶지만, 잘생겨서 참는다.

리에는 치밀어 오르는 짜증을 삭이며 매력적인 미소를 지어 보였다. 서클렌즈 덕에 두 배는 커진 눈동자와 어젯밤 숍에서 붙인 인조 눈썹으로 인해 한참이나 길어진 속눈썹을 깜빡거리며.

「호호, 짓궂기는. 오늘 오후에 시간 어때?」

「내 오후 시간이 왜 궁금한 거야?」

훈민이 귀찮은 듯 차갑게 말했다.

「파티가 곧 있잖아. 파티 준비하려면 너도 이것저것 필요할 테고. 마침 나도 쇼핑타운 갈 일도 있고 해서. 또 나랑 너랑 레벨도 맞는 부류인 것 같으니까.」

「그래서?」

애교스러운 눈웃음에도 훈민은 변함없이 차갑고 까칠했다.

까칠한 것이 매력이라고 생각하자. 만약 다른 사람이 자신 앞에서 이런 행동을 보였으면 당장에라도 따귀를 날리고 돌아섰겠지만, 눈앞에 있는 마스크와 기럭지를 생각해서 참고 또 참는 리에였다.

「그래서 너랑 같이 쇼핑하고 저녁 먹고 싶다고.」

「그걸 왜.」

너랑 해야 하냐고 짜증 섞인 목소리로 말하려던 훈민의 눈에 교실 문을 막 나서는 정음이 포착되었다.

Good timing!

성큼성큼 걸음을 옮긴 훈민은 깊은 생각에 잠겨 걸어가고 있는 정음을 낚아채듯 감싸 안았다. 하루 종일 입을 꾹 다물고 있는 모습이 내내 신경 쓰였는데, 이왕 이렇게 된 거 어디 아픈 건 아닌지 확인이나 해볼 참이었다.

「미안해서 어쩌냐. 얘랑 이미 약속이 되어 있는데.」

정말 약속이라도 있는 사람처럼 너무도 자연스럽게 말하는 훈민과는 달리 느닷없이 잡힌 정음은 어안이 벙벙했다.

"이훈민, 너 뭐야?"

정음이 당황해하며 속삭였다. 어젯밤, 뜬눈으로 잠을 설친 덕분에 머리가 깨질 것처럼 아픈 데다 감기 기운까지 있어 컨디션이 엉망이었다. 게다가 오늘은 레스토랑에 나가 존을 만나야 했다. 그와 동료들에게 자신이 도둑이 아니란 것을 알려야 한다는 생각만으로도 머리가 터질 지경이건만 이건 또 무슨 상황이람. 기운이 빠진 정음이 최대한 작은 목소리로 중얼거렸다.

"이거 안 놔?"

"응. 못 놔."

빙그레 웃고 있지만 강경한 말투였다.

"야! 이거 놔! 나 정말 피곤하단 말이야. 게다가 리에가 뭐라고 하겠어?"

"가만히 있어봐. 너 무슨 일 있지? 하루 종일 뚱한 게. 무슨 일인지 모르지만, 잠시만 이렇게 상부상조하자고."

벗어나려는 정음을 훈민이 꼭 붙잡으며 속삭였다.

「너희…… 정말……. 훈민! 정말 안 갈 거야? 나 긴히 할 말이 있단 말이야.」

알아듣지 못하는 한국말로 토닥거리는 두 사람의 모습을 보며, 자존심에 상처를 입은 리에기 굳은 목소리로 훈민의 주의를 돌리려 했으나 소용이 없는 짓이었다.

대체 이게 뭐야.

두 사람이 하는 짓만으로도 속이 부글부글 끓어오르는 판에 주변을 둘러싼 아이들의 힐끔거림이, 그들의 호기심 어린 시선과 노골적인 동정심이 리에를 더 비참하게 만들었다.

「좋아. 나, 나, 갈게.」

리에는 결국 굳어진 얼굴을 감싼 채 소곤거리는 아이들을 헤치고 뛰어가 버렸다.

「리에!」

정음이 뛰어가는 리에를 불렀지만 리에는 멈추지 않았다. 평소에 얄미운 짓만 골라 하는 리에였기에, 훈민과 파트너가 되어 콧대를 납작하게 만드는 상상을 종종 했었다. 그런데 생각만으로도 웃음이 터져 나오던 흐뭇한 상상이 현실로 닥치니 생각만큼 그리 유쾌하지 않았다. 훈민의 옆에 있는 이 상황이 진실이 아니어서일까? 그에게 여자친구가 없었다면 다른 기분이 들었을까? 내가 지금 무슨 생각을 하는 거야. 정음은 복잡해진 생각을 멈추고 훈민을 쏘아보았다.

"야. 내가 꿩 대신 닭이냐?"

자신의 어깨에 팔을 두르고 있는 훈민에게서 억지로 벗어나며 정음이 쏘아붙였다. 여자친구도 있는 게 어디서 수작질이야.

"오호! 한국 속담 잘 아네."

"기본이거든. 그럼 난 이만."

침울한 기분으로 몸을 돌리려는데 훈민이 그녀의 뒷덜미를 잡아채었다.

"어딜? 끝까지 임무를 수행해야지."

"왜 이래? 어디 가는데?"

"할머니가 너 데리고 오래."

정음이 고개를 갸웃거렸다.

"무슨 일인데?"

"몰라. 너도 같이 데리고 오라는 할마마마의 분부시다."

"분부?"

신정숙 여사의 호출이라는 말에 정음의 마음이 분주해졌다.

교수님이 왜 부르시는 걸까?

긴 이야기가 아니어야 할 텐데…….

레스토랑에도 가봐야 하는데…….

가서 뭐라고 하지? 내 말을 믿어줄까?

이런저런 생각을 하던 정음은 훈민의 차에 오르자마자 곧 잠들어 버렸다. 늘 잠이 부족한 데다 어제 밤을 꼬박 새웠기 때문이었다.

훈민은 잠에 빠져든 정음의 옆모습을 안쓰럽게 쳐다봤다. 아르바이트를 그렇게 하니 천하장사도 베길까? 훈민은 정음의 깊은 잠을 방해할까, 얼른 오디오의 볼륨을 낮춘 채 브레이크를 조심스럽게 밟으며 평소 다니던 지름길 대신 시간이 곱절로 걸리는 둘레 길로 천천히 차를 몰았다.

얼마나 시간이 흘렀을까?

불현듯, 차가 멈추었다는 것을 느낀 정음은 황급히 눈을 떴다. 화들짝 놀라며 옆을 보니 훈민이 보고 있던 책을 덮는다.

"푹 좀 자라고 가만히 있었더니 금방 깼네."

"아. 미안!"

"잠 좀 잔 걸 가지고 미안해하기는."

"근데, 여긴 어디야? 기름 넣게?"

셀프 주유소 간판을 바라보던 정음이 물었다.

"응. 너 깼으니까 이제 기름 넣어야겠다. 잠시만 기다려. 눈 좀 더 붙이든지."

"어. 어."

얘가 이렇게 부드러운 캐릭터가 아닌데, 웬일이지?

정음은 고개를 갸웃거리며 훈민을 따라 차에서 내렸다.

"왜?"

"잠시 바람 좀 쐬려고. 전화할 데도 있고."

"알았어."

주유기를 향해 성큼성큼 걸음을 옮기는 훈민을 바라보던 정음은 낮은 한숨을 내쉬며 주유소 한쪽에 있는 나무 밑으로 향했다. 전화기를 꺼내 들고는 몇 번이나 번호를 누르려다 말던 정음이 굳은 결심을 한 듯 다시 번호를 누르기 시작했다.

[수잔, 저 정음이에요.]

전화기 너머에서 들려오는 가녀린 목소리에 수잔은 두 눈을 질끈 감았다. 하루에도 몇 번씩 걸려오는 전화, 하지만 정에 이끌려서 해결되는 것은 아무것도 없다. 마음을 다잡아야 했다.

「미안하지만, 지금 바빠서 끊어야 해.」

[잠시만요. 끊지 말아요, 수잔! 왜 그래요? 왜 그런 거짓말을 한 거예요. 제가 그런 거 아니잖아요. 전 도둑질 따위 하지 않아요.]

울먹이는 정음의 목소리를 들으며 수잔은 깊은 숨을 들이마셨다. 마음이 아팠다. 착한 정음이에게 미안하고 죄스러웠다. 하지만 자신이 할 수 있는 일이 없었다.

「네가 무슨 소리를 하는지 모르겠구나.」

스스로가 생각해도 힘없는 목소리였다.

그때, 어디선가 나타난 무지막지한 손이 수잔의 휴대전화기를 거칠게 가로챘다.

「이봐! 도둑년! 쓸데없는 짓 하지 말고 어서 돈이나 준비하시지. 사장님께서 특별히 자비를 베풀어서 만 불만 배상하라고 하시니까 그렇게 알라고. 후후.」

매니저 존이었다.

「아참! 기한은 오래 못 줘. 일주일 뒤까지 돈을 준비하지 않으면 경찰에 신고할 테니까 마음의 준비를 단단히 해야 할 거야. 여기 수잔도 그렇게 증언해 주기로 했고.」

정음이 뭐라고 했는지 매니저 존이 혀를 찼다.

「쯧쯧. 그러게 누가 네 상사인지 진작 알았어야지. 멋모르고 까불다가 이런 꼴을 당하지 않나. 아무튼 난 사장님께 들은 대로 전했으니까 알아서 하라고.」

[말도 안 돼. 내가 훔치지도 않은 돈을 왜 갚아야 해요?]

존이 전화기를 수잔이 들을 수 있도록 멀찍이 떼어놓자, 울먹이는 듯한 정음의 목소리가 들려왔다.

「그래? 그럼 맘대로 해. 우린 증인도 있겠다, 꿀릴 것 없으니까. 만 불이면 조용히 해결될 일을 결국 경찰까지 나서야되는군.」

[난 정말 아니에요.]

전화기 너머에서 들려오는 절망적인 목소리에 존이 회심의 미소를 지었다.

「이봐! 목격자도 있는 마당에 네 말을 누가 믿어주나? 쓸데없는 소리 말고 돈이나 준비해서 오라고. 정 안 되면 몸이라도 팔던가.」

거만하게 전화기를 끊은 존이 수잔을 노려보았다.

「쓸데없는 전화를 뭘 일일이 받고 그래.」

「아직 아이인데 그렇게까지 얘기할 필욘 없잖아요.」

「시끄러! 누구 덕에 정직원이 됐는데. 어디서 은혜도 모르고. 앞으로 업무 시간에 걸려오는 전화는 받지 마!」

나쁜 놈! 수잔은 차오르는 울분을 참지 못하고 존을 노려보았지만, 지금 자신이 할 수 있는 일이 아무것도 없었다.

「뭘 하나? 얼른 가서 일하지 않고. 가서 주문이나 받아. 하여간 게으른 것들이란.」

존이 턱을 들어 올리며 말했다. 빈정거리는 말투에다 무시하는 눈빛까지.

수잔은 이를 악물었다. 모든 것이 참고 견디기 힘들었지만, 그래도 그의 덕분에 다음 달이면 회사에서 지원을 받아 월세 아파트에 입주할 수 있게 되었다. 아르바이트 때보다 훨씬 오른 정직원의 월급으로 아이들에게 영양가 있는 음식을 해 먹이고 아픈 둘째를 위해 병원도 자주 갈 수 있을 것이다. 그것만으로도 이 모든 모욕을 참고 견딜 수 있을 것 같았다.

그래, 조금만 참자. 조금만 견뎌내면 돼. 수잔은 마음을 굳게 먹었다. 분노를 진정시키기 위해 여러 번의 심호흡을 한 뒤 창가 테이블을 향해 다가갔다. 저녁을 먹기에는 조금 이른 시각이었지만, 레스토랑 안은 몇 쌍의 손님들이 자리해 있었다. 수잔은 자신의 담당 구역으로 가, 주문을 받고 형식적인 미소를 지어 보였다.

「살짝 익힌 토마토와 야채샐러드, 미디엄 스테이크 둘, 생수

두 잔 맞죠? 잠시만 기다려 주세요.」

빙그레 웃으며 고개를 끄덕이는 여자 손님은 아무리 봐도 중국인 같았다. 호기심에 그녀를 살피던 수잔의 눈에 테이블 위에 놓여 있는 중국 소설책이 들어왔다. 낯익은 글자를 보는 순간 울컥, 그리움과 함께 서러움이 몰려왔다. 눈물이 쏟아지려는 것을 가까스로 참아내며 수잔은 뒤돌아섰다.

「금방 내올게요. 잠시만 기다려 주세요.」

류하는 힘없는 목소리로 속삭이며 돌아서는 수잔을 물끄러미 바라보았다. 웃고는 있지만 생기 없는 눈빛과 어두운 얼굴, 부스스한 머리와 처진 어깨, 야윈 팔다리를 보니 그녀가 지고 있는 삶의 무게가 얼마나 무거운지 알 수 있을 것 같았다. 왠지 가슴이 아파왔다. 어머니도 우릴 키우실 때 저렇게 힘이 드셨을까?

「저 여자야?」

그를 따라 먼 길을 달려온 쉬아오원(小元)이 류하의 시선을 좇으며 조심스럽게 물었다.

「응.」

「흠. 뭔가 사연이 있나봐. 우리 중국인들은 은원(恩怨)을 아주 중요하게 생각하거든. 그러니 중국인에 대한 fallacy of hasty generalization(성급한 일반화의 오류)는 삼가줘.」

동정심 많은 그녀가 미안함을 가득 담은 목소리로 말했다.

「당연히 그렇겠지. 그리고 난 중국문화를 아주 사랑하는 사람

이야. 예술적으로 그렇게 뛰어난 민족들은 거의 드물다고 봐야
지.」

「한국도 만만치 않잖아. 아, 우리 너무 웃긴다. 중국이니 한국
이니 민족이 무슨 소용이야. 사람 개인의 됨됨이가 중요한 거
지.」

쉬아오원의 말에 류하의 입꼬리가 살짝 올라갔다. 무엇인가
에 집중하면 입술 끝이 살짝 올라가는 본의 아닌 버릇 때문에
생긴 옅은 미소에 마주 앉은 쉬아오원의 뺨이 발갛게 물들었지
만, 무심한 류하는 알아채지 못했다.

「그런데 정말 밥 한 끼 가지고 되겠어? 바쁜 시간 내줬는데.」

류하의 말에 쉬아오원의 얼굴이 환하게 밝아졌다.

「이거면 충분해. 우리가 학부생처럼 매일 수업이 있는 것도
아니고. 또 지금은 부활절 휴가 기간이잖아. 거기다 류하 네가
비행기 티켓까지 샀고. 나야 바람도 쐬고, 너랑도 만나고, 이렇
게 맛있는 밥도 먹고. 정말 좋지 뭐.」

가슴이 철렁할 정도로 매력적인 오드아이를 바라보며 쉬아오
원은 진심으로 말했다. 워낙 내성적이라 교수들조차 만나기가
쉽지 않다는 학교 내 유명 인사인 류하가 자신에게 연락했을 때
는 정말이지 깜짝 놀랐었다. 꿈을 꾸는 것은 아닐까? 신비한 오
드아이의 주인공 류하가 '부탁할 것이 있다.'고 먼저 손을 내밀
다니. 믿어지지 않는 일이었다. 물론 그녀가 받는 장학금의 후
원자를 만나는 것이 목적이었지만, 아무려면 어떤가. 정말 중요

한 것은 그와 이렇게 마주 보고 앉아 있다는 것이 아니겠는가?
프랑스인과 한국인의 끝내주는 우성인자만 물려받은 류하를 바라보며 쉬아오원은 수줍게 웃었다.

「그런데 누명을 썼다는 직원과는 어떤 관계야?」

쉬아오원의 물음에 류하의 눈가가 예쁜 곡선을 그리며 기울어지기 시작했다. 아주 미세한 움직임이었지만, 마주 앉은 쉬아오원은 그 변화를 놓치지 않고 황홀한 듯이 바라보았다.

「친구.」

「친구?」

「응.」

「감동이네. 친구를 위해 이렇게까지 나서다니.」

「하나밖에 없는 한국인 친구거든.」

「아, 그렇구나.」

기분 좋게 고개를 끄덕이는 류하를 보며, 이 순간만큼은 한국인이 되고 싶은 쉬아오원이었다.

전화를 끊은 정음은 차오르는 분노를 주체하지 못하고 온몸을 부르르 떨었다.

훈민이 주유를 하는 동안 수잔을 다시 한 번 더 설득할 생각이었지만, 존에게 모욕만 당하고 말았다.

고모가 입버릇처럼 하던 말이 떠올랐다.

"돈 없고, 백 없고, 힘은 없지만 비굴하지 않게 당당하게 자신
감 있게 살아야 해. 스스로를 귀하게 여기는 자존감을 잃지 않도
록 항상 채찍질을 하라고."

고모의 말처럼 자존감을 잃기 싫었다. 무슨 수를 써서라도 자
신의 결백을 밝히고 싶었다. 가장 좋은 방법은 수잔이 자신의
결백을 증명해 주는 것이었지만, 수잔은 그럴 의도가 없는 사람
으로 보여졌다.

"미치겠다, 정말."

정음은 깊은 한숨을 내쉬었다.

어떻게 하면 수잔을 설득시킬 수 있을까? 경찰에 신고를 하
면 어떨까? 한인교회 목사님을 찾아가 봐? 아니면 사장님을 직
접 찾아가 볼까? 여러 가지 방법을 생각해 봤지만, 뾰족하게 떠
오르는 것이 없어 답답하기만 했다.

"무슨 일이야?"

마른 입술을 씹으며 고민에 빠져 있는 정음의 곁으로 훈민이
다가왔다.

"아니, 암것도 아니야."

"암것도 아니라고? 그런데 '미치겠다.'는 뭐야?"

훈민의 말에 정음의 얼굴이 붉어졌다.

"들었어?"

"응."

훈민이 천천히 고개를 끄덕였다.

"그냥 지독한 인종차별주의자가 있어서."

"인종차별?"

훈민이 미간을 좁히며 눈살을 찌푸렸다.

"너 혹시…… 네가 일하는 레스토랑 매니저를 말하는 거야?"

"어! 네가 어떻게?"

깜짝 놀라던 정음이 얼마 전의 기억을 떠올리며 고개를 끄덕였다.

"맞다. 너 전에 우리 매니저랑 싸웠었지. 서비스가 엉망이라 팁 놓고 가기 싫다고."

"그랬지."

정음의 말에 훈민은 불쾌했던 기억을 떠올렸다. 우연히 들렀던 레스토랑, 화장실을 가다 낯익은 목소리를 듣고 걸음을 멈추었다.

「매번 우리에게만 설거지를 시키는 이유가 뭐죠? 왜 동양인들만 주방에서 일을 하게 하는 거예요? 백인들은 홀과 카운터만 보잖아요.

처음에는 잘못 들었나 싶어 가던 길을 계속 가려 했다. 하지만 계속해서 들려오는 맑고 깨끗한 목소리. 분명 학교에서 자신을 따라다니며 잔소리를 일삼던 정음이 틀림없었다.

「불합리한 자리 배치가 고작 그거라뇨. 지난번 매니저님이 계실 때는 이렇게까지 차별을 두지 않았어요. 시정해 주세요.」

「시정할 수 없어. 그리고 내가 너희들을 주방에 배치한 것은 너희들의 적성을 고려해서야. 설거지를 아주 깔끔하게 잘하거든.」

「말도 안 돼요. 저희들도 홀에서 일할 권리가 있어요. 이건 너무 부당해요.」

「이런! 누가 보면 내가 인종차별주의자라도 되는 줄 알겠어. 너희 같은 아르바이트생들이 잘하는 파트를 찾아내 그곳에 배치하는 것이 내 일이라고. 아무도 불평하지 않는데 왜 너만 그렇게 따지고 드는 거지?」

「좋아요. 그럼 수잔이라도 홀에 내보내 주세요. 수잔은 아이가 둘이나 되잖아요. 팁이라도 보태야 분유라도 살 거 아니냐고요.」

「그렇게 억울하면 변호사를 사서 고소하든지, 아니면 그만두든지. 아, 그리고 너 나갈 때 네 친구들까지 다 데리고 나가! 이곳에서 일하겠다는 사람은 차고 넘치니까.」

원래 남의 일에 끼어들기 싫어하는 성격이었지만, 같은 한국인이 그런 차별을 당하는 것이 화가 나고 싫었다. 아니, 지금 생각해 보면 같은 한국인이 부당한 대우를 당하고 있다고 그렇게 분개하지는 않았을 것이다. 아무튼 그때는 왜 그렇게 참을 수가 없었는지 스스로 납득이 되지 않았다. 이유도 모르게 체할 깃처럼 불편한 심경이었다. 그래서 내내 언짢은 마음으로 식사를 하다 저도 모르게 매니저의 불친절을 핑계 삼아 그와 말다툼을 벌였었다.

"그런데 그 사람이 왜?"

"아니야. 별거 아냐."

갑자기 훈민이 정음의 어깨를 잡고 두 눈을 들여다보았다. 무엇을 찾으려는지 모르겠지만, 뚫어지게 쳐다보는 훈민의 눈길을 받고 있자니 여태 잘 참아왔던 눈물이 울컥 쏟아지려 했다.

"무슨 일이야?"

"암것도 아니라니까. 할머니 기다리시겠다. 어서 가자."

정음은 고개를 저었다. 고모에게도 샘에게도, 아무에게도 말하지 못한 비밀을 털어놓고 싶었지만, 자존심이 상했다.

"말해."

훈민의 목소리가 점점 더 낮아졌다.

정음은 눈물을 참으며 고개를 저었다. 여기서 울면 안 돼. 절대 안 돼. 입술을 깨물며 큰 숨을 몰아쉬었지만, 자신의 내면을 뚫어버릴 듯 쳐다보는 훈민을 보니 자꾸만 눈가가 뜨거워졌다.

"아무것도 아니라니까."

"알았어. 가자!"

거짓말을 눈치챘을까? 잔뜩 화가 난 훈민이 정음의 팔목을 잡고 차에 태웠다. 하지만 그가 향한 곳은 집이 아니었다. 뒤늦게 눈치를 챈 정음이 그를 말렸지만, 그는 차를 멈추지 않았다.

"이훈민! 너 어디로 가는 거야? 이쪽은 할머니 집으로 가는 방향이 아니잖아."

"레스토랑으로 가는 중이야. 가서 무슨 일인지 알아봐야지. 무슨 일인데 네 얼굴이 하얗게 질려서 미치겠다고 중얼거렸는지."

"안 돼! 너 미쳤어?"

놀란 정음이 소리쳤지만, 훈민은 입을 다물고 운전에만 열중했다.

그 시각, 레스토랑에서 식사를 마친 류하는 자신의 테이블을 치우고 있는 수잔의 거친 손을 물끄러미 바라보고 있었다. 그 거친 손에 의해 빈 접시들이 깨끗이 치워지고 향기로운 커피가 테이블 위로 놓였다.

「맛있게 드셨어요? 커피 더 가져다 드릴까요?」

「네, 감사합니다.」

류하는 커피잔을 들고 돌아서는 수잔을 물끄러미 바라보다 자리에서 일어났다. 그리고 뒷문으로 나가는 그녀의 뒤를 따라

갔다. 밖으로 나와 하늘을 바라보며 눈물을 훔치는 수잔을 아픈 눈으로 지켜보던 류하가 낮은 중국어로 속삭였다.

『정음이를 아세요?』

당황한 수잔이 뒷걸음을 치며 남자를 바라보았다.

「무, 무슨 말을 하시는 건지.」

『사실은 당신이 중국어로 말하는 걸 들었어요.』

중국인이라고 해도 믿을 만큼 완벽하게 발음을 하는 남자와 눈이 마주친 순간, 수잔의 얼굴이 하얗게 질리기 시작했다. 오드아이다. 키가 크고 잘생겼던 그 남자. 지난번 중국인 친구와 대화할 때 근처에 서 있던 그 사람이었다. 그때는 분명 프랑스 책을 들고 있었는데……. 수잔은 치밀어 오르는 두려움을 삼키기 위해 두 주먹을 꼭 쥐었지만, 온몸이 떨리는 것을 멈출 수는 없었다.

「사실, 전 정음이의 친구예요. 그래서 당신이 한 거짓말을 밝히기 위해 왔죠.」

조금 전까지 중국어로 말을 하던 남자가 이번에는 영어로 말을 이어갔다.

「잘못 아셨어요. 전, 전 그런 적 없어요.」

수잔이 부인했지만, 남자는 소리 없는 미소를 지으며 고개를 흔들었다.

「지난번 당신이 통화하던 내용을 녹음해 두었어요. 정음이의 결백을 밝히는 데 쓰려고요. 아! 너무 걱정하지 말아요. 그렇게까지 하지는 않을 테니.」

　남자의 말에 수잔의 두 눈에 두려움이 떠올랐고, 그런 그녀를 안심시키기 위해 남자가 부드러운 목소리로 계속 말을 이어갔다.

　「원래 제 계획은 녹음해 두었던 당신의 말을 사장에게 들려주는 것이었어요. 정음의 친구라 공정성이 없을 것 같아서, 사장님이 후원하는 학교 친구를 찾아 데려오기까지 했어요.」

　질책이 아닌 다정한 타이름이었다. 자신의 앞에 서 있는 이 남자는 용서받을 수 없는 거짓말을 한 자신에게 부드럽고 다정하게 이야기를 해주고 있었다. 참을 수 없는 죄책감과 부끄러움에 수잔의 입에서 서러운 신음 소리가 흘러나오기 시작했다.

　「흐윽…….」

　「괜찮아요. 아무도 당신 탓을 하지 않을 거니까. 당신은 충분히 그럴 만했어요. 그리고 당신이 지금이라도 정직하게 말을 해주기만 한다면 피해자인 정음이도 이해해 줄 거예요. 물론 사장님도 정상참작을 해주실 거고요.」

　「아뇨. 사장님은 내 말을 믿지 않을 거예요. 아무도 우리 따위의 말을 믿어주지 않아요.」

　류하는 오열하는 수잔을 따뜻한 눈으로 바라보았다.

　「아니요. 그러지 않을 거예요. 사장님은 당신 편이 되어줄 겁니다.」

　「당신이 어떻게 알아요?」

「사장님은 두 딸의 아버지시거든요. 세상의 모든 부모들은 절박한 부모의 심정을 이해할 겁니다. 아참! 그리고 저희 어머니도 혼자셨어요. 작고 가녀린 몸으로 누나와 저를 키워주셨어요. 이 낯설고 냉정한 땅에서요. 전…… 저희 어머니가 참 자랑스러워요. 정직하고 현명한 분이셨거든요. 나중에 시간이 흘러 당신의 아이들이 성장하면 그 아이들도 당신을 그렇게 생각할 겁니다. 훌륭하고 정직한 어머니였다고.」

수잔은 결국 울음을 터뜨리고 말았다.

「사과하세요.」

존은 자신의 사무실로 들이닥친 정음을 노려보았다. 멍청한 것! 어린것이 아직도 자신의 잘못을 깨닫지 못한 건가?

「무슨 말을 하는 거지? 도리어 사과를 받을 사람은 나라고.」

「하! 당신이 사과를 받아야 한다고요?」

「네가 도둑질을 하는 바람에 우리 식당에 얼마나 큰 피해가 생겼는지 알기나 해?」

「내가 아니라고! 난 절대 남의 돈에 손을 대지 않아!」

분노한 정음이 소리쳤지만, 존은 콧방귀를 뀌었다.

「쯧쯧, 멍청하기는. 네 말을 누가 믿어? 그러게 더럽고 냄새나는 것들에게 은혜를 베풀었으면 시키는 대로 고분고분하게

굴 것이지, 어디서 잘난 척을 하고 있어. 어때? 지금이리도 잘못
했다고 빌면 내가 특별히 사장님께 잘 말씀드려 보지.」

존이 턱을 들어 올리며 거만하게 소리쳤다.

「감옥에 가건 말건 내 사정이니까, 당신은 사과부터 하라고
요.」

「뭘 사과하란 말이지? 네게 설거지만 시킨 거? 아님, 냄새나
는 도둑년이라고 한 거? 다 맞는 말이구만 뭘 사과하란 말인
지.」

하얗게 일그러지는 정음의 얼굴을 보며 존은 야비하게 웃었
다.

「그러게 내 성질을 건드리지 말았어야지. 크크크.」

「난 잘못한 거 없…….」

갑자기 정음이 말을 멈추었다. 미간을 찌푸리던 정음이 존을
노려보며 소리쳤다.

「당신이죠? 당신이 훔치고 내게 뒤집어씌우는 거죠?」

「정신 나간 년. 지금 무슨 소리를 하는 거야?」

「당신이 틀림없어. 지난번 매니저님이 계셨을 때는 이런 일이
한 번도 일어나지 않았단 말이에요.」

「미친 게 틀림 없구만. 어서 나가! 난 일해야 하니까. 너처럼
천한 것과 말 섞을 시간 없어.」

존이 사납게 소리쳤다.

「수잔에게 뭐라고 한 거예요? 뭐라고 했기에 수잔이 저러는

거냐구요!」

「쯧쯧. 생떼도 유분수지. 수잔은 자신이 본 걸 얘기했을 뿐이라고.」

「아니야. 당신이 분명 협박을 했을 거야. 뭐지? 정직원? 아님 돈?」

날카로운 정음의 말에 존의 얼굴이 빨갛게 달아올랐다. 그렇지 않아도 오늘 사장님이 자신을 보는 눈빛이 이상했다. 가뜩이나 신경이 쓰이는 차에, 모기 같은 것들이 앵앵거리니 거슬리는 존이었다.

「나가! 당장 나가라고! 나가서 돈이나 마련해 와! 몸을 팔든, 도둑질을 하든 돈이나 가져오란 말이야! 네년이 아무리 범인이 아니라고 해도 믿어줄 사람은 하나도 없을 테니까, 그만 떠들고 나가! 아니면 정말 경찰을 부를 테니까.」

존의 호통과 함께 사무실 문이 쾅! 하고 열렸다.

「뭐야! 너, 넌?」

존은 자신의 사무실로 들어선 낯익은 청년을 보며 눈살을 찌푸렸다. 전에…… 자신에게 모욕을 안겨줬던 그 시건방지던 한국 놈이다.

「전 정음이의 친구입니다. 방금 당신이 한 말은 얼핏 들어도 인종차별과 성적 모멸감을 주는 성희롱에 해당하는 것 같군요. 지금 제 변호사가 이리로 오고 있으니, 잠시만 기다리시기 바랍니다.」

온몸에 소름이 돋는 냉기. 학교 내 여학생들이 훈민의 매력을 꼽을 때, 그의 우월한 외모에 이어 두 번째 매력이 차가움이라고 입을 모았지만, 지금 이 모습을 보고도 그런 소리가 나올까? 여태 알고 있던 이훈민의 차가움은 정말이지 차가움 축에도 못 끼었다. 훈민을 적으로 둔 게 아니어서 정말 다행이야. 정음의 머릿속에서 저도 모르게 드는 생각이었다.

「뭐…… 뭐라는 거야?」

「참고로 제 변호사는 로자 파커스(Rosa Parks ∣ Rosa Louise McCauley Parks:미국 인권운동의 어머니. 시민운동가) 여사의 친조카 되는 분이십니다. 인종차별을 끔찍이도 싫어하시죠.」

정음이 느낀 섬뜩함을 존도 느꼈을까? 분노로 이글거리는 훈민의 눈빛을 피한 존이 헛기침을 하며 한 발 뒤로 물러섰다.

「내, 내가 언제……. 내가 뭐라고 했다고 이러는 거야?」

존의 변명에 훈민이 정음을 바라보았다. 조금 전과는 천지 차이인 눈빛, 휴 다행이야라고 느껴질 만큼 다정한 목소리로 물었다.

"잘했어. 녹음은?"

"여기."

정음이 주머니 속의 녹음기를 꺼내 훈민에게 건넸다. 눈물이 글썽거리면서도 강단 있게 존과 맞선 정음을 보며 훈민은 가슴을 쓸어내려야 했다. 이 문 안으로 혼자 보내야 했을 때의 두려움이란. 조금이라도 이상한 틈이 보이면 자신이 뛰어들었을 테지만, 정말이지 혼자 보내기 싫었다. 하지만 그의 적나라한 모습을 녹음하기 위해서는 자신이 들어가지 않는 것이 나았다. 불과 몇 분이었지만 얼마나 가슴이 뛰고 불안하던지…….

문밖에서 훈민은 확실히 알게 되었다. 자신이 정음을 얼마나 좋아하고 있는지를……. 혹여나 정음이에게 좋지 않은 일이 생긴다면 자신도 견디기 힘들 것 같았다. 지금, 이 상황에서도 두려움을 무릅쓰고 존과 맞선 정음의 용기와 사랑스러움에 가슴이 터져 버릴 것만 같았다.

「그, 그게 뭐야?」

정음이 훈민에게 건네는 녹음기를 보며 존이 떨리는 목소리로 물었다.

「보면 몰라요? 녹음기예요. 당신이 미성년자인 내게 했던 모욕적인 언사, 여기 다 녹음되었다고요.」

정음이 앙칼지게 소리쳤다.

「이…… 이게 뭐야! 이리 내! 이리 내라고!」

깜짝 놀란 존이 녹음기를 뺏기 위해 달려들었지만, 훈민이 먼저였다. 재빨리 정음의 손을 잡고 문밖으로 뛰쳐나간 훈민은 사람들이 많은 식당 홀로 뛰어들었고, 뒤쫓아온 존은 씩씩거리며 그들을 노려봤다.

순식간에 일어난 일이었다. 마치 영화 속의 한 장면처럼 갑자기 뛰어든 세 사람으로 인해, 두런두런 이야기를 나누며 저녁 식사를 즐기던 손님들과 음식을 나르던 종업원들, 음악을 연주

하던 연주자들이 약속이라도 한 듯, 움직임을 멈추었고, 그들의 시선은 갑자기 나타난 세 사람을 향해 있었다.

「이, 이리 내! 없었던 일로 해줄 테니 이리 내!」

존이 절박한 음성으로 말했다. 지난번도 인종차별로 주의를 받았던 존이었다. 또다시 이런 일이 생기면, 어쩌면 엄청난 벌금과 함께 해고가 될지도 몰랐다.

「싫어!」

「내, 내가 잘못했어. 다, 다시는 이런 일이 없을 거야. 내가, 내가 약속하지.」

다급해진 존이 두 손을 떨며 그들에게 다가갔지만, 훈민은 정음의 앞을 가로막은 채 재빨리 뒤로 물러섰다.

「싫어. 당신은 이 순간만 지나면 또다시 그럴 거야. 피부색으로 사람을 괴롭히고 못살게 굴고 업신여길 거란 말이야.」

훈민의 뒤에 서서 부들부들 떨고 있지만, 야무지게 할 말 다 하는 정음이었다.

「사, 사장님 오실 시간 다 됐어. 내, 내가 말할게. 다 오해였다고 내가 말해줄 테니까, 어서 그 녹음기 내놔.」

세 사람을 둘러싼 식당 안의 시선들은 움직일 줄 몰랐고, 팽팽하게 긴장되어 있던 공기는 숨이 막혀올 정도였다.

「이, 일단 들어가지. 내 사무실로 들어가서 얘기하자고. 사장님께 내가 잘 말씀드려 줄게. 응?」

주변의 시선을 의식한 존이 달래듯 다시 말했다.

「그럴 필요 없네, 존.」

그때 테이블 한가운데서 들리는 소리에 존의 온몸이 일순간 경직되었다.

「사, 사장님?」

「흠. 참 어이없는 일이 내 식당에서 일어났구만.」

사장의 차가운 얼굴을 보며 존의 등 뒤로 식은땀이 흐르기 시작했다.

「사, 사장님이 어떻게…….」

「여긴, 내가 후원하는 학교의 학생이지. 마침 시간이 되어 찾아왔기에 함께 식사를 하고 있었네.」

사장이 쉬아오윈을 가리키며 말했다.

「오해십니다. 제가 다 설명을 할 테니…….」

「수잔이 다 얘기해 줬네. 자신이 본 것을 사실대로. 여기 쉬아오윈이 수잔의 모든 이야기를 친절하게 통역해 주었지.」

존은 눈알을 굴리며 수잔을 찾았고, 바로 뒤에서 자신을 노려보는 수잔과 눈이 마주친 순간, 모든 것이 틀렸다는 사실을 깨달았다.

끝이구나!

풀썩, 무너지듯 존이 주저앉았다.

한바탕의 소동이 끝났다.

존은 절도와 인종차별 등으로 경찰에 연행되었고, 수잔은 차마 고개를 들지 못한 채 정음에게 사과를 했다.

「괜찮아요. 늦게나마 사실을 밝혀줘서 고마워요.」

눈물이 그렁한 얼굴로 환하게 웃는 정음을 수잔은 꼭 껴안아 주었다.

사람들의 이목이 집중되지 않는 어두운 공간에 서서 이 모든 소동을 묵묵히 지켜보고 있던 류하는 안도의 한숨을 내쉬었고, 정음이 훈민과 함께 돌아간 뒤에서야 비로소 모습을 드러냈다.

「고마워요. 학생들 덕분에 레스토랑에 해를 끼친 범인을 잡았으니 내 감사하는 마음으로 사례를 하고 싶은데.」

토마스가 류하와 쉬아오원을 반기며 사례의 뜻을 비쳤지만, 류하는 고개를 흔들었다.

「아닙니다, 사장님. 저희를 믿어주셔서 도리어 감사합니다.」

「어허. 젊은 사람들이 참. 그럼 다음에 들러서 식사라도 하고 가요. 꼭이요!」

「네, 감사합니다.」

아쉬워하는 토마스를 뒤로하고 류하는 쉬아오원과 함께 레스토랑을 벗어났다.

「……괜찮은 거야?」

말없이 걷고 있는 류하에게 쉬아오원이 물었다.

「뭐가?」

류하가 평온한 목소리로 대답했지만, 쉬아오원의 마음은 편치 않았다.

「레스토랑의 그 여학생, 류하가 친구라고 한…….」

「응. 그 애가 왜?」

「왜 류하가 도와줬다고 말하지 않은 거야? 그 아이가 옆의 남자아이에게 고맙다고 하는 말을 들었어. 수장을 설득한 것도, 나를 통해 사장님에게 알려준 것도 다 류하가 한 일이잖아. 그런데 왜 그 여자아이 앞에 나서지 않은 거야? 왜 뒤에 서서 지켜보고만 있었어?」

쉬아오윈의 말에 류하는 생각에 잠겼다.

고맙다는 인사치레를 받기 위해 한 일은 아니었다. 정음이 누명을 벗길 바랐고, 과정이 좀 복잡해지긴 했지만 그의 바람대로 누명이 벗겨졌다. 그것으로 만족했다. 쉬아오윈의 말처럼 기회가 됐다면 우연한 만남을 가장해 반갑게 인사를 할 수도 있었겠지만, 정음이 옆의 남학생에게 의지하고 있는 모습을 보는 순간 저도 모르게 발걸음이 멈춰 버렸다.

「인사를 받기 위해 한 일은 아니었어. 게다가 일이 다 해결되었잖아. 그럼 됐어.」

류하가 부드럽게 미소를 지었다.

「하지만…….」

쉬아오윈은 한숨을 내쉬었다. 류하가 저렇게 나오는데 더 이상 얘기해 봐야 어쩌겠는가. 별에서 온 어린 왕자 같은 친구의 여린 미소는 생각 이상으로 그녀의 마음을 아프게 했다.

거짓말처럼 모든 것이 해결되었다. 몇 날 며칠 밤잠을 설치게 만들었던 무거운 짐들을 내려놓은 기분은…… 그저 무덤덤할 뿐이었다. 정음은 아무 말 없이 창밖을 바라보았다. 매일 다니던 거리가 이렇게 생겼었나?

"괜찮냐?"

운전대를 잡은 훈민이 힐끔거리며 정음을 살폈다.

"응. 오늘 여러 가지로 고마워."

"아니. 내가 한 일이 뭐가 있다고."

"녹음기도, 변호사도, 다 네가 했잖아."

"매니저 앞에서 당당하게 말한 건 너잖아."

훈민의 말에 정음은 작게 미소를 지었다.

"기분이 이상해. 모든 게 다 밝혀지면 속이 시원할 줄 알았는데……. 미안하다고 울부짖는 존을 보면서…… 뭐랄까, 조금 불쌍하기도 하고."

"너 바보냐? 그놈한테 당한 게 얼만데."

"네 변호사가 로자 파커스랑 친척이라며. 그분이 버스에서 백인에게 자리를 양보하지 않는다고 기소된 게 불과 50년 전의 일이야. 여기 사람들은 그렇게 알고 교육받고 자랐다고."

"잘못된 일이야. 지금까지 고쳐 왔고, 앞으로도 고쳐야 할 일이야. 바로 우리가 해야 할 일들이지."

핸들을 잡은 훈민의 손에 힘이 들어갔다. 아직 어리지만, 강하고 믿음직한 손이었다. 존의 앞에서 정음의 손을 꼭 잡고 제 몸으로 정음을 보호해 주던, 믿음직한 친구의 손을 정음은 물끄러미 바라보았다.

"우리가?"

"응. 오늘처럼 용감하게."

자신을 멍하니 바라보는 정음을 보며 훈민이 빙그레 미소를 지었다.

"아! 이런. 할머니! 할머니 기다리시겠다."

"헉! 정말!"

"벨트 맸지? 달린다!"

"응."

훈민을 알게 되어 참 다행이라고 생각하며 정음은 고개를 끄덕였다.

벽면 전체가 창인, 가슴까지 탁 트이는 거실은 언제 봐도 감탄이 절로 나왔다. 이렇게 큰 유리로 햇빛을 받는 기분은 어떨까? 온몸이 투명해지는 느낌이 들지는 않을까?

정음은 훈민과 함께 거실 끝에 있는 기다란 복도를 걸어 신 교수님의 서재로 향했다.

무슨 일이 생긴 거냐며 걱정하시는 교수님께 간단하게 자초지종을 설명하자, 교수님은 정말 대견하다며 정음의 머리를 쓰다듬어 주셨다.

"앞으로 그런 일이 있으면 어른들과 상의를 하는 것도 좋은 방법 중의 하나야. 하지만 너희 힘으로 참 잘 해결했구나. 훈민이도 고생했다."

신 교수님은 언제나처럼 맛있는 쿠키와 향이 좋은 커피를 내어놓으시며 정음을 위로해 주셨고, 정음이 차를 마시는 동안 여기까지 부른 이유를 이야기하셨다.

"그러니까 저희더러 이 책들 중에서 좋아하는 시들을 선택하고, 그 시에 들어 있는 다양한 시어들을 체크하고 공부해 보란 말씀이죠?"

신 교수님의 이야기를 전해 들은 훈민이 쌓인 책들을 가리키며 물었다.

"그래, 바로 그 말이란다. 영어에서는 나타낼 수 없는 한국말의 아름다운 다양성들을 너희들이 한번 찾아보렴."

"그럼, 이 시들을 뽑아서 학생들이 좋아하는 한국의 아름다운 시 100개. 뭐, 이런 식으로 책이 나올 거라는 말씀인 거죠? 그러면 교수님께서 학생들이 쉽게 이해할 수 있는 해석을 곁들여 주실 거구요."

이번에는 정음이 물었다.

"정확하구나. 내가 여러 말 안 해도 되게 잘 이해해 줘서 고맙다. 너희는 너희 수준에서 알고 싶은 시어들을 체크하고 해석해 보면 된단다. 보수는 섭섭지 않게 쳐줄 테니, 훈민이랑 함께 이

일을 해줄 수 있겠니?"

신 교수의 말에 정음은 안도의 한숨을 내쉬었다. 이 정도의
분량이면 레스토랑 아르바이트보다 훨씬 더 많은 보수를 받을
수 있을 정도다. 게다가 한국 시라니! 평소 관심은 있었지만, 시
를 읽고 감상할 시간이 없었다. 그런데 거짓말처럼 이렇게 좋은
기회가 생겼다. 예쁜 한국말에 대해 공부도 해보고 돈도 벌고,
게다가…… 훈민과 함께하는 일이다.

"저야 이런 기회를 주시면 고맙죠."

"고맙구나. 그럼 지금 하고 있는 레스토랑 아르바이트는 그만
둬야겠지?"

"그렇지 않아도……. 네, 가게에 얘기할게요."

가게를 다시 나가기도 마음이 편치 않은 일이었다. 그런데 이
런 반전이 생기다니. 이런 일을 전화위복이라고 하는 걸까? 정
음은 안도의 한숨을 내쉬며 마음을 다독였다.

"그래, 그건 네가 잘 알아서 할 거라 믿으마. 여기에 있는 책
들은 아무 때나 편하게 와서 보면 된단다. 아무래도 훈민이 네
가 정음이를 여러모로 많이 도와줘야겠구나. 알겠지, 훈민아?"

신정숙 여사가 훈민을 향해 말했다.

"네."

"그래, 오늘은 내가 약속이 있어 이만 헤어져야겠구나. 훈민
이 너는 정음이 잘 데려다주고 오너라."

"네."

신 여사가 훈민과 정음의 배웅을 받으며 방을 나갔고, 두 사람 역시 가방을 챙겨 들었다.

"가자. 데려다줄게."

"응. 고마워."

책상 위에 놓여 있던 시집 한 권을 들고 훈민을 따라 나서던 정음이 책을 펼쳐 보다 고개를 갸우뚱거렸다.

"이게 뭐야?"

"뭐가?"

"'진달래 꽃'이라는 이 시 말이야."

"그 시가 뭐?"

"사뿐히 즈려밟고 가라고 하는데, '즈려'라는 말이 어떤 건데?"

"즈려? 눌러 밟는다는 말일걸."

"예쁘다."

정음의 예쁘다는 말에 훈민이 주위를 둘러본다.

"아니, 이 시어 말이야."

정음의 집게손가락이 펼쳐진 책을 가리켰다.

"시어?"

"응, 예뻐. 즈려…… 즈려……."

'즈려'라는 말을 반복해서 속삭이는 정음을 훈민은 흥미롭게 바라보았다.

"죽어도 아니 눈물 흘린다고 하는데 이건 안 보내고 싶다는 뜻일까?"

정음이 다시 물었다. 마치 물을 만난 물고기처럼 생기 넘치는 정음의 눈동자를 보며 훈민은 가민히 고개를 끄덕였디. 이건……. 마치 달리기를 하고 있는 것처럼 심장이 뛰기 시작한다.

"……아마도."

"엄청 사랑했나 보다."

"……."

"이렇게 사랑한다는 건 정말 어렵겠지?"

"글쎄……."

"이 시를 쓴 작가 말이야. 이렇게 보내기 싫어하는 걸 보면 얼마나 사랑했을까? 뭐, 여기 미국 애들이야, 사귈래? 아니! 그러면, 그래? 그러고 그만이잖아. 얘네들 정서는 드러내는 거잖아. 좋은 거 싫은 거 분명하게 표현하라고 배우니까."

"그 시도 꽤 오래전의 시야. 지금은 한국의 정서도 많이 변했다고 봐야지."

"그래도 이렇게 숨겨진 느낌들이 직접적으로 표현하는 거보다 더 강해 보여."

"그런가? 뭐, 시야 감추고 표현하는 게 다반사니까."

"훈민!"

"왜?"

"우리 잘해보자. 이 일 너무 재미있을 것 같아. 은근하고 끈기 있는 한국인의 후예답게 우리 열심히 해보자. 잘 부탁해!"

정음이 훈민을 향해 손을 내밀었다. 훈민이 엉겁결에 정음의 손을 마주 잡았다. 그를 향해 환하게 웃고 있는 정음의 미소가 훈민의 마음에 콕 박히고 있었다.

9. 홈커밍 파티

레스토랑 일 때문에 너무 신경을 썼나?

아침부터 옆구리가 콕콕 쑤시기 시작했지만, 정음은 평소와 다름없이 학교에 등교했고, 단짝친구인 샘과 함께 수업을 들으며 점심을 먹었다.

「그럼 교수님 집에서 아르바이트를 하는 거야? 그것도 무려 훈민이랑?」

지상에서 50미터쯤 떠 있는, 허공을 걷는 듯한 샘의 물음에 정음은 고개를 끄덕였다.

「대에박! 정음, 너 정말 대박이다! 완전 부러워. 훈민과 함께 아르바이트를 하다니. 그것도 단둘이서! 이러다 너희 둘이 사귀는 거 아냐?」

샘이 요란스럽게 호들갑을 떨었다. 그렇지 않아도 어젯밤 일이 생각난 정음은 슬쩍 미소를 지었다.

지난밤, 교수님 댁을 나서며 훈민에게 말했었다.

"고마워."

"뭐가?"

"이것저것 다."

갑자기 걸음을 멈춘 훈민이 아무 말 없이 정음의 머리를 흐트러뜨리기 시작했다. 어린 여동생에게 하듯, 장난스러운 그의 동작에 정음의 가슴은 빠르게 두근거리기 시작했고, 까맣고 깊은 그의 눈빛과 마주친 뒤로는 '이러다 터져 버리는 것이 아닐까' 싶게 심장이 쿵쾅거리기 시작했다.

레스토랑에서 존과 대치하고 있을 때에도 그랬다. 그의 등 뒤에서 안전하게 보호받고 있는 느낌과 함께 두려움과는 또 다른 두근거림이 정음을 혼란스럽게 했다. 이제 겨우 열여덟 살일 뿐인데…… 그의 등은 더없이 넓고 따뜻했었다.

"너 없었으면 혼자 감당하지 못했을 거야."

"……앞으로 잘해라."

따뜻한 손과 달리 시니컬하게 내뱉던 훈민의 말투에 웃음이 났다. 이제는 속지 않아. 차갑고 정 없는 말투와 달리 따뜻하고 속 깊은 그의 모습을 너무 많이 본 까닭이다.

「정음!」

아카시아 향기처럼 은은한 추억에 잠겨 있던 정음은 자신을 부르는 샘에 의해 급히 정신을 차려야 했다.

「정음, 오정음! 너 무슨 생각하는 거야?」

샘이 정음의 얼굴 앞에서 열심히 손을 흔들어대고 있었다.

「아, 아무것도 아니야. 좀 전에 뭐라고 했어?」

「너도 참! 네 파트너는 자동으로 훈민이 되는 거냐고 물었어.」

「훈민이는 경매에 나가야 하잖아.」

「하긴, 그렇구나. 아! 실망스러워라.」

자신의 일처럼 안타까워하던 샘이 갑자기 두 눈을 빛내며 정음을 바라보았다.

「맞다! 너 소식 들었어? 어제 리에가 샤넬에서 드레스와 구두를 샀대. 완전 따끈따끈한 신상으로. 애들 말로는 너무 예뻐서 완전 죽음이라던데.」

「아무렴. 학교 정문에서부터 교실까지 걷는 내내 들리던 소문인걸.」

「하긴, 귀 달린 사람이라면 다 들었을 거야. 칭은 베라 왕 드레스를 입기로 했고, 패트릭의 아버지는 이번 파티를 계기로 BMW Convertible(컨버터블)을 사주셨다 그리고. 이건 무슨 고등학생들이⋯⋯. 아, 싫다. 빈부의 격차.」

샘이 두 눈을 굴리며 어깨를 들썩였다.

「하루 이틀도 아닌데 뭘.」

홈커밍 파티가 코앞으로 다가오자 학교는 벌써부터 축제 분위기에 들떠 있었다.

파트너가 정해진 여학생들은 드레스와 그에 어울리는 구두와 액세서리를 사느라 연일 쇼핑가를 휘젓고 다녔다. 남학생들 역시 파트너를 태울 근사한 자동차와 그에 걸맞은 잘 빠진 턱시도와 구두를 구하느라 정신없이 바쁜 모양이었다.

「흥! 리에는 파트너 제의를 싹 다 거절했대. 왜 그랬겠어? 훈민이를 노리고 있는 거 아니겠니? 이번 노예 경매에서 훈민이를 누가 얼마에 사갈지, 아마도 최고 경매가가 나올 거라고 다들 야단들이야.」

샘의 말처럼 이번 파티에서 가장 기대되는 순서는 바로 홈커밍 파티의 하이라이트인 '노예 경매'였다. 상품처럼 번호 순서대로 모습을 드러내는 남학생들을 여학생이 앞다투어 낙찰받는 자극적인 행사였지만, 노예가 된 남학생들은 두말없이 자신을 낙찰한 여학생을 주인으로 모시면서 하루 동안 기억에 남는 최고의 데이트를 하며 섬겨야 했기에 평소 마음에 두고 있는 남학생이 있거나, 가십을 좋아하는 여학생들은 목이 빠져라 기다리는 시간이었다.

「정음, 너 돈은 많이 모아놨어? 훈민이를 노리는 애들이 한둘이 아니야.」

「넌? 마크 몸값도 만만치 않을 텐데.」

단짝 샘에게 사실대로 말을 할 수도, 그렇다고 거짓말을 할 수도 없었던 정음은 대답 대신 질문으로 그녀의 호기심을 차단해 버렸다.

「그러게 말이야. 제발, 제발, 마크를 낙찰 받아야 할 텐데.」

샘이 두 손을 모으며 기도하듯 중얼거렸다.

「워워! 샘, 진정해. 너답지 않게 너무 초조해하는 거 아냐?」

「아냐. 11학년의 아이린이 마크를 노린다는 소식을 전해 들었단 말이야.」

아이린이라 하면 로라와 어울려 다니는 바비인형과의 금발미녀였다.

「헉! 걔는 남친이 있잖아?」

「싸워서 헤어졌대. 그래서 정음, 내가 얼마나 불안한지 몰라. 왜 우리 마크까지 지명을 받은 거야. 왜? 왜?」

샘이 짜증 섞인 목소리로 '왜'를 부르짖었다.

「힘내, 샘. 그래 봐야 기껏 하루야.」

1번부터 20번까지 학교 내 인기남으로 지명받은 남학생 스무명 중 단연 화제가 되는 것은 훈민과 패트릭 애덤스, 마크 정도였다. 그들의 몸값이 과연 얼마나 치솟을까, 하는 것이 이번 주내내 여학생들의 입방아에 오르내리고 있었다.

「휴. 정음이 네가 그런 말을 하니까 마음이 더 안 좋아. 너야말로 훈민이 때문에 걱정이 많을 텐데.」

자신을 걱정해 주는 샘을 보며 정음은 죄책감을 느꼈다. 가장 친한 친구인 샘에게까지 진실을 숨겨야 하는 것이 정말 미안했지만, 그렇다고 훈민의 부탁을 받고 그를 낙찰받기로 했다는 사실을 털어놓을 수도 없었다.

애매모호한 심정으로 갈등을 하는 정음의 마음을 아는지 모르는지, 샘이 또다시 흥분하며 새로운 소식을 털어놓기 시작했다.

「참! 정음, 내가 아주 기가 막힌 이야기를 들었지 뭐야.」

「기가 막힌 얘기?」

「응. 식당에서 교감선생님이 하는 얘길 들었는데, 훈민의 아버지도 우리 학교 학생이었대. 그런데 훈민이 아버지 역시 노예 경매에 나와서 어마어마한 금액으로 낙찰됐다는 얘기를 들었어. 아버지의 전설을 아들이 물려받을 거라고 선생님들도 은근 기대하고 있나 봐.」

아! 그래서였구나.

정음은 짧은 탄성을 터뜨렸다. 훈민이 왜 이 학교에 온지 이제야 알 것 같았다. 공립학교이긴 하지만, 일찍부터 아시아와 아프리카 등 많은 유학생들을 받아들인 까닭에 그들의 자제와 또 그 자제가 대를 이어 학교에 입학을 하는 경우가 많았다. 훈민 역시 아버지가 다닌 학교에 입학하게 된 케이스였나 보다. 그런 훈민에게 약을 해서 쫓겨왔냐느니, 퇴학을 당했냐느니 쓸데없는 질문을 한 자신이 얼마나 웃기고 가소로웠을까? 할 수만 있다면 시간을 되돌리고 싶은 정음이었다.

마침내 파티의 날이 밝았다.

너무 긴장을 해서일까? 며칠 전부터 쑤시기 시작하던 옆구리 통증의 간격이 조금씩 더 짧아지는 것 같았다. 하지만 오늘은 늦장을 부릴 겨를이 없었다. 정음은 새벽부터 일어나 목욕을 하고 머리를 감은 뒤, 평소보다 일찍 집을 나섰다. 요즘 들어 부쩍 피곤해하는 고모가 깰까 봐 샘의 집에서 파티 준비를 하기로 했기 때문이다.

「꺄아악! 어서 와!」

머리에 헤어롤을 감은 샘이 비명을 지르며 정음을 끌어안았다.

2층 샘의 방으로 향한 두 사람은, 샘의 언니인 릴리가 가르쳐준 방법으로 공들여 화장을 했다.

「우리 언니가 여자의 속눈썹은 자신감의 상징이래. 가능한 가장 길어 보이게 바르라고 했어.」

샘은 쉬지 않고 입을 놀리면서도 언니의 말을 잊지 않고 정성스럽게 마스카라 액을 펴 발랐다. 그리고 마지막 립스틱으로 마무리.

「정음! 너 딴사람처럼 변신했어. 완전 예뻐! 겁나게! 진짜!」

화상을 마친 정음을 보며 샘이 신기한 듯 웃음을 터뜨렸다.

「너도 마찬가지야.」

두 사람은 서로의 얼굴을 보며 낄낄거리다 드레스를 입었다. 릴리의 말대로 레드 드레스는 정음의 우윳빛 피부를 더욱 돋보이게 해줬고, 옆에만 있어도 생기 넘치는 에너지가 느껴지는 것 같았다.

「정음! 너 그새 가슴이 더 나온 거야?」

샘이 지그시 실눈을 뜨며 정음의 가슴께를 살폈다. 적당한 볼륨감에 생기 넘치는 눈빛까지, 여느 때의 정음과는 확실히 달라 보였다.

「정말 예쁘다, 정음! 이쪽으로 좀 돌아봐 봐. 동양의 공주님 같아.」

흥분한 샘의 외침에 급히 몸을 돌리자, 숨이 턱 막히는 통증이 밀려왔다. 악! 외마디 비명을 지르는 정음을 보며 샘이 걱정스레 물었다.

「왜 그래? 어디 아파?」

「아니, 옆구리가 좀 결려서.」

「나도 그래. 긴장을 해서 그런지 배가 아파.」

「너도 그래? 정말 긴장을 해서 그런가?」

「응. 병원 갈까? 견딜 수 있겠어?」

「응. 넌?」

「나도.」

두 사람은 마주 보며 고개를 끄덕였다.

모든 준비를 마친 두 사람은 마지막으로 샘의 언니가 가장 아끼는 최고급 향수를 허공에 대고 뿌렸다. 은은한 향기는 미세한 물방울이 되어 두 사람의 주위로 흩어졌고, 두 눈을 감은 채 향기를 음미하던 두 사람은 만족한 웃음을 지으며 서로를 바라보았다.

「숙녀분들! 준비되셨어요?」

그때 샘의 아버지가 1층에서 외치는 소리가 들렸다. 원래는 파트너가 데리러 와야 하지만, 훈민도 마크도 경매에 참가하는 바람에 그녀들을 태우러 올 수가 없었다. 그래서 두 사람은 샘의 아버지가 데려다주는 차에 타야 했다.

「네!」

두 사람은 동시에 대답을 하며 계단을 내려갔다.

학교는 입구부터 들떠 있었다.

벌써 파티가 시작됐는지 리드미컬한 댄스 음악이 교정 가득 울리고 있었고, 통로마다 알록달록한 예쁜 꽃길이 만들어져 있었다. 화려한 드레스와 근사한 턱시도를 입은 남녀 학생들이 왁자지껄 웃으며 어울려 다녔고, 강당 안에는 이미 춤을 추며 파트너 굳히기에 들어간 남녀들로 넘쳐 났다.

「와우! 올해는 더 멋진 것 같아.」

샘이 한껏 틀어 올린 옆 머리칼을 쓰다듬으며 말했다.

「응. 정말이네.」

「봐봐. 내 얼굴 괜찮아? 화장이 지워지지는 않았지?」

들뜬 샘의 말에 식당 쪽으로 방향을 틀던 정음이 돌아보며 엄지손가락을 치켜들었다. 커다랗게 웨이브진 머리와 어깨가 드러나는 실크 소재의 보라색 원피스와 연한 보랏빛의 알이 삥 둘러진 목걸이, 같은 색으로 장식된 샌들과 보랏빛의 매니큐어까지. 이 모든 것이 샘과 썩 잘 어울려 보였기 때문이다. 샘은 정음의 찬사에 '너도 만만치 않다'는 립 서비스를 날리며 클러치백을 고쳐 들었다.

「와우! 정음, 샘, 너희들 완전 예쁘다.」

복도를 지나가던 친구들이 아는 체를 했다. 그들 역시 평소와 다르게 화려하게 치장을 한 상태였다. 정음과 샘은 친구들과 반갑게 인사를 나누며 함께 오늘의 파티 장소인 식당으로 향했다. 식당 가까이로 가자 화려한 불빛과 함께 왁자지껄한 웃음소리가 연신 새어 나오고 있었다.

여기저기를 둘러보던 정음의 눈에 예쁘게 꾸민 여자아이들과 턱시도나 셔츠와 정장바지로 멋을 부린 남자아이들이 들어왔다.

레드 카펫을 깔아놓은 식당 바닥을 따라 한쪽 편에 나란히 열을 맞춰놓은 테이블 위에는 각종 과일과 초콜릿, 막 구워진 파이와 달콤한 케이크 등, 풍성한 디저트가 놓여 있었다. 하지만 알코올은 물론 탄산은 한 방울도 놓여 있지 않았다.

「대박! 정말 알코올은 물론이고 탄산도 없어.」

테이블 위를 살피던 샘이 속삭이듯 말했다.

「우린 아직 미성년자니까.」

「아무리 그래도 탄산음료 정도는 눈감아주지.」

샘이 아쉬운 듯 말했다.

「비만을 막자는 학교 정책이잖아.」

「이건 뭐, 보호를 하자는 건지 감시를 하자는 건지.」

파티에서 일어나는 여러 가지 불상사를 막기 위해서라고는 하지만, 곳곳에서 아이들을 향해 쉴 새 없이 눈동자를 굴리며 안내를 하고 있는 교사들을 보며 정음은 한숨을 내쉬었다. 한없이 자유로워 보이는 학교생활이지만, 이곳 고교 아이들의 삶 또한 한국에 비해 만만치 않은 면이 꽤 많았다. 수업과 이어지는 과제와 퀴즈, 그리고 각 과목에 대한 테스트뿐 아니라 밴드나 스포츠 같은 과외 활동, 의무적으로 해야 하는 자원봉사 활동 등, 게다가 대부분의 아이들이 아르바이트를 하며 학교생활을 병행하고 있기도 했다. 그렇기에 이곳 아이들에게 이런 파티는 학교생활의 활력을 되살려 주는 피로회복제 같은 역할을 톡톡히 하고 있었다.

옆구리에서 또다시 통증이 느껴졌다. 배가 고파서일까? 정음은 달콤한 체리파이 한 조각을 집어 들었다. 드레스를 입기 위해 두 끼를 굶었더니 뱃가죽이 등가죽과 만나 합장을 할 판이었다.

「경매남들은 아직 안 왔을까? 꽤 멋지겠지?」

「오늘 훈민은 얼마에 낙찰될까?」

「아마도 최고가가 아닐까?」

「너도 참가할 거지?」

「그럼. 내가 오늘을 얼마나 기다렸는데.」

지나가던 여학생 몇 명이 수다를 떨고 있었다.

그녀들의 수다를 숨죽여 듣던 샘이 눈알을 굴리며 정음을 바라보았고, 정음은 할 수 없다는 듯 어깨를 으쓱거렸다.

정말, 훈민이는 아직 안 왔나? 정음은 적잖이 설레는 가슴을 진정시키며 입구 쪽을 연신 바라보았다.

「정음아, 저기!」

샘의 손가락이 가리키는 곳에서 한껏 멋을 낸 리에와 주리의 모습이 보였다. 한눈에 보기에도 비싸 보이는 액세서리가 그녀들의 몸 곳곳에서 반짝이고 있었다.

「완전 조명과 함께 혼연일체를 이루네.」

「몸에 두른 저게 대체 얼마야?」

「글쎄.」

정음과 샘이 서로 마주 보며 피식, 웃음을 흘리는 사이, 파티장을 들어서던 리에는 자기에게로 모이는 시선을 의식하며 깊은 심호흡을 했다. 얼마 만에 참가하는 파티이던가?

「흐흠. 좋아. 이 파티 냄새.」

「역시, 주인공은 늦게 도착해야 시선을 더 모을 수 있어.」

「그럼, 만고의 진리지. 우린 그 진리를 십분 활용하는 중이고.」

시녀처럼 자신의 옆을 지키는 주리의 말에 리에는 거만하게 고개를 끄덕였다.

「맙소사! 주리, 저기 중국애들 옷 입은 꼴 좀 봐봐. 아무리 봐도 내 드레스가 젤 예쁜 것 같지?」

주리가 마지못해 고개를 끄덕이자, 리에는 만족의 미소를 지었다.

「역시 내 생각이 틀리지 않았어. 쭉쭉빵빵한 서양애들이 판치는 파티장에서 꿀리지 않는 방법은 명품만 한 것이 없다니까. 너도 느껴지지? 애들이 나를 부러워하는 시선.」

「그렇지 뭐.」

뜨뜻미지근한 주리의 반응이 못마땅했지만, 주리는 언제나 저런 식으로 반응을 했다. 주리가 내심 자신을 부러워하는 것이라 생각한 리에는 너그러운 미소를 지으며 친구를 용서하기로 했고, 자신의 관대함에 한층 더 기분이 좋아졌다.

「훈민이는 온 것 같아?」

오늘의 목표인 훈민이 도착했는지, 그녀는 눈동자를 부지런히 굴리며 확인을 했다. 여기저기를 살피며 고개를 돌리는데 약간의 현기증이 났다. 기분과는 다르게 어제저녁부터 제대로 먹지를 못 해 기운이 좀 달리는 것 같았다. 하지만 어쩌겠는가? 몸에 꼭 붙는 이런 실크 소재의 드레스를 소화하려면 참아야 했다. 리에는 물을 조금 마신 다음 다이어트 식품으로 각광받고 있는, 열량이 낮은 검붉은 체리 몇 알을 집어삼켰다.

「리에, 저기.」

옆을 지키던 주리가 속삭이는 소리가 들려왔다.

「오, 마이 갓!」

멋진 슈트 차림의 훈민을 발견하자 리에의 얼굴에 저도 모르게 미소가 지어졌다. 반가운 마음에 '훈민!' 이라고 소리치려던 그녀의 입가에 작은 경련이 일어났다.

저건 또 뭐야?

리에는 콧잔등을 찌푸리며 훈민을 위해 길을 터주는 친구들과 그 사이를 지나오는 훈민과 그의 파트너를 노려보며 거만하게 턱을 들어 올렸다.

비단 리에뿐만이 아니었다. 훈민을 알고 있는 여자아이들 사이에서도 작은 탄식이 흘러나왔다. 학교에 엄청난 후원을 하는 재벌 아들이라는 소문 때문이 아니어도, 눈부신 훈민의 외모는 또래 여자아이들의 심장을 움직이기에는 충분했다.

「오 마이 갓!」

여기저기서 탄식 어린 신음이 나왔지만, 오늘은 평소와 같은 감탄사가 아니었다. 여학생들의 로망인 훈민이 혼자가 아니었기 때문이다. 그와 걸맞은 아름다운 여자에게 자신의 팔짱을 빌려준 채 등장하는 훈민을 보며 여기저기에서 웅성거리는 소리가 들려왔다.

'그 여자다!'

정음 또한 훈민의 곁에 서 있는 여자에게 시선을 고정했다. 훈민의 여자친구인 우정이다. 텔레비전이나 잡지에 나오는 여자를 제외하고는 우정만큼 예쁜 여자를 본 적이 없었다. 오밀조밀한 인형 같은 얼굴 조합은 둘째 치더라도, 몸매가 서양애들에게 하나도 꿀리지 않았다. 지난번, 레스토랑에서와 마찬가지로 남자애들이 곧 단체 턱받이라도 받쳐야 할 판인 양 넋을 놓고 우정을 바라보고 있었다.

「헉! 뭐지? 저 인간 같지 않은 비주얼은. 온몸이 '난 동양의 귀족이랍니다.' 라고 하는 것 같아.」

숨을 죽인 샘의 말에 정음은 피식, 쓴웃음을 삼켜야 했다. 그리스 여신을 연상시키는 연한 살구빛의 로맨틱한 탑 드레스를 입은 그녀가 훈민의 팔짱을 낀 채 발걸음을 옮길 때마다 남자들의 시선이 그녀에게 집중되고 있었다. 우아한 몸짓과 간결하지만 값비싸 보이는 장신구는 그녀의 미모와 더불어 아주 최고의 조합을 이루는 것 같았다.

「누구지? 훈민이 초대한 특별 파트너인가?」

충격에서 벗어난 샘이 정음의 눈치를 살피며 중얼거렸다.

저럴 거면 왜 나더러 자길 사달라고 한 거야! 씁쓸한 정음의 마음을 아는지 모르는지, 우정은 여유로운 미소를 지으며 훈민의 옷깃을 만지고 있었다. 유달리 흰 우정의 손길과 훈민의 검은 슈트는 묘한 대조를 이루며 눈길을 끌었다. 말끔한 그의 슈트에 무엇이 묻어 있을 리도 없건만, 훈민을 향해 환하게 웃으며 자연스레 그의 옷깃으로 손을 뻗는 우정의 행동은 '훈민이는 내 것이니 넘볼 생각은 감히 꿈도 꾸지 말라'는 무언의 암시가 담겨 있었다.

「연애 문제는 당사자의 말을 들어보지 않으면 모르는 거란다.」

정음에게 희망을 안겨줬던 루크 아저씨의 말씀이 어쩌면 틀린 것일지도 몰랐다. 아, 옆구리! 기분 탓일까? 옆구리가 다시 결리기 시작했다. 숨이 턱턱 막힐 정도의 고통이었다. 아니……옆구리가 아니라 심장이 아픈 건가? 정음은 큰 숨을 내쉬며 옆구리에 손바닥을 갖다 댔다. 마음을 진정시키려 애썼지만, 통증은 쉬이 가라앉지 않는다.

「이럴 수가! 훈민이에게 여친이 있다는 생각을 왜 못 했을까?」

정음이 못지않은 충격을 받은 모양인지, 샘이 넋 나간 사람처럼 중얼거렸다.

「여태 여자에게 전혀 관심이 없는 사람처럼 굴었잖아.」

「정음이 네 말이 맞아. 훈민은 여자애들이랑 말도 제대로 섞지 않았는데. 쟤가 얼굴을 마주 보고 제대로 이야기하는 사람은 정음이 너밖에 없었다구.」

샘의 말이 맞았다. 그래서 정음도 '어쩌면'이라는 기대를 하고 있었는지도 모른다.

「정음이 넌…… 알고 있었어?」

「뭘?」

「저 여자.」

「한 번…… 본 적은 있어.」

레스토랑으로 찾아와 훈민이를 잘 부탁한다고 했었다. 기분
이 이상했지만, 훈민과 점점 가까워지면서 루크 아저씨의 말에
희망을 걸었었다. 하지만 이렇게 두 사람을 직접 보는 것은 꽤
충격적이었다.

두 사람은 썩 잘 어울렸다. 늘씬한 몸매며 일부러 맞춘 듯한
의상, 심지어 풍기는 분위기까지 닮아 있었다. 우정이 다시 손
을 뻗더니 훈민의 머리를 자연스레 매만져 주었다. 훈민이 급히
뒤로 몸을 빼기는 했지만, 이미 시야에 각인이 된 뒤였다.

「헉! 정음, 저 봐. 자연스러우면서도 친밀한 행동. 마치 영역
표시를 하는 아름다운 암표범 같지 않아?」

샘이 숨을 죽이며 속삭였다.

「영역 표시는 수컷이 하는 거 아냐?」

「아무렴 어때. 저 언니, 저 우아한 손짓 하나로 여기 있는 여
학생들 올 킬 시키려고 작정을 한 것 같아.」

「영리한 행동이지.」

자조 섞인 웃음이 지어졌다.

「그런데 정음, 뭔가 이상하지 않아?」

샘이 예리한 눈빛으로 그들을 훑었다.

「뭐가?」

「저 언니 행동 말이야. 일정한 간격으로 훈민을 향해 손을 뻗고 있어. 꼭 누군가에게 보여주기 위한 것처럼.」

「훈민이를 노리는 사람이 한둘이 아니니까.」

아무렇지도 않은 척 덤덤하게 말하려 했지만, 정음의 가슴 한 구석 어딘가에서 찌릿한 아픔이 느껴졌다. 아니, 이번엔 옆구린가?

「꼭 의도된 행동 같잖아. 그러니까, 내 말은…… 그러니까……. 아니다. 정음, 넌 괜찮은 거지?」

샘이 한숨 섞인 목소리로 물었다.

괜찮지 않음 어떻게 하겠어? 정음의 입가에 쓴웃음이 맺혔다.

「당연하지.」

「그래, 그래야지. 훈민이가 여자친구라고 소개를 한 것도 아니고, 두 사람이 사귄다고 발표를 한 것도 아닌데. 너, 절대 포기하지 마. 내가 보기엔 저 여자보다 네가 훨씬 더 예뻐.」

「우정의 힘일 거야.」

「아냐. 너 정말 예뻐. 그리고 골키퍼 있다고 골이 안 들어가는 것도 아니다, 뭐.」

샘의 애교스러운 위로는 정음에게 힘이 되지 못했다. 훈민은 파티장에 들어온 내내 정음에게 눈길 한 번 주지 않았다. 정음이 얼마나 예쁜지, 화장한 모습이 어떻게 달라 보이는지 은근히 기대했던 칭찬의 말은커녕 아예 신경을 끊은 사람처럼 보였다.

「근데, 정음아! 너 정말 괜찮아?」

「그렇다니까.」

「아니, 마음 말고 몸. 너 지금 얼굴이 빨개. 열 있는 거 아냐?」

열이야 나지. 뒷골이 댕겨서 쓰러질 지경이야!

정음은 깊은 한숨을 토해내며 이마로 손을 가져갔다. 축축한 열기가 느껴진다.

「그렇잖아도 컨디션이 꽝이야. 나 화장실 좀 다녀올게.」

「같이 가자.」

「됐어. 넌 마크랑 아이컨택이나 하고 있어. 딴생각 못 하게.」

걱정스러운 눈길로 따라오려는 샘을 뿌리치고 정음은 혼자 화장실로 향했다.

샘의 말처럼 거울 속에 비친 정음의 몰골은 정말 말이 아니었다. 곱게 틀어 올린 머리칼은 곳곳으로 뻗쳐 있었고, 화장은 군데군데 얼룩져 있었다. 동영상도 찍고 사진도 찍어댈 게 뻔한데 이런 몰골로 남을 수는 없었다. 정음은 급히 머리를 손질하고 화장을 수정했다. 다행히 흐트러진 머리와 얼룩진 화장은 곧 수습이 되었고, 정음은 심호흡을 하며 화장실을 벗어났다.

"어디 아파?"

훈민이 정음의 앞을 가로막으며 물었다.

갑자기 어디서 튀어 나왔을까? 나를 따라온 걸까? 아니면 화장실에 왔다가 우연히 마주친 걸까? 어찌 됐든 너 왜 이러니? 나더러 어떻게 하라고.

정음은 원망 어린 눈빛으로 훈민을 노려보았다. 남의 속도 모르고 여전히 멀끔하게 잘생긴 얼굴이 그녀를 걱정스럽게 내려다보고 있었다.

"아니, 괜찮아."

"열 있는 것 같아."

훈민이 정음의 이마로 손을 뻗으려 했다.

"비켜."

정음이 그의 손을 쳐냈다. 정음은 주춤거리는 훈민을 뒤로하고 파티장을 향해 걸어갔다. 우울한 훈민의 눈빛 따위는 신경 쓰지 않기로 했다.

"병원 가야 하는 거 아냐?"

"신경 꺼."

"휴우. 왜 그렇게 화가 났어?"

"화 안 났어."

"너 지금 엄청 화난 사람처럼 보여."

훈민이 기죽은 목소리로 말했다.

뭐야! 꼭 내가 상처 준 사람처럼 굴고 있잖아. 흥! 내가 받은 상처에 비할까. 정음은 뒤에서 따라오는 훈민을 철저히 무시한 채 걸음을 옮겼다.

파티장으로 들어서자, 때마침 곧이어 경매가 시작되니 모이라는 방송이 들려왔다.

「와아!」

엄청난 함성과 함께 박수 소리가 터져 나왔다. 이제 경매가 시작되면 최후의 파트너가 정해지고, 함께 춤을 추거나 식사를 하며 공식적인 두 사람만의 시간을 가지게 될 것이다. 정음도 낙찰받게 될 훈민과 함께 뜻 깊은 데이트를 계획했었다. 최소한 처음 계획은 그랬었다. 하지만 이제는 모든 것이 다 틀어져 버렸다.

"정음! 정음!"

혼란스러운 와중에 정음을 부르는 소리가 들려왔다. 우정이었다. 반가움이 잔뜩 깃든 목소리였지만, 정음은 돌아보지 않았다. 지금은 아무렇지 않은 표정으로 우정을 바라볼 자신이 없었다. 실망이 잔뜩 묻어나는 얼굴로 그들과 인사를 나누며 비참해지고 싶지 않았다. 그녀에게 우월한 충족감을 안겨주기 싫었다. 정음은 옆에 있는 샘의 손을 잡고 걸음을 재촉했다.

「정음!」

복도를 향해 가는 정음의 손을 누군가가 잡아챘다. 크고 강한 손, 이번에는 패트릭이다.

「먼저 갈게. 자리 잡아놓을 테니까 얼른 와!」

눈치 빠른 샘이 의미심장한 미소를 지으며 멀어져 갔고, 정음은 뒤쪽에 있는 훈민과 우정을 의식하며 축제로 인해 문이 닫혀 있는 조용한 매점으로 패트릭을 이끌었다.

「오늘 정말 예쁘다. 꼭 최지우 같아.」

영문도 모른 채 끌려온 패트릭이 사람 좋은 미소를 지으며 말했다.

「뭐야? 요즘은 겨울연가에 빠져 있는 거야? 너도 근사해. 완전 멋지다.」

슬림하고 늘씬한 훈민만큼은 아니지만, 몸에 딱 맞는 슈트를 걸친 패트릭도 나쁘진 않았다. 선한 눈빛에 큰 키와 우람한 체격, 싱그러운 미소까지. 딱 봐도 오늘의 대어임이 틀림없는 패트릭을 보며 정음이 칭찬을 했다.

「이런 말하기에는 너무 늦은 것 같지만, 오늘…… 나 선택해 주면 안 돼?」

덩치만 큰, 귀여운 막냇동생 같은 패트릭의 부탁에 정음은 웃음을 터뜨렸다.

「너처럼 인기 많은 애들 몸값이 얼마나 비싼 줄 알아? 게다가 넌, 로라가 찜해놨단 말이야. 걔가 무시무시한 얼굴로 '패트릭은 아무도 건드리지 마.'라고 선전포고를 하고 다녔어. 널 선택했다간 로라에게 가혹한 응징을 당할지도 몰라.」

「그러니까, 우정을 위해 위험을 감수할 생각은 없냐고.」

「전혀.」

정음은 고개를 설레설레 흔들었다.

「정음! 제발. 나도 로라가 무섭다고.」

「패트릭, 저기 로라 온다.」

정음의 말에 패트릭이 재빨리 돌아섰다, 정음이 장난쳤다는 것을 알게 되었다.

「젠장!」

「봐! 너도 로라가 신경 쓰이지? 내가 보기에는 아무래도 네 마음부터 정리해야 할 것 같아. 잘 생각해 봐. 네 마음에 로라가 있는 건지 없는 건지.」

「음…… 그렇군.」

패트릭이 순순히 고개를 끄덕였다.

「있지. 아무래도 남녀 사이의 문제는 누가 나서서 해결할 일이 아닌 것 같아.」

「알았어. 네 충고대로 내 마음을 잘 들여다보고 로라와의 일을 결정지어야 할 것 같아. 어떤 결과가 나오든지 우린 여전히 좋은 친구인 거지?」

「그럼. 넌 잘할 수 있을 거야.」

「고마워! 정음.」

고개를 끄덕인 패트릭이 어깨를 으쓱이며 멀어져 갔다.

아마도 두 사람은 다시 시작할 것이다. 훈민에게 차갑게 외면당한 로라는 '세상에 남자는 패트릭밖에 없다'는 듯 패트릭에게 매달렸고, 처음에는 냉정한 척하던 패트릭도 점점 마음이 기우는 것 같았다.

모든 것이 다 자리를 찾아가고 있었다, 자신만 빼고.

잠시 안정을 취한 정음은 매점을 나와 다시 파티장으로 향했다. 실내에서 이동하는 내내 우정에게 시선을 주지 않으려 애썼고, 열심히 노력한 덕분에 그녀와 마주치는 것을 피한 채 샘을 찾을 수가 있었다.

「어서 와! 이제 시작하려는 참이야!」

샘이 자신의 옆자리를 가리켰고, 정음이 황급히 자리에 앉자마자 쇼의 시작을 알리는 팡파르와 함께 사회자인 조지가 마이크를 들고 무대 중앙으로 나섰다. 반짝이는 은빛 슈트에 머리를 곱게 빗어 넘긴 조지는 관중석을 향해 허리를 굽히고 기사처럼 손인사를 했다.

「자, 그럼, 오늘의 마지막 순서입니다. 여러분들이 너무도 기다리셨던 하이라이트 순서가 되겠습니다! 노예로 계약된 남학생들은 이리로 나와 주시죠. 아! 모두 아시겠지만, 오늘의 경매 금액은 전액 불우이웃을 위해 쓰일 계획입니다. 그러니 여학생 여러분, 맘껏, 아주 맘껏 금액을 불러주시면 감사하겠습니다.」

사회를 보는 조지의 음성은 한껏 들떠 있었고, 그에 호응이라도 하듯 여기저기서 박수와 환호, 날카로운 휘파람 소리가 들려왔다.

「와우! 이제 시작인가 봐.」

샘이 몸을 앞으로 기울이며 말했다. 정음은 마크를 차지하기 위해 잔뜩 긴장한 샘의 손을 가만히 잡아주었다.

강당 안의 공기는 호기심과 기대감으로 점점 달아오르고 있었다. 경매에 참가할 여학생들은 마른침을 삼키며 자신이 원하는 노예가 모습을 드러내기를 기다리고 있었다.

「오늘 경매에 참가할 노예 학생들입니다. 여러분! 큰 박수 부탁드립니다.」

조지의 힘찬 손짓에 따라 파티장에 모인 사람들의 박수와 함성 소리가 이어졌고, 때를 맞추어 스무 명 정도의 남학생들이 무대 한가운데로 나왔다. 그들의 등장과 함께 환호 소리는 더욱더 커졌고, 파티장이 떠나갈 듯한 격려의 박수도 함께 쏟아졌다.

정음은 관심을 두지 않으려 했지만, 훈민의 모습이 제일 먼저 눈에 들어오는 것은 어쩔 수가 없었다. 훈민은 참가자들 중 제일 마지막에 서 있었다. 눈부신 조명 때문인지 미간을 살짝 찌푸리고 있었는데, 그 모습에 객석 곳곳에서 훈민의 이름을 속삭이며 한숨을 내쉬는 소리가 들려왔다.

「아무리 봐도 훈민이 젤 멋진 것 같아? 그치?」

샘이 귓속말로 속삭였다.

「마크는?」

「내 눈에는 마크가 최고지만, 객관성을 무시할 수는 없잖아.」

샘의 말이 맞았다. 훈민이 얄밉긴 해도 가장 눈에 띄는 것은 사실이었다.

「그나저나, 리코는 왜 저기 있는 거야?」

샘이 고개를 갸웃거렸다. 그러고 보니 인도네시아에서 온 리코도 훈민의 옆에 자리를 잡고 있었다. 큰 키의 훈민과 나란히 서자 리코의 작은 체구가 더 왜소해 보였다.

「리에, 저 계집애. 또 장난치려고 리코를 추천한 거 아냐?」

샘의 말에 지난번 일이 떠올랐다. 리코에게 다정하게 말을 걸며 친한 척하던 리에의 행동이 의아했었는데, 리코를 오늘 파티의 삐에로로 만들 속셈이었나 보다.

「나쁜 기집애, 사람 감정 가지고 장난치는 것들은 다 혼이 나야 해.」

정음의 말에 샘도 고개를 끄덕였다.

사회자가 한 사람 한 사람 남학생을 소개할 때마다 무대 밑에서 자리를 잡고 있던 여학생들의 환호가 끊임없이 이어졌고, 그녀들의 걱정처럼 리코를 호명할 때는 큰 환호성보다 왜소한 그의 체격을 비웃는 웃음소리가 더 크게 들려왔다. 얼굴이 벌게진 리코가 힘없이 고개를 숙였고, 정음과 샘은 약속이라도 한 듯 큰 소리로 외쳤다.

「리코! 파이팅!」

「멋져, 리코!」

그녀들의 응원에 힘을 얻은 리코가 겨우 고개를 든다. 그리고 수줍은 듯 손을 흔들었다. 마주 흔드는 정음의 시선이 본의 아니게 옆에 있는 훈민과도 마주쳤다. 훈민의 미간 주름이 더 깊어졌고, 정음은 재빨리 시선을 피해 버렸다.

「여기 앉아도 되지? 자리가 잘 보여서.」

얄미운 목소리가 들려와 고개를 돌려보니, 리에가 서 있었다.

거기다 우정이라는 혹까지 달고.

"오랜만이야, 정음."

우정이 부드러운 미소와 함께 손을 흔들었다.

본의 아니게 정음과 샘, 우정과 리에, 주리와 그 일행들이 나란히 한 줄에 앉게 되었다.

「다들 왜 이러는 거야?」

샘이 속삭였다.

「뻔하지, 뭐. 리에는 나랑 우정 사이가 궁금할 거고.」

「우정이란 애는 훈민과 자기 사이를 너에게 과시하고?」

「빙고!」

「헐!」

샘이 기가 막힐 때마다 하는 행동, 눈동자를 굴리며 어깨를 으쓱거렸다.

복잡한 정음의 심경과는 상관없이 경매는 신속하게 진행되었다. 하지만 정음과 같은 줄에 앉은 그녀들의 눈동자는 한곳을 향해 있었다. 검정색 슈트와 검정색 나비넥타이를 맨 훈민.

경매가 진행될수록 치열한 눈치 보기와 견제가 이어졌고, 무대에 서 있던 노예들은 하나둘씩 주인을 찾아가기 시작했다.

샘은 아이린과의 사투 끝에 28불 차이로 마크를 차지하였고, 로라는 엄청나게 높은 금액으로 패트릭을 기어코 낙찰받고야 말았다.

「자, 이제 경매도 막바지에 다다랐습니다. 매력적인 노예가 두 사람이 남았는데요, 과연 이 매력적인 노예들의 주인은 누가 될까요?」

조지가 마이크를 고쳐 잡으며 말했다.

「먼저, 인도네시아에서 온 리코입니다. 스마트한 노예를 바라는 분들에게는 최고의 선택이 될 것입니다. 자, 여러분! 20불부터 시작합니다. 금액 불러주시죠.」

청중을 향한 조지의 외침이 잦아들었다. 조명이 리코에게로 향하자 모두의 시선도 따랐다. 하지만 앞서 경매된 노예들과는 다르게 리코에 대한 청중의 반응은 너무도 조용하기만 했다.

「여러분! 침묵은 경청할 때 해주시고 지금은 경매에 참가해 주셔야 할 때입니다. 얼마 남지 않은 파트너 노예를 구할 수 있는 마지막 기회입니다!」

다시 소리치는 조지의 외침에도 청중들은 웃기만 할 뿐이었다.

몇 분의 시간이 흘렀을까? 리코를 향해 금액을 제시하는 사람은 아무도 없었고, 고개를 숙이는 리코의 작은 어깨가 슬프도록 외로워 보였다.

외모로만 사람을 판단하는 더러운 세상! 저 아이가 훈민처럼 키가 훌쩍 크거나 백인이었다면 이렇게 배척받지는 않았을 텐데. 정음은 어젯밤 내내 훈민을 사서 노예처럼 부리면 어떨까 생각했다. 아주 기억에 남는 데이트가 될지도 모르겠다고 생각했다. 그렇지만 오늘 보니 전혀 그럴 기회가 주어지지 않을 것 같았다. 우정에다 호시탐탐 훈민을 노리는 리에도 있었다. 뭐, 그렇다면 내가 물러나 주지. 소외되고 서러운 이웃끼리 돕고 살아야 할 테니까.

에라! 모르겠다.

「50불!!」

정음이 손을 들며 외치자, 장내에는 한순간 충격의 침묵이 감돌았다. 아무도 말하지 않았지만, 정음과 리에, 그리고 새로운 우정까지. 훈민을 향한 세 사람의 뜨거운 각축전이 치열할 것이라 생각했었는데 정음이 의외의 선택을 한 것이다.

「네, 네, 드디어 현명한 선택을 한 숙녀분이 나타났습니다. 후회하지 않는 선택이 될 겁니다. 50불 이상은 더 없으십니까? 그럼 카운트 들어갑니다. 하나, 둘, 셋! 네. 낙찰됐습니다. 아름다운 숙녀분께서는 리코 군의 옆으로 와서 서주시면 고맙겠습니다.」

내심 안쓰럽던 리코에게 파트너가 생기자 조지의 기분도 좋아졌는지 환한 미소를 지으며 리코의 등을 두드려 주었고, 리코는 수줍게 미소를 지으며 자신에게로 걸어오는 정음을 맞았다.

「고마워.」

리코가 속삭였다.

「천만에.」

정음은 자신을 향하는 훈민의 따가운 시선을 무시하며 리코의 옆에 섰다. 멀리, 마크의 옆에 서 있는 샘이 '파이팅! 네가 자

랑스러워.' 라며 입 모양으로 말하는 것이 보였다. 착한 샘과는
달리 관중석의 리에가 뒤로 넘어갈 듯이 웃어대는 모습과 동정
어린 미소를 짓고 있는 우정의 모습도 생생하게 보였다. 비록
키도, 체격도 볼품없는 노예였지만, 정음은 자신의 선택을 후회
하지는 않았다.

뭐야? 분명 나를 사라고 했잖아.

무대 위의 리코를 선택한 정음을 뚫어질 듯 바라보던 훈민의
아래턱이 씰룩거렸다. 우정이 오겠다고 고집을 부릴 때부터 마
음이 편치 않았었다. 정음이 오해하면 어떡하지? 해명을 해야
하나, 생각하다 이미 자신을 사가기로 약속을 한 상태였기에 굳
이 해명까지 할 필요성을 느끼지 못했었다. 나중에, 둘만 있게
되면 그때 말하지 뭐. 쉽게 생각했었다. 그런데…… 일이 이상
하게 꼬여 버렸다.

훈민은 깊은 한숨을 내쉬며 자신이 호명되는 소리를 들었다.

「자! 대망의 마지막 순서입니다. 많은 분들이 기다리셨을 텐
데요. 한국에서 온 이훈민! 역시 20불부터 시작하겠습니다!」

조지의 호명이 끝나자마자 여학생들의 외침이 곳곳에서 들리
기 시작했다.

「50불!!」

리에가 외쳤다.

「70불!!」

이번에는 서부 미녀 애니였다.

「200불!!」

리에의 의미심장한 외침에 애니가 고개를 띨구있다.

「네, 200불 나왔습니다. 더 없으십니까?」

「천 불!」

청중을 둘러보는 조지의 외침에 어디선가 천 불을 부르는 소리가 들려왔다.

「와아! 중국에서 오신 칭 양! 이번 경매 최고가를 부르셨습니다.」

객석 가장 뒤쪽에 있던 칭이 손을 흔들며 자신의 존재를 알렸고, 모두들 환호성을 지르며 칭을 바라보았다.

「2천 불!!」

이번에는 리에의 옆에 앉아 있던 우정이었다.

「헉!」

리에가 우정을 흘겨보았다. 얘는 뭐야? 정말 훈민의 여자친구일까? 칭 하나도 버거운데. 3천 불쯤은 충분히 부를 수 있었지만, 칭은 만만치가 않은 존재였다. 칭이야말로 진정한 중국 부자가 아니었던가. 리에는 입술을 깨물며 고개를 떨구어야 했다.

「3천 불!」

칭이 다시 금액을 높였다.

「5천 불!」

눈썹 하나 까딱하지 않고 맞서는 우정을 보며 칭은 두 주먹을 불끈 쥐었다. 자존심이 상했지만, 어쩔 수가 없었다. 이번 달 카드가 벌써 한도 초과인 데다, 은행 잔고도 바닥이 나버렸다. 이대로 나가다가는 중국에 계신 아버지께 불호령을 맞을 것이 뻔했다. 파티 덕분에 비싼 드레스와 구두, 가방을 색깔별로 사들인 덕분이었다.

칭이 숨을 죽이며 침묵을 지키자, 칭의 사정을 모르는 관중석에서 '칭이 진 거야?'라는 작은 웅성거림이 들려왔다. 칭이 포기하듯 두 손을 들어 올리자, 잠시 침묵에 빠져 있던 파티장 안으로 엄청난 함성과 함께 우레와 같은 박수 소리가 퍼져 나갔다.

자신의 몸값이 얼마인지, 역대 최고가를 경신하든지 말든지, 훈민의 눈길은 오직 리코 옆에 서서 두런두런 얘기를 주고받고 있는 정음에게 쏠려 있었다.

「얼굴 좀 펴. 내가 주인이 돼서 싫은 건 아니지?」

옆에 선 우정이 섭섭한 듯 말했지만, 훈민은 여전히 얼굴을 찌푸린 채였다. 어깨를 다 드러낸 튤립 같은 드레스를 입은 채 환하게 웃고 있는 정음의 모습이 거슬렸다. 오늘따라 왜 저렇게 예쁜 거야? 설마 딴 놈에게 보여주려고? 젠장! 참을 수 없는 분노가 치밀어 올랐다.

「자, 이제 한 커플씩 무대를 벗어나시면 되겠습니다. 노예분들! 아가씨들에게 잊지 못할 시간을 선사해 주세요! 자, 첫 번째 커플부터 천천히 퇴장해 주세요!」

조지의 호명에 따라 낙찰받은 노예와 주인이 손을 잡고 무대를 벗어났다. 한 팀, 한 팀 호명이 될 때마다 끊임없이 울리는 드럼 소리, 음악 소리, 엄청난 박수와 환호성이 뒤섞였다.

정음은 땀이 흐르는 이마를 지그시 누르며 리코와 함께 걸음을 옮기기 시작했다. 뒤에서 따라오는 우정이 웃을 때마다 옆구리가 턱턱 걸리기 시작했다. 조명이 내리비치는 뜨거운 열기에 온몸이 후끈 달아올랐고, 여기저기서 들리는 웃음소리는 머리가 터져 나갈 듯 울렸다. 다리가 휘청거리기 시작했다. 천천히, 아주 천천히 천장이 돌기 시작하더니 갑자기 모든 조명이 일시에 꺼져 버렸다.

왜 이러지? 왜 이렇게 어두운 거야.

온 세상이 캄캄한 암흑 속에서, 갑자기 낯익은 얼굴이 코앞으로 다가왔다.

"어! 류하다!"

정음이 속삭이듯, 중얼거렸다.

금빛과 회색 눈빛. 분명 류하가 맞는데……. 류하가 왜 이곳에 있지? 잘못 본 것은 아닐까? 정음은 미간을 좁히며 그를 향해 손을 뻗었다. 그리고 까무룩, 정신을 잃어버렸다.

「악! 정음아!」

쓰러진 정음을 보며 샘이 비명을 질렀다.

머리보다 몸이 먼저였다. 훈민은 정음을 향해 본능적으로 손을 뻗었다. 옆의 우정이 놀라 숨을 들이켰지만, 신경 쓸 틈이 없었다.

"정음. 오정음!"

축 늘어진 정음을 안으려 했지만, 자신보다 먼저 움직인 사람이 있었다.

「뭐야? 당신 누구야?」

소리를 질렀지만, 남자는 멈춰 서지 않았다.

비명인지, 환호성인지 모를 엄청난 소음과 함께 훈민은 정음을 안고 걸어가는 남자의 뒷모습을 멍하니 바라보았다.

10. 전야제

6월이 코앞이었다.

차에서 내린 숙자는 건물 옆으로 펼쳐진 깊은 녹음에 눈길을 두며 크게 숨을 내쉬었다. 늘어선 나무들이 한낮의 햇볕을 힘차게 빨아들이며 광합성 중이리라. 내게도 저리 싱싱하게 빛이 나던 시절이 있었지. 언제 지나갔나 싶게 눈 깜짝할 사이에 가버린 그리운 날들. 아쉬움을 삼키고 고개를 돌리자, 하얀 건물이 눈에 들어온다. 숙자는 병원을 바라보며 미간을 찌푸렸다. 되도록 병원과는 거리를 두고 살아야 한다는 게 그녀의 지론이다. 그녀는 차 안에서 꺼낸 샌드위치 도시락과 몇 권의 책을 들고 건물 안으로 들어섰다.

4층 병실로 들어서자 낯익은 모습이 들어온다. 그녀는 나지막한 목소리로 친구를 불렀다.

"현옥아."

"어? 왔어?"

고개를 돌리는 현옥의 얼굴이 오늘따라 더 안돼 보인다. 정음이 때문에 많이 놀란 모양이다. 그러고 보니 살도 많이 빠진 것 같은데……. 병원에 온 김에 검사라도 받아봐야 하는 건 아닌지 숙자는 걱정스러운 마음으로 친구에게 다가갔다.

"뭐 하러 와. 바쁠 텐데."

"정음이가 남이야? 친구 조카면 내 조카도 되지. 게다가 내 가게 일을 돕고 있잖아. 당연히 내가 와야지."

숙자는 섭섭한 마음에 눈을 살짝 흘겼다.

"고맙고 미안해서 그러지."

현옥은 숙자의 등을 가볍게 토닥거리며 소리 없이 미소를 지었다.

"별게 다 고마워. 정음이는 좀 어때?"

"뭐, 수술은 잘됐다 그랬으니까. 회복 속도도 빠르고. 여태껏 떠들다 좀 전에 잠들었어."

뭐가 그리 궁금한지 두 눈을 반짝이며 조잘거리는 정음의 모습이 눈앞에 선하다. 숙자는 큭, 웃음을 참으며 현옥의 손을 잡아끌었다.

"그럼, 잠깐 나갈래? 가서 커피 한잔하고 오자. 우리 가게 옆에 샌드위치 끝내주게 맛있는 집 있어. 거기서 야채샌드위치도 사왔거든."

"좋지."

숙자의 권유에 현옥이 자리에서 일어났다. 그녀는 막 잠이 든 정음의 이불을 잘 덮어준 뒤, 친구와 함께 병실을 조용히 나섰 다.

"걱정했는데 괜찮다니 다행이다. 맹장이 별거 아닌 것처럼 보 여도 방치되면 큰일 난다고 그러더라고."

숙자는 샌드위치 포장을 벗겨 현옥에게 내밀었다.

"그러게. 사람들이 많은 파티장에서 쓰러진 걸 감사라도 해야 될 것 같아. 그런데 정음이가 류하랑 아는 사이였었나? 홍 사장, 넌 알고 있었어?"

현옥의 말에 숙자는 마시려던 커피를 내려놓았다.

"나도 깜짝 놀랐지 뭐야. 사람 인연이란 게 참 우습지? 우리 류하가 정음이 병실에 떡하니 서 있기에 나도 얼마나 놀랐는 지."

정음이 쓰러졌다는 현옥의 소식을 듣고 한걸음에 달려온 숙 자는, 정음의 침대 곁에 떡하니 버티고 서 있던 류하를 떠올리 며 희미하게 웃었다.

"그치? 나도 둘이 알고 지내는 줄은 몰랐어. 같은 학교 친군 가 했는데, 숙자 네 동생이라고 해서 나도 얼마나 놀랐다고."

"후후. 내가 먼저 소개해 주려고 했는데 하도 바쁜 녀석이라.

학교 때문에 여기 잘 있지도 못했고."

"그래서 더 인연이라 그러잖아. 만날 사람은 꼭 만나게 되어 있다고. 신 선생님이 늘 그러시던 말."

"有緣千里來相會(유연천리래상회:인연이 있다면 천 리를 떨어져 있어도 만난다)."

"有緣千里來相會."

두 사람이 동시에 외치며 웃음을 터뜨렸다.

"후유, 그때가 좋았는데. 정말 시간 빠르다."

숙자가 커피 한 모금을 마시며 엷은 한숨을 내쉬었다. 8년 전, 운영하는 서점에서 처음 현옥을 만났을 때는 정말이지 이게 꿈인지 생시인지 믿어지지 않을 만큼 반가웠었다. 이역만리 미국에서 소식이 끊어졌던 고교 동창을 만나다니. 사는 것이 바빠 자주 만나지는 못했지만, 이 낯선 곳에서 서로 의지할 곳이 있다는 것이 얼마나 큰 힘이 되는지 뼈저리게 느끼고 있는 두 사람이었다.

"우리 류하…… 많이 놀랐지?"

바로 앞, 복도를 응시하던 숙자가 낮게 중얼거렸다.

"뭐, 조금."

현옥이 작게 미소를 지으며 대답했다. 숙자의 혼혈인 동생이라…….

"생각지도 못한 일이어서 조금 당황스러웠는데, 가만 생각해 보면 그럴 수도 있는 일이라 싶더라. 누구에게나 뾰족한 가시

같은 아픔 한두 가지쯤은 있는 법이잖아."

"고맙다, 그렇게 생각해 줘서."

"나이 먹어서 괜히 좋은 건가. 사람에게 나이가 든다는 건 그만큼 사람에 대한 이해의 폭이 넓어진다는 것을 의미하기도 하잖아."

"그렇지. 나도 일부러 속이려고 그런 건 아니야."

"알아. 그게 뭐 중요한가? 그리고 우리가 떨어져 있던 시간이 얼만데. 그것보다 내가 이 먼 곳, 미국 땅에서 널 이리 가까이서 보게 된 거, 그게 중요하고 감사한 일이지."

"······창피했었어."

"응?"

숙자의 말에 현옥이 되물었다.

"우리 엄마가 외국 남자랑 결혼해서 내 자식뻘 되는 동생을, 그것도 혼혈 아이를 낳았다는 거 말이야. 그때만 해도 서양 남자랑 결혼하는 게 얼마나 드문 일이었니?"

숙자의 말에 현옥은 말없이 고개를 끄덕였다.

"처음엔 화가 나더라. 왜 우리 엄만 남들처럼 평범하게 못 사는 걸까 하고. 그냥 혼자 잘 살면 되지 원망을 하면서 말이야."

"그땐 어렸잖아."

"응, 많이 어렸지. 엄마도 여자라는 걸 시간이 많이 흐르고야 깨달았으니까. 엄마가 어린 류하를 남기고 돌아가셨을 때 알았어. 가족이란 게 얼마나 소중한지를. 밉기만 하던 엄마였는데.

살아 있다는 것만으로도 얼마나 힘이 되고 든든한 존재였는지를, 이제는 엄마 없는 류하를 위해서 내가 든든한 울타리가 되어야 한다고 생각하니까 못 할 게 없어지더라."

"알아, 그 마음. 나에게 정음이가 평생 아픔이듯이 네게도 류하가 그럴 거라는 거."

정음을 데려오기 위해 미국시민권을 가진 사람과 위장결혼도 불사했던 자신을 떠올리며 현옥은 고개를 끄덕거렸다.

"이해해 줘서 고맙다."

"기집애, 우리가 남이가?"

경상도 사투리로 '우리가 남이가?'를 외치는 현옥을 보며 숙자가 크게 웃었다. 이래서 묵은 친구가 좋은 법이다.

"참, 신 선생님 뵌 지 꽤 됐지?"

한참 웃던 두 사람 사이에 잠시 침묵이 돌았다.

"응. 통화는 가끔 했는데 뵌 지는 오래됐어."

현옥의 말에 숙자의 시선이 다시 그녀에게로 향한다.

"나도 그래. 그런데 선생님 손주가 훈민이라고 했지, 아마? 그 애가 정음이랑 같은 학교에 다니게 됐다는 얘기는 들었어?"

"어. 어제 봤어."

"그 아이…… 혹시…… 알아?"

숙자가 조심스레 물었다.

"이영민 닮았냐고? 응, 그런 것 같더라."

정음이 맹장이 터져 병원으로 갔다는 연락을 받고 병원으로 달려오던 날, 수술실 앞에서 서성이던 남자아이 하나를 보았다. 자신을 버린 남자와 꼭 닮은 아이. 하얗게 질린 얼굴로 현옥을 바라보는 그 시선이 전혀 낯설지가 않았다. 사랑이 전부라고 여기던 때. 사랑했던 추억들이 떨어지는 별이 되어 가슴에 묻힐 때, 시간이 그대로 멈추기라도 할 것처럼, 심장에 구멍이 난 것처럼 아팠던 때가 있었다. '세월이 약'이라는 말처럼 상처에 딱지가 앉고 희미한 흔적만 남았다고 생각했었다. 그저 아스라이 떠오르는 기억쯤으로 가슴 한 켠에 묻어두었다고 생각했었다. 그랬는데…… 다 잊었다고 생각했는데, 지나간 일이니 조카의 미래를 위해 묻어둬야지, 다짐했었는데 그 아이를 보는 순간 옛 기억이 고스란히 살아나 버렸다. 사랑한다고……. 다른 여자와 결혼할 바에 차라리 죽는 게 낫다고, 그러니 함께 도망가 살자고 애원하던 그 사람이 막상 자신을 버렸을 때의 그 막막함. 한국에 남은 그 사람이 결국 다른 여자와 결혼했다는 소식을 듣고 얼마나 황망했던가. 한데 그런 사람의 아들과 정음이 좋아 지내는 걸 지켜볼 수 있을까? 현옥의 가슴에 왠지 싸한 바람이 부는 것 같았다.

"……숙자 넌 어떻게 알았어?"

"선생님이랑 통화하면서 지나가는 말처럼 전해 들었어."

"그래?"

"응. 나도 선생님 말씀 듣고 놀랐어. 그 애가 벌써 그만큼 컸구나 하고 놀랐지 뭐니."

"정음이가 선생님 밑에서 아르바이트를 하게 됐다는 얘길 듣고 감사하다고 전화는 드렸는데."

"그래?"

"우리 정음이랑 걔…… 자주 보겠지?"

"아마도. 이름도 어쩜, 정음이랑 훈민이가 뭐야."

숙자가 입술을 내밀며 투덜거렸다.

"그러게. 재밌네."

"그렇게 죽네 사네 야단이더니, 결국은 너 버리고 집안에서 정해준 여자랑 결혼한 그 인간이. 완전 재수 없는……."

아차, 하며 숙자가 입을 다물었다. 현옥의 첫사랑인 영민의 아들이 정음과 인연이 또 닿았다는 생각에 흥분해서, 괜히 친구의 아픔을 건드리는 꼴이 되었다.

"괜찮아. 벌써 이십 년도 더 된 얘긴데, 뭐."

"후유. 그래, 그럼 됐고. 우리 산책이나 하자."

"좋지."

미안해하는 숙자의 팔짱을 끼며 현옥은 천천히 걸음을 옮겼다.

다음 날, 현옥이 혼자 병실을 지키고 있을 때 반가운 손님이 찾아왔다.

"안녕하세요?"

"어, 류하 왔구나."

병실로 들어서는 류하를 향해 현옥은 환한 웃음을 지었다.

"우리 류하, 암만 봐도 잘생겼단 말이야. 네 누나는 좋겠다. 밥 안 먹어도 배 부르것어."

현옥이 의자 하나를 내밀며 말했다.

"감사합니다."

쑥스러운지 류하가 살짝 웃으며 의자에 앉았다.

"밥은 먹었어?"

현옥은 정음에게 하듯 다정스러운 목소리로 말했다. 숙자의 조카면 현옥에게도 조카나 다름없다.

"네. 정음이는 좀 어떻습니까?"

"배고프대. 몰골을 봐."

"아직 가스 안 나온 거야?"

침대에 비스듬히 누워 있던 정음은 가스가 빠지지 않아 물도 제대로 먹지 못한 채 기운 없이 고개만 겨우 까딱할 뿐이었다.

"먹성 좋은 우리 조카님이 저렇게 기운 없이 있으니 고모는 참 맘이 아프네. 우리 정음이 과일 진짜 좋아하는데. 그치?"

정음을 약 올리듯, 현옥이 류하의 앞으로 과일 접시를 밀어주며 말했다.

"입술에 침이라도 한 번 바르고 말하시죠, 고모님. 그렇게 마음이 아프면서 어떻게 조카 앞에서 우걱우걱 햄버거를 그리 맛나게 드실 수가 있어?"

"기집애, 따박따박 말대답하는 거 보니까 이젠 살 만하구나.

다 나았네, 뭐. 그런데 류하는 뉴욕으로 빨리 가야 한다면서?"

고모와 조카의 설전을 지켜보던 류하가 피식, 웃음을 지으며 고개를 끄덕였다.

"네."

"어휴. 그럼 이것저것 준비할 것도 많고, 네 일도 바쁠 텐데 자꾸 정음이 땜에 시간 뺏겨서 어쩌니?"

"아닙니다."

"호호. 어쨌든 우리 정음이 구해줘서 정말 고맙다. 정음이 너는 생명의 은인인 류하 오빠한테 잘해야 해. 앞으로 LA 오면 맛있는 밥 많이 해주마. 자주 놀러 오너라."

"네, 감사합니다."

"참, 점심은 어떻게 했어? 샌드위치라도 하나 사줄까?"

휴대전화기의 시계를 힐끔 보며 현옥이 물었다. 2시가 다 되어간다.

"아닙니다. 금방 점심 먹고 왔어요."

"그래? 그럼 나는 커피 한잔하고 올 테니까 우리 정음이랑 얘기 나누고 있어라. 수제 햄버거를 워낙 잘 먹어서 그런지 좀 졸리네."

"으이구."

흘겨보는 정음 앞에서 현옥이 장난스럽게 기지개를 켜며 일어서자, 류하가 같이 일어섰다.

"왜? 너도 어디 가게?"

"아니. 누님 나가시는데 배웅해야죠."

대답하는 류하를 보며 현옥은 흐뭇한 미소를 지었다. 한국인의 피가 흘러서 그런가? 예의범절이 제법 몸에 배어 있는 것이 마음에 들었다. 물론 숙자의 가르침 덕분이겠지만.

"괜찮아. 그냥 앉아 있어."

현옥은 류하의 등을 다시 떠밀며 병실을 나섰다.

고모가 나가고 둘만 남게 되자 어색한 침묵이 찾아왔다. 정음은 분위기를 바꾸려고 일부러 밝게 말했다.

"생명의 은인! 바쁠 텐데 와줘서 고마워."

"그런 입에 발린 인사치레는 됐고. 우리 나가자."

"헉! 어딜?"

"밖에. 바람 쐬러 가자."

류하에 의해 억지로 끌려 나온 정음은 옆에서 자신을 부축하는 류하를 흘겨보았다. 배도 고프고 몸도 불편하고, 사흘 동안 한 번도 찾아오지 않는 누구 때문에 섭섭함까지 겹쳐져 컨디션이 엉망인 자신을 강제로 병실 밖으로 데리고 나오다니. 가뜩이나 힘이 없어 죽겠는데. 링거대에 의지한 채 한 발자국 한 발자국 어렵게 떼고 있는 모습을, 빙그레 미소까지 지으며 보고 있는 류하가 못마땅했다.

"너 뭐야? 기운도 없는 사람을 꼭 이렇게 움직이게 해야겠어? 어?"

"어."

"뭐?"

"의사 선생님 말 못 들었어?"

"뭘?"

"자꾸 움직여야 가스가 나오고, 그래야 니가 좋아하는 것들을 맘껏 먹게 될 수 있다는 거. 다 널 생각해서야."

"참 퍽도 생각해 주시네. 두 번만 생각해 주다간 기운 없어 꼬꾸라진 니 친구를 신문에서 만나게 될 판이거든."

"비약은 침소봉대 수준이네."

"뭐? 침소봉대? 그게 뭐야?"

"집에 가서 찾아봐. 자, 오정음! 지금 제일 먹고 싶은 게 뭐야?"

"뭐?"

"먹고 싶은 거 없어?"

"장난해? 시원한 얼음이 둥둥 띄워진 자몽주스랑 따끈하고 육질 좋은 안심스테이크랑, 버섯이 보글보글 끓는 불고기전골, 그리고 또 뭐 있더라? 아, 매콤한 떡볶이랑 고소한 치즈가 늘어지는 콤비네이션 피자. 생각만 해도 침 넘어가."

꼴깍거리며 정음이 침을 삼킴과 동시에 뿡~ 하는 파찰음이 어딘가에서 울려 나왔다.

이런 개망신이……! 정음은 두 눈을 질끈 감았다 살짝 떠보았다. 소리를 들었음이 분명하지만, 표정 변화 없이 고개를 돌리고 있는 류하에게 약간의 고마움을 느끼며 얼른 주위를 살폈다.

다행히 아무도 없다.

"들었지?"

조심스레 물어보니 류하가 살짝 고개를 끄덕인다.

"안 들을 수가 없지."

"안 들은 걸로 해줘. 창피하니까."

"창피한 게 아니라 이건 축하할 일이지. 봐, 아프지만 억지로라도 움직이니까 금방 가스가 배출되잖아."

무심한 듯 정음을 내려다보고 있는 류하가 헛기침을 한 번 하다, 입술 한쪽을 살짝 올리며 웃었다.

"뭐…… 그렇다 치고 축하하는 고, 고맙게 받을게."

머쓱해진 정음이 어깨를 으쓱거리며 달아오른 볼을 슬쩍 매만졌다.

"그래. 이제 그만 들어갈까?"

두 사람은 다시 병실로 천천히 걸음을 옮겼다.

"흐흐흐. 나, 드뎌 죽 먹을 수 있다! 앗! 야! 너, 뭐 하는 거야?"

"떨어진다. 가만있어라."

류하는 병실로 들어서자마자 정음을 가뿐하게 안아 침대에 내려놓았다.

"호, 혼자 누울 수 있어."

주변의 시선에 부끄러워진 정음이 두 볼을 살짝 붉히며 말했다.

"물 마셔, 천천히. 조금씩 마시는 거 알지?"

아랑곳하지 않고 정음에게 물을 내미는 류하다.

"어. 고마워."

류하의 당부대로 정음은 입술을 적셔가며 천천히 물을 삼켰다. 나흘 만에 먹어보는 첫 음식이다. 감격스러웠다. 두 눈을 감고 물맛을 음미하는 정음을, 류하는 웃음기 띤 얼굴로 물끄러미 바라보았다.

"나 내일 학교로 돌아가."

"응."

물을 입안에 머금고 정음이 고개를 끄덕였다.

"네가 음식을 먹을 수 있게 된 걸 보고 떠나 다행이다."

"쳇, 걱정해 주는 척은. 어쨌든 고모 말대로 날 병원에 데려다주고 돌봐줘서 고마워. 근데 우리 학교는 어떻게 온 거야? 설마 나 보러?"

"파티 한다기에 얼마나 예쁘게 하고 왔나 얼굴이나 한번 보고 갈 참이었지. 학교 돌아가기 전에."

"아, 그랬구나. 아무튼 무지 고마워. 내가 또 빚진 건가?"

"아마도."

"허. 예부터 동양의 예절 중에 '겸손이 미덕이다.' 요런 말이 있거든. 설령 사실이 그렇다 해도 사양하는 마음가짐을 좀 가져봐."

"별로 실용적이지 못한 미덕이야. 그러니까 그렇다고 얘기하는 게, 뭐 잘못인가?"

"네, 네, 퍽도 잘나셨습니다."

"응. 나도 알아."

선선히 고개를 끄덕이는 류하를 보며 정음도 픽, 웃음을 터뜨렸다.

"내가 웃어야지. 뭔 말을 하겠어."

"그래, 넌 웃어야 예뻐."

"뭐?"

"됐고. 파티장에서 널 안고 나올 때 날 잡아먹을 듯이 노려보던 그 자식이 널 두근거리게 만든다는 그 애냐? 너랑 단짝이라는 여자애랑 병원까지 따라왔다가 네 고모가 오니까 갔긴 했다만."

"어? 그랬었구나."

처음 안 사실이었다. 친구들이 왔다 갔다는 얘기는 고모에게 들었지만, 훈민도 수술실 앞을 지키다 갔다는 얘기는 처음 들었다. 갑자기 기분이 좋아졌다. 정음은 한결 밝아진 얼굴로 류하를 바라보았다.

"이름이 훈민인가 하는, 맨 마지막에 경매되었던 동양 노예놈. 그놈 맞지?"

"아, 뭐…… 그, 그렇지."

"말 더듬는 거 보니까 맞나 보네."

류하의 단정에 정음은 얼굴을 붉혔다.

"그놈 어디가 좋아?"

"류하!"

"왜?"

"너, 언어 천재라며? 우리 사장님께서 입술에 침이 마르도록 칭찬하시는 천재 동생치고는 말이 참 험하다?"

"그래서?"

"그러니까 고운 말을 좀 써줄래?"

"말 돌리지 말고 대답해 봐. 그놈 어디가 좋아?"

정음의 항의에 류하는 드라마에서 나쁜 남자들이 흔히 보이는 '썩소'를 지으며 정음을 빤히 쳐다보았다.

"음. 굳이 따지자면, 그 애의 당당함이 좋아. 백인들 틈에서도 결코 주눅 들지 않는 당당함이. 언어에 대해 많은 지식을 가진 당당함. 또 겉멋만 든, 다른 부자 아이들과 달라서 좋아. 어쩌면 이런 이유는 핑계인지도 몰라. 그냥 그 애를 처음 봤을 때부터 좋았던 것 같아."

수줍게 말하는 정음의 볼이 붉게 물들어 있었다.

류하는 천천히 숨을 들이마셨다. 자신도 모르게 따끔거리는 가슴을 의식하며.

십년감수(十年減壽)!

정음이 쓰러지는 것을 눈앞에서 바라본 훈민의 심정이 딱 그랬다. 더도 말고 딱 십 년쯤 수명이 줄어든 그런 느낌. 그 와중에 마치 각본을 짜놓은 것처럼 등장한 낯선 남자는 쓰러진 정음을 안고 가버렸다.

젠장, 이건 또 무슨 일이야? 남자의 뒤를 따르는 훈민의 마음속은 광란의 폭풍우가 치는 것 같았다. 학교 파티 따위는 처음부터 안중에도 없었지만, 오랜 시간 우정(友情)을 쌓아왔던 친구 우정이 부르는 소리도 귀에 들어오지 않았다.

혼란스러움은, 정신없이 달려온 병원에서야 안정을 되찾을 수 있었다.

「Appendicitis(맹장염)입니다. 수술만 하면 괜찮을 겁니다.」

의사의 말을 듣고서야 훈민은 비로소 안도의 한숨을 내쉬었다. 수술실 앞을 초조하게 서성이다 황급히 달려온 정음의 고모에게 인사도 드렸다. 정음의 고모님은 정음과 달리 차가운 느낌이 나는 분이었다.

"여긴 내가 지킬 테니 학생은 그만 가봐요."

훈민은 더 이상의 말은 듣지 않겠다는 듯 고개를 돌리는 고모님에게 인사를 한 뒤, 떨어지지 않는 발걸음을 옮겨야 했다. 엘리베이터를 기다리느라 서 있는데 정음을 안고 온 남자가 그를 지나쳐 갔다. 수속을 밟고 오는 길인가? 텔레비전에서나 나올 법한 특별하게 잘생긴 남자였다. 게다가 오드아이라니. 왠지 신경이 쓰였다. 남자를 따라 고개를 돌리자, 정음의 고모가 환하게 웃으며 그를 안아주는 모습이 시야에 잡혔다.

땡! 엘리베이터 문이 열렸다.

훈민은 미간을 좁히며 엘리베이터 안으로 들어섰다.

"정음이는 어때? 괜찮다니?"

할머니의 물음에 훈민은 아무런 대답을 할 수가 없었다. 병원까지 갔다가 정음이를 보지도 못하고 돌아왔다는 말을 하기가 참으로 애매했다.

"쯧쯧. 무심하기는. 아무리 바빠도 오늘은 꼭 병원 가봐. 가서 이거 정음이에게 전해줘. 냉장고에 넣어놨다가 방귀 나오면 먹으라고 해."

정음이 입원하고 삼 일째 되는 날, 훈민은 할머니가 내미는 도시락 통을 받아 들었다.

"걔 이거 보면 가스고 뭐고 그냥 먹어버릴지도 몰라요."

"설마, 우리 정음이가 그럴 리가 있겠어?"

"할머니께서 아시는 우리 정음이는 어떤지 모르겠지만, 제가 아는 오정음이라면 그러고도 남을걸요."

"조신한 우리 정음이 모함하지 마라."

"조신이라뇨. 속고 계신 겁니다."

훈민은 할머니가 싸주신 전복죽을 받아 들며 괜히 딴죽을 걸었다.

"넉넉히 쌌으니까 방귀 나오는 거 기다렸다가 같이 먹고 오든지."

훈민은 의미심장하게 웃으시는 할머니에게 고개를 꾸벅 숙이고 집을 나섰다. 깨어났으면 연락 한 번 할 만도 한데 내내 감감무소식이다. 병원에 들러 만나기만 하면, '아침부터 아팠다면서 어쩌면 그렇게 둔할 수가 있냐', '연락 달라는 문자 못 봤냐? 전화는 왜 안 하냐? 곰국 끓여 먹을 때 쓸 거냐?' 핀잔이라도 해줄 생각이었다.

투덜거리며 자신의 잔소리를 맞받아칠 정음을 생각하던 훈민은 병실 안에서 들려오는 맑은 웃음소리에 발걸음을 멈추었다.

그 남자였다.

오드아이의 그 남자와 기분 좋게 웃고 있는 정음을 보며 훈민은 눈살을 찌푸렸다. 수술실 앞에서 초조하게 기다릴 때도, 정음의 고모가 냉정한 얼굴로 돌아가 달라고 말을 할 때도 지금처럼 이렇게 기분이 나쁘지는 않았다. 거지 같은 기분으로 훈민은 뒤돌아섰다. 주차해 놓은 차를 빼고 다시 거리로 나설 때였다. 휴대전화기가 요란스럽게 울어댔다. 혹시? 하는 마음에 차를 세우고 전화를 받은 훈민의 얼굴이 금세 어두워졌다.

[잠시 볼래? 나 지금 너희 집 근처야.]

풀이 죽은 우정의 목소리에 훈민은 후, 작은 한숨을 내쉬며 다시 차를 움직였다.

이틀 사이 우정은 심한 몸살이라도 앓은 사람마냥 수척해져 있었다.

"얼굴이 왜 그래? 어디 아파?"

"그냥 감기. 정음이는 괜찮은 거야?"

우정이 조심스레 물었다.

"……."

대답 없는 훈민을 보며 우정은 입술을 깨물었다. 무심한 얼굴로 무슨 생각을 하고 있을까? 아마도 정음을 생각하고 있을 것이다. 쓰러진 정음을, 다른 남자가 안고 간 정음을, 병원에 누워 있을 정음을 생각하며 애를 태우고 있겠지.

파티에서 깨달았다, 훈민의 감정을. 낯선 남자가 정음을 안고 갈 때 훈민의 눈빛은, 표정은 자기 것을 빼앗긴 사람처럼 분노하고 있었다. 불안감이 점점 현실이 돼가는 것 같아 우정은 가슴이 시려왔다.

"너희 둘이 많이 닮았어."

"응?"

"정음이랑 너. 훈민과 정음, 훈민정음. 이름도 그런데 하는 짓도 그래."

"무슨 말이야?"

훈민의 퉁명스러운 물음에 우정은 따뜻한 커피를 천천히 한 모금 삼킨 후 다시 말했다.

"너도 그랬잖아. 맹장 수술한 날. 하얗게 질린 얼굴로 시험 다 치르고, 그리고 네 발로 병원까지 걸어갔었잖아. 조금만 늦었으면 큰일 날 뻔했다고 의사 선생님이 그러셨잖아. 기억 안 나?"

병원에서는 통증을 느끼지 못하는 무통환자의 케이스라 생각했다. 학회에 보고 자료를 올리기 위해 훈민에게 유달리 관심을 가지며 '평소에도 그래요? 아픔이나 고통 같은 걸 잘 느끼지 못했습니까?' 라고 묻는 의사에게 '아뇨. 기절할 만큼 많이 아팠습니다.' 라고 대답하는 훈민을 보며 관계자들은 입을 다물지 못했었다.

며칠 후 변함없이 1등이 적혀 있는 훈민의 성적표를 가져온 동진이 말했었다.

"저 자식은 태어날 때부터 저랬을 거야. 다른 아기들은 얼굴이 빨갛게 되도록 '으앙' 거리면서 살려고 발버둥 치는데 저놈 혼자 '세상이 뭐 이래? 맘에 안 들어.' 이럼서 거만하게 태어났을 거라고. 그것뿐이야? 어린놈이 똥오줌 싸고는 턱짓 한 번으로 '기저귀 갈아. 축축하다.' 이러면서 인상 팍팍 썼을 거고, 배고프면 '빨리 젖 안 주고 뭐 하냐?' 건방진 눈빛으로 엄마 젖을 노려봤을 거야. 독한 놈! 맹장이 터지려는 걸 어떻게 참고 시험을 쳤대?"

그렇게 무감각하고 무딘 훈민이 달라졌다. 정음을 향한 강렬한 눈빛, 반사적으로 반응하는 그 뜨거운 눈길을 어떻게 돌려야 하니? 나는 이럴 때 어떻게 해야 하는 거니? 자꾸만 정음을 바라보는 너를 어떻게 잡아야 하니? 소리쳐 묻고 싶은 우정이었나.

"아마…… 특이해서 그럴 거야."

우정이 속삭이듯 말했다.

오늘 내내 뜻 모를 말만 하는 우정을 훈민은 물끄러미 바라보았다.

"특이하다니? 누가? 정음이가?"

"응."

"특이하긴 하지."

"응. 여태 네가 보아왔던 여자들이랑 다르잖아. 나랑도, 한국에 있는 친척들도, 친구들도. 그래서 자꾸 눈길이 가는 걸 거야."

꼬맹이들…… 처음 보는 장난감에 빠져서 갖고 싶어 하는 것처럼. 우정이 미처 하지 못한 말을 삼켰다.

"후후. 그런가?"

단정 짓듯 말하는 우정을 보며 훈민이 피식, 웃었다.

"맞아. 시간이 지나면 금방 시들해지는…… 그런 걸 거야."

"시들이라……."

훈민이 허리를 쭉 편 뒤 의자에 등을 기대앉으며 중얼거렸다. 반쯤 감겨 있는 눈빛은 나른한 목소리와 달리 깊은 생각에 잠겨 있는 듯 빛나고 있었다.

"나 먼저 가볼게."

갑자기 훈민이 일어났다.

"훈민아!"

"확인해 봐야겠어, 내 감정."

"훈민아!"

놀란 우정이 그를 불렀지만 훈민은 이미 카페를 나서고 있었다. 아마도 정음을 찾아가는 거겠지? 우정은 입술을 깨물며 고개를 숙였다. 원치 않는 눈물이 주르륵 흘러내렸다.

「어험. 내 편찮으신 자네 어머니가 특별히 부탁하셔서 이렇게 선처를 한 거야. 그러니 앞으로 다시는 그런 짓 하지 말게.」

사장 토마스가 헛기침을 하며 말했다.

「이 은혜를 어떻게 갚아야 할지…….」

거지 같은 경찰서에서 겨우 풀려난 존은 두 손을 모은 채 고개를 조아렸다. 한국에서 온 하찮은 벌레 같은 것들 때문에 자신이 이런 취급을 받아야 한다는 사실이 아직도 믿어지지 않는 존이었다.

「됐네. 자네 인사 받으려고 한 일은 아니야. 내 마음이 너그러운 것을 평생 감사하는 마음으로 살게.」

거드름을 피우는 토마스에게 다시 한 번 고개를 숙이던 존의 시선이 사장실 벽면에 떡하니 걸려 있는 낯익은 그림으로 향했다.

하……. 헛웃음이 났다. 어머니의 거실 벽에 자랑스럽게 걸려 있던 아버지의 유품.

「한국전쟁에서 목숨을 구해준 어느 노인이 준 그림이야. 가격을 매길 수 없는 아주 소중한 작품이라고 했어.」

6 · 25전쟁에 참전했던 아버지가 들고 왔던 이상하게 생긴 소 그림. 한국에서는 꽤 알아주는 유명 화가의 작품이라며 우쭐대던 아버지가 기억났다. 그깟 일그러진 소 새끼 그림이 뭐가 그리 좋다고 아침저녁으로 들여다보며 흐뭇해하더니.

잃어버린 한쪽 다리 대신 전리품처럼 들고 온 거지 같은 그림을 빼앗겨 버렸다. 못난 자신 때문에.

「앞으로 다시 볼 일이 없었으면 좋겠네.」

토마스의 마지막 인사말을 들으며 존은 사장실을 벗어났다.

「젠장!」

은은한 조명이 깔린 복도를 걸어 나오며 존은 이를 악물었다. 꼭 사장실 벽에 아버지의 다리 한 짝을 걸어놓고 온 기분이었다.

"헉! 왜 이래?"

죽 그릇을 치우던 현옥이 갑자기 얼굴을 들이밀자 정음이 화들짝 놀라며 뒤로 물러났다.

"류하…… 참 괜찮지?"

난 또 뭐라고. 정음은 무의식적으로 고개를 끄덕였다.

"보기만 해도 흐뭇해. 어쩜 리버보다 잘생긴 아이를 코앞에서 보다니. 난 그렇게 잘생기고 키까지 큰 애들은 텔레비전에서만 나오는 줄 알았거든."

"리버보다 흐뭇한 애들 가끔 있어."

"류하보다 잘생긴 애도 있어?"

이미 고모의 눈에는 류하라는 콩깍지가 쓰인 모양이다. 정음은 소녀 감성인 고모의 말에 맞장구를 쳐주었다.

"글쎄, 류하가 잘생기긴 했지?"

"근데, 누굴 기다리는 거니?"

대화를 하면서도 자꾸만 창밖으로 눈길을 주는 정음을 보며 현옥이 넌지시 물었다.

"아니."

정음은 고개를 흔들었다. 수술실까지 왔다는 사람이 결과가 궁금하지도 않은 모양이다. 친구가 입원을 했는데 문병은커녕 문자 한 통 없는 무정한 이훈민을 기다린다고 말할 순 없었다.

"그런데 왜 그렇게 창밖을 봐? 답답해?"

"그냥 바람이 좋아 보여서."

"고모랑 산책 나갈래?"

"아니. 나중에 샘 오면 같이 나가면 돼. 고모는 일하러 안 가 봐도 돼? 나 땜에 근무 시간 너무 많이 빠졌잖아."

"괜찮아. 루크랑 산드라가 대체근무를 해주고 있어."

"너무너무 죄송하다고 전해줘."

"알았어. 오늘 가서 말할 테니까 조카따님은 아무 걱정 마시고 어서 몸이나 회복하셔."

"네엡. 그런데 고모."

고모를 살피던 정음이 조심스레 입을 열었다.

"왜?"

"저기……. 나 병원 실려왔을 때 훈민이 다녀갔었다며."

수건으로 침대 주변을 정리하던 고모의 손길이 딱 멈췄지만, 등을 돌리고 있는 바람에 정음은 미처 발견하지 못했다.

"훈민이?"

"응, 교수님 손자."

"아. 응."

"걔가…… 뭐라 그랬어?"

"뭐라 그러긴. 별말 없이 갔어."

"별말 없이? 그냥?"

"응. 내가 걱정하지 말고 가라 그랬거든."

"아, 그랬구나. 깨어나면…… 연락하란 말 안 했어?"

"글쎄, 기억이 안 나는데. 근데 왜 그런 걸 물어?"

"음……. 고모, 걔 어때?"

"난…… 별로던데."

현옥의 말에 정음의 두 눈이 동그랗게 변했다.

"왜? 고모 잘생긴 남자 좋아하잖아. 걔가 리버보다 훨 낫지 않아?"

"성격 있어 보여. 까칠하고 이기적일 것 같아."

"그렇지 않아. 조금 까다롭긴 해도 괜찮은 애야. 더구나 교수님 손자잖아."

"아, 맞다. 너 퇴원해도 교수님 댁에는 이제 가지 마."

"고모!"

"네 건강 생각해서 하는 말이야. 의사 선생이 그러는데 네 몸이 너무 약하대. 이참에 좀 쉬어. 고모가 더 열심히 일할 테니까."

"고모!"

"화장실 좀 다녀올게."

고개를 돌린 채 할 말만 하고 나가 버린 고모를 정음은 멍하니 바라보았다.

잠시 후 화장실에 다녀온 현옥이 곧바로 마트로 출근을 해버리자, 혼자 남은 정음은 홍 사장님이 주고 간 책을 펴 들고 읽기 시작했다. 한글로 된 '빨강머리 앤'. 언제 읽어도 재밌는 책. 빨간 머리 앤. 빨간……. 빨갛다. 정음은 흥미진진하게 책을 읽다 문득 훈민과 시어를 공부하며 나누었던 대화를 떠올렸다.

"한국어로 색을 말하다 보면 정말 종류가 많잖아. 빨갛다만 해도 그래. 빨갛다. 뻘겋다. 새빨갛다. 발그스레하다. 벌그스레하다. 발갛다. 벌겋다. 발그레하다…… 등등등. 다 세어보면 수십 가지는 더 될 것 같아. 암만 봐도 색채를 나타내는 어휘로는 한국어가 세계 최고일 거야."

"그렇지. 붉은색뿐만 아니라 모든 색에 대입이 가능하니까, 정말 무궁무진하지."

"응. 정말 너무 아름다운 단어들이 많아."

"'정말'만 써."

"응?"

"'정말 아름다운 단어'가 맞는 말이라고. 너무 아름다워는 틀린 표현이야. 긍정의 표현은 정말. 부정의 표현은 너무."

잘난 척하는 훈민을 보며 정음은 눈을 흘겼다.

"잘났어, 정말."

"후후. 한 가지 아쉬운 점이라면 우리의 다양한 언어들을 다 번역을 못 한다는 거지. 불그스레하다. 파르스름하다. 누르퉁퉁하다. 이걸 어떻게 번역해."

"그러게. 정말 아쉬워. 영어 표현이 이렇게 짜치다니."

"짜치다니가 뭐야?"

"후후후. 정말과 너무의 차이는 정확히 아시면서 '짜치다'도 몰라? '쪼들리다'의 경상도 사투리야. 우리 고모가 가르쳐 줬지."

정음이 거들먹거리자 피식, 웃음소리가 돌아왔다. 훈민이 그렇게 가끔 웃을 때, 어이없다는 듯 그렇게 피식거릴 때 그 웃음소리가 정음은 참 듣기 좋았다.

"한 번 더 웃어봐."

"뭐?"

"그렇게 한 번만 더 웃어봐. 난 네가 그렇게 웃을 때 그 소리가 참 좋아."

순간, 굳어버린 훈민을 보며 장난기가 발동했다. 정음은 양손으로 턱을 괴며 두 눈을 깜빡거렸다. 영화에 나오는 애처로운 고양이 미소를 지으며.

"야!"

멍하니 앉아 있던 훈민이 벌떡 일어나며 소리쳤다.

"왜?"

"정신 차려!"

정색을 하며 돌아서던 훈민의 얼굴이 붉게 물든 것을 보며 정음은 터져 나오려는 웃음을 꾹 눌러 참았다.

"야! 이훈민! 방금 네 얼굴, 불그스레, 아니, 벌그스레? 불그죽죽? 암튼, 불그무레해."

장난기 가득한 정음을 노려보며 밖으로 나가는 훈민을 보며 정음은 참았던 웃음을 까르르 터뜨렸다.

그때만 해도 참 좋았었는데. 재미있는 아르바이트를 그만두라는 고모의 말을 순순히 따를 수는 없었다.

아무래도 고모를 설득해야겠어.

어떻게 고모를 설득할까 고심하던 정음의 귓가에 까칠한 목소리가 들려왔다.

"무슨 생각을 그렇게 하냐?"

"헉!"

생각이 실물이 되어 나타나 버렸다. 정음은 눈앞에 나타난 훈민을 멍하니 쳐다보았다.

"정말 훈민이다!"

"가짜 훈민도 있냐? 너 배가 아니라 머리가 고장 난 거 아냐?"

훈민이 정음의 머리를 가리키며 물었다.

"아, 아냐. 한데 여긴 어쩐 일이야?"

놀란 정음이 목소리를 가다듬으며 물었다.

"언제 퇴원해?"

"야! 내 말은 왜 씹어. 내가 먼저 물었잖아. 어쩐 일이냐니까?"

"왜 왔겠냐? 입원하러 왔겠어?"

훈민이 까칠하게 물었다. 정말…… 이훈민 맞다.

"내일, 내일 퇴원해."

정음이 고분고분한 목소리로 대답하자 훈민이 고개를 끄덕이며 옆 의자에 앉았다.

"이거."

"이게 뭐야?"

훈민이 내미는 작은 바구니를 받아 들며 정음이 물었다.

"할머니가 주셨어. 전복죽이랑 책."

"아! 감사하다고 전해줘."

"맛은 보장 못 한다."

"전복이 들어간 죽인데. 분명 맛있을 거야."

"먹을 순 있어?"

순간, 당황했다. 류하의 앞에서 방귀를 뀌었을 때와는 비교도 되지 않을 만큼. 정음은 부끄러운 듯 고개를 숙이며 살짝 끄덕였다.

"다행이네. 지금 먹어볼래? 데워 올게."

"그냥 먹어도 돼."

"많이 식었을 거야. 오전에 왔었거든."

훈민의 말에 시트 속 줄무늬만 쳐다보고 있던 정음이 고개를 들었다.

"오전에?"

"할머니 성화에 일찍 나왔는데 손님이 계시더라고. 너 업고 온 사람. 그 사람이랑 같이 있더라. 좋은 시간 보내는데 방해될까 봐."

류하와 있는데 왔었다고? 놀란 정음의 얼굴이 빨갛게 달아올랐다.

"아, 아니야, 그런 거. 류하는 우리 고모 친구 동생이야. 나 토요일마다 하는 서점 아르바이트, 거기 사장님 동생."

"고모님과도 아는 사이야?"

"응. 왔으면 들어오지 왜 그냥 갔어? 질투 났어?"

훈민의 오해가 풀린 것 같아 정음이 한결 가벼워진 마음으로 장난을 쳤다.

"응. 질투 나더라."

훈민이 담담하게 말했다.

"그렇지? 질투가 나…… 뭐? 뭐?"

정음이 침대에서 펄쩍 뛰어오를 만큼 놀라 소리쳤다.

"못 들었어? 질투 났다고. 질투 나서 그냥 갔어, 내가."

"헉!"

정음은 크게 숨을 들이켰다.

11. 이별 축제

여기다.

ABC마트!

존은 수잔이 알려준 주소를 확인하며 미소를 지었다. 용서를 빌고 싶다는 눈물 어린 애원에 한참 동안 망설이던 수잔이 결국 그의 연기에 속아 넘어가 정음의 고모가 일하는 곳의 주소를 알려준 것이다. 은혜를 원수로 갚는 천한 것들! 아버지의 다리를 빼앗아간 것도 모자라, 결국은 자신의 모든 것을 앗아가 버렸다.

「받은 만큼 돌려주겠어!」

존은 혼잣말을 중얼거렸다.

원래는 정음이 고것에게 응징을 가해야 했지만, 병원으로 쳐들어갔다간 분명 사람들의 이목을 끌 것이었다. 고심한 존은 정음 대신 그녀의 고모에게 빚을 받기로 했다.

자신에게 모욕을 준 빚.

직장을 잃게 한 빚.

병든 어머니를 울게 한 빚.

그리고…… 아버지의 유품을 내놓게 한 빚까지.

오후 내내 매장 일을 하던 동양 여자가 매장 밖으로 모습을 드러냈다. 운전석에 앉아 있던 존은 몸을 숙인 채 여자를 감시했다. 여자가 매장 옆 창고로 들어갔다. 차에서 내린 존은 주위를 힐끔거리며 그녀의 뒤를 따랐다.

꽤 넓은 창고 안은 운이 좋게도 어떤 인기척도 느껴지지 않았다.

드르르륵. 끽!

「파티가 시작되었어!」

존은 회심의 미소를 지으며 창고 문을 잠갔다.

오늘따라 컨디션이 좋았다. 정음이 퇴원을 해서 그런가? 현옥은 몇 시간 남지 않은 퇴근 시간을 기다리며 미리 사놓은 스테이크용 고기를 떠올렸다. 근데 퇴원한 지 얼마 되지도 않은 애가 스테이크를 먹을 수는 있으려나? 차라리 갈아서 죽을 해줄까? 이런저런 생각을 하던 현옥은 창고 문이 잠겼으리라고는 꿈에도 생각지 못한 채, 창고 안쪽으로 부지런히 발걸음을 옮겼다. 보통 물건 진열은 개장 전 다 세팅되지만, 인기 많은 제품이나 오늘처럼 단체에서 대량 주문이 들어오는 경우에는 금방 동이 나버리기에 하루에도 몇 번씩 창고를 드나들어야 한다.

"하나, 둘, 셋……."

현옥은 고객이 주문한 화장실용 두루마리 박스를 편편한 카트 위로 옮겨 담은 뒤, 진열대 옆면에 달려 있는 물건 출입장부를 들고 다시 한 번 물건의 이름과 개수를 확인했다. 그때였다. A4 용지로 만든 여러 장의 출입장부 중 한 장이 가볍게 날아가 현옥과 제법 떨어진 바닥에 안착했다.

"어라! 또 떨어졌네."

상단 왼쪽에 구멍을 뚫어 끈으로 고정시켜 놓았는데, 여러 사람의 손을 타다 보니 닳아진 종이가 간혹 떨어질 때가 있었다. 손을 뻗어 종이를 주우려던 현옥은 바닥에 떨어진 꽁초 두어 개를 보며 눈살을 찌푸렸다.

"뭐야? 이런 곳에서 누가……."

보나마나 남자직원들이 몰래 담배를 피우고 바닥에 버렸을 것이다.

"쯧쯧. 위험하게스리. 밥 처먹고 할 짓이 없으니까……. 매니저에게 말해서 다시는 못 하게 해야지."

혼잣말을 중얼거리며 담배꽁초를 치우려는데, 갑자기 휴대전화기의 벨이 울렸다. 정음이다. 현옥은 굽히던 허리를 다시 펴며 통화 버튼을 눌렀다. 반가운 전화에 땅에 떨어진 꽁초를 깜박 잊어버린 채.

"여보세요!"

[고모 뭐 해?]

"뭐 하긴, 열심히 일하는 중이시지."

[우리 고모님이 기분이 좋으신가 봐.]

전화기 너머로 유난히 쾌활한 목소리가 들려왔다. 뭔가 기분 좋은 일이 있는 모양이었다.

"내가 아니라, 네가 좋은 일이 있는 거 아냐?"

[나야 뭐, 퇴원을 했으니까. 고모는? 무슨 좋은 일이라도 있어?]

"나도. 예쁜 조카딸년 수술도 잘됐고, 퇴원도 잘 하고, 오늘 월급도 나올 것이고."

[우와! 진짜, 오늘 월급날이네! 고모, 고모, 나 고기! 고기 사줘!]

"어련하시것어. 고기 좋아라 하는 우리 조카딸년 구워주려고 마트에 들어온 좋은 스테이크용 안심도 찜해놨지."

[크크. 어쩐지 오늘 고모가 너무 보고 싶더라.]

"허, 그랬어요? 나도 하늘 아래 하나밖에 없는 우리 조카딸년 목소리가 그립긴 하더라. 근데 이 시각에 무슨 일이야? 수술한

데가 다시 아픈 건 아니지?"

[아냐. 별건 아닌데…… 고모…… 저기, 나 할 말이 있어.]

정음이 주저하듯 말을 꺼냈다. 목소리 톤을 보아하니 아무래도 긴히 할 얘기인 모양이다. 현옥은 손목시계를 힐끔거리며 시간을 가늠해 보았다.

"어이! 조카딸. 급히 해야 할 얘기야?"

[아니, 그런 건 아냐.]

"그래. 고모가 네 목소리 들어보니까, 전화로 급히 할 얘긴 아닌 것 같아서 물어본 거야. 내가 지금 시간이 별로 없거든. 괜찮으면 나중에 집에서 들을까? 고모 지금 창고에서 물건 빼는 중이야. 얼른 배달 차에 실어야 해."

[응, 알았어. 고모, 수고하고 이따가 봐. 몸 상하니까 너무 무리하지 말고. 저녁도 잘 챙겨 먹고. 피곤하면 잠깐이라도 쉬고.]

"폭풍 잔소리 시작된 거 보니까 우리 조카딸이 다 낫긴 나았구나."

현옥이 빙그레 미소를 지었다.

[헤헤. 그런가?]

"알았어. 고모도 밥 잘 먹고 몸 잘 챙길 테니까, 너도 네 몸 잘 챙겨. 아프지 않게. 그럼 끊는다."

[응. 바이.]

현옥은 미소를 지으며 휴대전화기의 종료 버튼을 눌렀다. 아무리 힘든 일이 있어도 정음이만 생각하면 힘이 불끈 솟는다.

"우리 정음이가 박카스보다 훨씬 낫네."

혼잣말을 중얼거리며 다시 화장지를 쌓던 현옥이 갑자기 코를 킁킁거리며 고개를 들었다. 어디선가에서 매캐한 냄새가 났기 때문이다.

"이게 무슨 냄새지?"

불길한 기운에 느낌이 서늘해진 현옥이 주위를 둘러보았다. 맙소사! 좀 전에 떨어진 한 장의 종이에서 연기와 함께 불길이 일어나고 있었다. 담뱃불의 불씨가 완전히 꺼진 게 아니었나 보다.

"허억!"

간이 철렁하는 느낌, 말할 수 없는 두려움에 갑자기 온몸이 사시나무 떨리듯 떨려왔지만, 현옥은 깊은 숨을 들이마시며 재빨리 몸을 움직였다. 이제 막 일기 시작한 불을 발로 밟으며 끄려고 했다.

탁! 탁! 부지런히 발을 놀려보았지만 역부족이었다. 어느새 날아간 불씨들이 얼마 떨어지지 않은 종이 박스 끝에 가서 옮겨 붙고 있었다. 물건을 꺼내고 미처 닫아놓지 않은 박스 안에는 표백제로 쓰이는 세제가 들어 있었고, 그 인화 성분으로 인해 불은 순식간에 치솟아오르기 시작했다.

어쩌지? 어쩐다.

현옥의 머릿속이 하얗게 변해갔다. 자신이 해결할 수 있는 선을 넘어서 버렸다. 우선 이곳을 빨리 벗어나야 했다.

"침착하자, 침착해. 오현옥, 침착하자."

현옥은 주문을 외듯 자신을 채근하며 문 쪽으로 몸을 돌렸다. 매캐한 연기가 눈앞을 가렸지만, 팔에 끼고 있던 토시를 벗어 코를 막고, 있는 힘을 다해 문 쪽으로 달려갔다. 멀게만 느껴졌던 문이 시야 앞으로 다가오자, 현옥은 안도의 숨을 내쉬며 힘껏 문을 밀었다. 하지만 철문은 꼼짝도 하지 않았다.

이게 뭐야? 왜 이래?

심장이 발밑으로 쿵 떨어지는 것 같았다. 현옥의 눈동자에 짙은 두려움이 깃들기 시작했다. 현옥은 미친 듯이 문을 두드리며 소리쳤다.

"살려주세요! 살려주세요!"

절규가 이어졌지만, 문밖에서는 아무런 움직임도 느껴지지 않았다. 고개를 돌려 뒤를 돌아보았다. 주위로 불길과 함께 유독가스가 금방 차올랐다. 참을 수 없는 역한 냄새에 욕지기가 치밀어 올랐다. 현옥은 우욱, 헛구역질을 뱉어내며 호주머니 속에 있던 휴대폰을 꺼내 911을 눌렀다.

「제발…… 제발…… 살려…… 주…… 세…… 요.」

전화가 연결되자마자 다급히 살려달라 소리쳤지만, 자꾸만 차오르는 연기가 현옥의 의식을 급속도로 앗아가고 있었다.

"고모! 사랑해."

꺼져 가는 의식 속에서 미국으로 처음 왔던, 열 살짜리 정음의 모습이 보였다. 칠흑처럼 맑고 까만 눈동자로 자신을 올려다보던 예쁜 아이.

고모. 고모. 고모.

엄마에게 버림받고 아빠마저 일찍 떠나 버린 불안감 때문인지, 한시도 곁을 떠나려고 하지 않던 아이였다. 고사리 같은 작은 손으로 치맛자락을 붙잡고 따라다니는 바람에 다니던 회사도 그만둬야 했고, 사회생활은커녕 집 안에서도 제대로 다닐 수가 없었다.

제발, 좀 놓으라고!

절대로 놓지 않던 작은 손을 찰싹찰싹, 얼마나 매섭게 내려쳤었는데. 울면서도 놓지 않던 작은 손이 그녀를 향해 다시 손을 뻗어왔다.

사랑하는 내 조카 정음아, 가슴으로 낳은 예쁜 내 새끼. 못 해 준 게 너무 많은데, 예쁘게 잘 키워서 시집도 보내야 하는데. 어린 널 두고 내가 어떻게…… 어떻게…….

"……정음아!"

현옥은 조그맣고 까만 눈을 빤짝이던 정음을 향해 손을 뻗으려 했지만, 마음처럼 손이 움직여지지 않았다. 현옥은 미처 뻗지 못한 손을 떨어뜨리며 허공을 향해 미소를 지었다. 아련한 그녀의 두 눈에서 맑은 눈물방울이 흘러내렸다.

　고모와의 통화를 끝낸 정음은 멀찌감치 서 있는 훈민에게로 다가갔다. 무슨 생각을 하고 있는지, 긴 다리로 땅을 툭툭 차며 고개를 숙이고 있는 모습에 괜히 가슴이 콩닥거렸다.

　미쳤나 봐. 훈민이 그냥 서 있는 모습에도 가슴이 두근거리는 자신이 우스우면서도, 훈민이 자신을 기다리고 있는 이 상황이 마냥 행복하기만 한 정음이었다.

　정음이 다가오는 소리에 고개를 든 훈민이 빙그레 미소를 지었다.

　"통화 끝났어?"

　"응. 어서 가자."

　"우리 집에 간다고 고모님께 말씀드렸어?"

　"지금 무지 바쁘시대. 밥만 먹고 얼른 가면 괜찮을 거야."

　"그래? 그럼, 가자!"

　훈민이 고개를 끄덕이며 손을 내밀었다.

　"응?"

　그가 내민 기다란 손을 물끄러미 바라보는 정음에게로 크고 따뜻한 손이 다가와 아무렇지도 않게 정음의 손을 잡았다.

　"괜찮지?"

　훈민이 물었다.

　"응."

정음이 고개를 끄덕이자, 그가 천천히 걸음을 옮기기 시작했다. 무엇이든지 처음은 특별한 법이다. 서툴지만 설레고 신비로운 기분. 정음은 자꾸만 벌어지려는 입가를 숨기기 위해 살며시 고개를 숙여야 했다.

"몸은 괜찮아? 수술한 데 당기진 않아?"

"응."

"그래도 조심해야 해."

"응."

"너 병원에서 무슨 일 있었냐? 정말 오정음 맞아?"

그가 고개를 숙인 정음의 얼굴을 확인하며 물었다.

"왜?"

"아니, 오늘따라 무지 고분고분한 게, 혹시 병원에서 사람이 바뀐 건 아닌가 해서."

"죽는다!"

"으흠. 과격한 거 보니 오정음이 맞긴 하네."

"당연하지. 근데 이훈민, 너 정말 김치찌개 잘 끓여?"

"속고만 살았냐?"

"네가 주방에서 음식 하는 모습이 상상이 안 돼서."

"오늘 봐라. 내가 원래 못 하는 게 없다."

"헉! 잘난 체는."

"체가 아니라 진짜 잘한다니까. 들어가자!"

훈민이 커다란 현관문을 밀며 말했다.

평소에는 길게만 느껴지던 교수님의 정원이 이렇게 짧았었나? 정음은 아쉬운 마음에 뒤를 돌아보았지만, 정원은 언제나처럼 크고 드넓었다. 마크와 함께 운동장을 거닐면 그 큰 운동장이 코딱지만 한 자기 집 거실 같다고 하던 샘의 기분이 이런 것이었구나. 샘과 함께 공유할 거리가 생긴 것에 흐뭇해하며 미소를 짓는 정음을 훈민이 이상한 듯 바라보았다.

"왜? 정원에 뭐 웃긴 거라도 있어?"

"아니, 어서 들어가자."

정음은 앞장서는 훈민의 뒤를 따랐다. 요즘 들어 하루걸러 찾아오는 신 교수님의 집이 오늘따라 새롭게 느껴졌다. 아르바이트를 하기 위한 것이 아니라 훈민이와 함께 데이트 비슷한 기분으로 찾아와서 그런 걸까?

"아픈 몸으로 막 돌아다닌다고 나중에 고모님께 혼나는 건 아니겠지?"

앞서 가던 훈민의 물음에 정음은 고개를 끄덕였다.

고모는 신 교수님 댁에 드나드는 것을 그만두라고 했지만, 오늘은 아르바이트 때문에 온 것이 아니라 몸보신을 하기 위해 이곳을 찾은 것이니 고모도 이해해 주실 것이다.

"일단 환자는 여기 가만히 앉아서 기다려라."

길게 이어진 ㄱ 자 모양의 싱크대 옆에 의자를 가져다준 훈민이 앞치마를 두르며 손을 씻기 시작했다.

"오올. 제대론데."

정음은 설레는 기분을 안고 두 손으로 턱을 받쳤다. 먹지 않아도 배가 부른 기분⋯⋯. 생전 처음 느껴보는 신비한 현상이었다.

"그럼. 음식의 기본은 손 씻기지."

괜히 큰소리치는 것이 아니라 훈민은 정말 요리를 많이 해본 사람처럼 능수능란했다. 먼저 쌀을 씻어 안치고, 야채를 다듬고 김치를 꺼내 도마 위에 길게 편 뒤, 칼로 재빨리 썰기 시작했다.

"다치겠어. 천천히 썰어."

정음이 걱정스러운 목소리로 말했다.

"근데 훈민! 너무 잘게 써는 거 아냐? 그럼 씹히는 게 없을 거야."

"훈민! 국물은 너무 꼭 짜지 말지. 국물이 하나도 안 나오네. 원래 간은 김칫국물로 해야 제 맛인데."

"훈민! 너도 미원 넣어? 우리 고몬 몸에 해롭다고 하나도 안 넣던데, 난 MSG를 완전 사랑해. 패션의 완성은 얼굴이고 음식의 완성은 MSG야."

"훈민! 고춧가루를 더 넣어. 싱거워 보이는데."

"훈민! 마늘은? 마늘은 없어?"

정음의 폭풍 잔소리에도 꿈쩍 않고 조리에 열중하던 훈민이 인내심에 한계를 느꼈는지, 급기야 파를 썰다 멈추고는 정음을 노려보았다.

"오정음! 너 저리 가! 네 잔소리 때문에 요리에 집중을 할 수가 없단 말이야."

"핑계는. 맛없을까 봐 미리 연막 치는 거지?"

아예 싱크대 옆으로 의자를 끌고 와 앉는 정음을 보며 훈민이 이맛살을 찌푸렸지만, 정음은 물러설 생각이 없어 보였다.

턱을 괴고 앉아 감상하듯 훈민을 바라보던 정음이 작은 목소리로 말했다.

"고마워. 국물도 꼭 짜고, 고춧가루도 마늘도, MSG도 안 넣고. 나 땜에 그런 거지? 그런데…… 넌 밍밍해서 어떻게 먹으려고."

정음의 수줍은 걱정에 훈민의 이마에 새겨져 있던 세로 주름이 서서히 풀어지기 시작했다.

"난 아무거나 잘 먹어. 다 됐다. 식탁으로 가서 밥 먹자."

"응."

"잠깐! 가만히 있어봐."

"왜? 왜? 뭐 하려고?"

일어서려는 정음을 다시 밀어 앉힌 훈민이 두 팔을 뻗어 의자 옆 손잡이를 잡아 번쩍 들어 올렸다.

"야! 너 뭐 하려고 이래?"

"가만히 있어라! 떨어진다."

"야! 무거워!"

의자째 들어 올려진 정음이 놀라 소리를 쳤지만, 훈민은 눈썹 하나 깜짝하지 않고 정음과 의자를 함께 식탁 앞으로 옮겨놓았다.

"밥 먹자."

"야…… 이훈민. 다치면 어쩌려고……. 괜찮아?"

"이런 건 하나도 안 힘들어. 내가 힘든 건…… 네가 나 말고 다른 놈에게 안겨서 옮겨지는 거야."

낯 뜨거운 말을 멀쩡한 얼굴로 아무렇지 않게 내뱉는 훈민을 보며 되려 정음의 얼굴이 붉어졌다. 병원에서도 그랬다. 아무렇지도 않은 얼굴로 말했었다.

"네가 다른 남자 만나는 거 싫어. 질투 나."

치, 저만 그런가 뭐. 나도 그래. 정음은 발그스름하게 붉어진 얼굴로 중얼거렸다.

"나도 그래. 나도 네가 우정이랑 엮여 있는 거, 기분 별로야."

"우정이는 아주 오래된 친구야. 물론 네가 기분 상하지 않게 조심하겠지만, 아주 안 볼 수는 없어. 집안끼리도 잘 아는 사이고, 친구들과도 많이 연결돼 있으니까. 하지만 앞으론 우정이가 오해하거나 네가 기분 나빠하는 일은 절대 하지 않을게. 약속해."

진심 어린 눈빛으로 진지하게 말하는 훈민을 어떻게 외면할 수 있겠는가? 정음은 저도 모르게 고개를 끄덕였고, 훈민은 안심한 듯 한숨을 내쉬었다.

"이제 우리 밥 먹자."

"응."

정음은 그가 내민 수저를 받아 들고 김치찌개를 한 모금 맛보았다. 약간은 싱겁고 밍밍했지만, 자신을 생각하는 그의 마음이 녹아들어서인지 생각보다 훨씬 맛있었다.

"맛있다."

고개를 끄덕이는 정음을 보며 훈민이 작게 웃었다.

싱거운 김치찌개와 계란 프라이가 전부인 소박한 식탁이었지만, 진수성찬을 앞에 둔 것보다 훨씬 더 만족스러운 밥상이었다.

나 이렇게 행복해도 되는 거야? 잘게 썰려진 김치를 꼭꼭 씹으며 정음은 생각했다. 18세 인생을 통틀어 가장 설레고 가슴 벅찬 식사 시간이라고.

맛있는 점심을 먹은 후 정음은 과일을 씻었다. 크고 싱싱한 체리가 보기에도 맛있어 보였다.

"밥은 네가 차렸으니까 후식은 내가 준비할게."

"체리케이크? 체리푸딩? 난 둘 다 좋아."

정음이 어이없다는 눈빛으로 그를 노려보았다.

"이훈민, 너 후식 먹기 싫지?"

"아니!"

"그럼 까불지 말고 가만히 있어. 그러다 못 얻어먹는 경우가 있다."

"뭐지? 이 범접할 수 없는 포스는?"

훈민은 정음을 바라보며 피식, 미소를 지었다. 병원에서의 고백 후 정음은 더 당당해졌고, 더 사랑스러워졌다.

"오늘 후식은 그냥 체리야. 아무것도 가미하지 않은 원초적인 체리. 불만 없지? 불만 없으면 저기 가서 딱 기다리고 있어. 안 그럼 안 줘."

"알았어. 아무 소리 안 하고 보고 있을게."

"뭘 봐?"

"네가 체리 씻는 거."

어쩜, 부끄러운 말을 저리도 술술 잘하는지. 괜히 민망해진 정음이 툴툴거리다 슬며시 발동하는 장난기에 살짝 미소를 지었다.

"뭐야? 너 솔직히 말해. 내 뒷모습에서 눈을 못 떼겠지? 하긴, 내 뒷모습이 좀 예쁘긴 하지. 류하 오빠도 내 뒷모습이 완전 예쁘다고……."

"야!"

의자에 앉아 있던 훈민이 벌떡 일어나며 소리쳤다.

정음은 배시시 튀어나오려는 웃음을 꾹 참으며, 아무것도 모르는 사람처럼 순진한 눈으로 그를 쳐다봤다. 이훈민이 예전과 달라진 점은, 류하를 들먹일 때마다 보이는 이 즉각적인 반응이었다.

"왜?"

"너 지금 뭐라 그랬어? 진짜 그놈이 그런 말을 했단 말이야?"

"응."

천연덕스럽게 고개를 끄덕이는 정음을 바라보던 훈민의 두 눈이 가늘어졌다.

"너, 지금 나 놀리려고 장난치는 거지?"

"응."

"이게."

다가와 콩, 꿀밤을 먹이는 훈민을 노려보다 결국 웃음을 터뜨리고 말았다. 맑은 정음의 웃음소리에 따라 웃던 훈민의 얼굴이 갑자기 정음의 코앞으로 다가왔다.

뭐야?

훈민의 크고 따뜻한 손이 뒷머리를 감싸 안자, 놀라 크게 뜬 정음의 두 눈이 서서히 감겼다. 훈민과의 첫 키스는 달콤하고 새콤한 체리향이 났다.

교수님 댁에서 30분, 제법 먼 거리를 훈민과 함께 걸어왔다. 손을 꼭 맞잡은 채.

살랑살랑 불어오는 선선한 봄바람의 감촉과 은은한 풀향기가 감미롭게 흩어지는 길을 천천히 걷고 있노라니 심심하게만 느껴졌던 귀갓길이 전과 달리 꽤나 복고적이고 낭만적이게 느껴졌다.

"좋아하는 가수는? 난 요즘 나온 보아의 '아틀란티스 소녀'

가 좋던데."

"응. 윤도현의 사랑 Two도."

"맞아! 사랑 Two. 그것도 정말 좋더라. 그러고 보니 재작년 월드컵 때 윤밴 응원가 정말 죽여줬었는데. 넌 한국에서 월드컵 경기 다 봤겠다?"

"응."

"어땠어? 우린 뉴스로밖에 못 봤었는데."

"굉장했지."

"정말, 한국이 4강까지 갈 줄 누가 생각이나 했겠어? 뉴스로만 봐도 가슴이 벅차더라. 온 국민이 빨간 티 입고 광장에 모여서 응원하고. 너도 나갔었어?"

"난 학교에 있었어. 야자하느라."

"헉! 아쉬웠겠다."

"그렇지 뭐. 그래도 16강 넘어서고는 교실에서 TV 틀어줘서 보고 그랬어."

빨간 티를 입고 두 손을 든 채 '대한민국!'을 외치는 훈민의 모습이 그려졌다. 그 감격의 순간을 함께했더라면 얼마나 좋았을까?

"나도 대학생 되면 한국에 꼭 가볼 거야."

"뭐, 그러든지."

훈민이 덤덤한 목소리로 말했지만, 정음의 귀에는 그 어떤 달콤한 음악보다 감미롭게 들려왔다. 게다가 그 입술. 교수님의 부엌에서 키스를 나눴던 붉은 입술로 자꾸만 시선이 가고 있었다. 가슴이 벅차오른 정음은 대답 대신 고개를 끄덕였다.

행복한 시간은 너무나 금세 지나가 버린다. 멀게만 느껴졌던 집이 금세 눈앞에 나타나 버렸다. 정음은 아쉬움을 가득 담은 눈으로 훈민을 올려다보았다.

"어서 가."

"너 들어가는 거 보고."

텔레비전 속에서만 봐왔던 이별 장면의 실사 체험은, 이런 기분이 드는구나. 정음은 배시시 미소를 지으며 그의 등을 떠밀었다.

"아이 참! 먼저 가라니까."

남자친구가 생기면 꼭 한 번 해보고 싶었던 승강이는 상상했던 것보다 훨씬 설레고 가슴 떨리는 기분이었다.

"꼭 고집을 피우지?"

훈민이 피아니스트처럼 길게 뻗은 손가락으로 정음의 머리를 흐트러뜨리며 말했다. 정수리에 와 닿는 부드러운 손길에 정음의 팔 위로 으스스 소름이 돋아났다. 조금 전보다 더 부끄러워진 정음은 살며시 고개를 끄덕였다.

"알았어. 조심해서 가!"

정음은 수줍게 손을 흔들고 집 안으로 들어섰다. 등 뒤에서 그의 시선이 느껴졌다. 돌아보고 싶었지만, 꼭 참고 집 안까지 입성하는 데 성공! 그대로 문에 기대선 정음은 숨을 참으며 밖의 동태를 살폈다. 한참 만에야 훈민의 움직임이 느껴졌다.

"휴우우우!"

정음은 발자국이 점점 멀어지는 소리를 듣고서야 참아왔던
숨을 토해냈다.

외출하고 돌아오면 언제나 하는 것처럼 습관적으로 손을 씻
고 옷을 갈아입었다. 고모가 돌아오시면 먹을 수 있게 사과도
예쁘게 깎아 접시에 담아놓았고, 커피도 내려놓았다.

훈민이와 사귀기로 했다고 말하면 고모는 어떤 표정을 지을
까? 고모의 반응을 추측해 보다 괜히 얼굴이 붉게 달아오르기도
했다.

쨍그랑!

너무 들떠서일까? 급한 마음에 그만 고모가 아끼던 컵을 깨
뜨렸다. 한국에 계신 친구분이 직접 만들었다는 귀한 컵이었다.

우와! 고모에게 죽었다!

"아야!"

서둘러 컵을 치우려던 정음의 손가락 끝에서 붉은 피가 스며
나왔다. 왠지 서늘한 기분이 든다. 정음은 주위를 둘러보았다.
이상하다. 아무것도 변한 것이 없는데 왜 이렇게 불안하고 초조
한 기분이 드는 거지?

"괜한 노파심일 거야."

스스로를 진정시킨 정음은 밴드로 손을 감은 후 소파에 앉아

고모를 기다리다 깜박 잠이 들었다. 얼마나 시간이 지났을까? 꾸벅거리다 깨어나 보니 주위가 온통 깜깜해져 있었다. 고모에게 전화를 해보았지만, 연락이 되지 않았다. 많이 바쁜가? 정음은 하품을 하며 훈민이 좋아한다는 윤밴의 노래를 틀었다.

따르르릉! 따르르릉! 따르르릉!

그때였다, 요란하게 전화벨이 울린 것은.

「여보세요?」

[정음?]

굵은 남자 목소리. 스산한 기분이 다시 살갗을 파고들기 시작했다.

「루크…… 아저씨?」

[여기…… 병원이다. 네가 급히 와야 할 것 같아.]

침착한 아저씨의 목소리가 전화기 너머에서 들려왔다.

「무, 무슨 일이에요? 고…… 고모에게 무슨 일이 생겼어요?」

[일단 이리로 오렴. 와서 얘기하자.]

머릿속이 하얗게 변해 버렸다. 정음은 덜덜 떨리는 손으로 병원의 이름과 위치를 확인했다. 불과 이틀 전까지 자신이 입원했던 병원이다. 다리가 후들거려 발걸음이 떨어지지 않았지만, 정음은 겨우겨우 집을 나섰다.

"잘 가! 밥 잘 챙겨 먹고."

"내 걱정은 말고 누나나 잘 있어."

환한 웃음과 함께 떠나는 류하를 배웅하고 돌아서던 숙자는 주머니 속에서 부르르거리는 전화기를 꺼내 들었다.

"응, 정음아! 무슨 일이냐?"

[사장…… 님!]

전화기 속의 작은 흐느낌을 들은 숙자의 얼굴이 하얗게 변해 갔다.

"무슨 일이야? 울지 말고 말해봐."

[고모가…… 고모가 많이 다쳤어요.]

울음을 참느라 억눌린 정음의 목소리가 몹시도 불안하게 들려왔다.

"알았다, 알았어. 아가, 내 금방 갈 테니까 울지 말고 있어. 응?"

"무슨 일이야, 누나?"

출국장으로 들어서려던 류하가 다시 돌아와 물었다.

"너, 너 안 갔니?"

출국장으로 들어서려던 참이었다. 정음아! 무슨 일이야? 라는 누나의 목소리에 무심코 뒤를 돌아보다 하얗게 질려 있는 누나를 발견했다. 심상치 않은 느낌이 들었다. 류하는 지체 않고 누나에게로 다시 돌아왔다.

"정음이 전화야? 무슨 일이야? 누나 얼굴 지금 완전 창백해."

"너, 너 지금 안 가봐도 되는 거면 운전 좀 해라. 나 손이 떨려서."

숙자가 허둥거리며 말했다.

"키 줘."

류하가 운전하는 차는 신속하게 공항을 벗어났다. 뒷좌석에 앉은 숙자는 부들부들 떨리는 손을 비비며 빌고 또 빌었다. 제발! 제발, 무사하기를.

차는 금세 얼마 전까지 정음이 입원해 있던 병원에 다다랐다.

"고맙다. 같이 들어갈래?"

"먼저 들어가. 나 학교에 전화 좀 하고."

"알았어."

조금 있다 오겠다는 동생을 뒤로한 채 숙자는 떨리는 가슴을 부여잡고 다급하게 병실로 들어갔다.

"사…… 사장님……."

억지로 참아왔던 눈물을 왈칵 쏟으며 정음이 그녀를 맞았다. 어린 나이에 얼마나 무서웠으면 얼굴빛이 하얗다 못해 창백하게 질려 있었다.

"이게 대체 무슨 일이야!"

숙자는 소리 죽여 눈물을 흘리는 정음을 따뜻하게 안아주었다.

"창고에 불이 났대요. 고모 혼자 갇혀 있다가……. 마침 외출하고 돌아오던 루크 아저씨 아니었으면 안에 갇혀서 그대로……."

차마 말을 잇지 못하는 정음의 어깨를 두드려 주며 숙자는 친구가 누워 있는 침대 옆으로 갔다. 가슴이 미친 듯이 뛰었다.

"이…… 이게…… 대체……."

처참한 모습이었다. 눈과 입만 빼고는 온몸이 붕대에 칭칭 감겨 있는 친구를 보며 숙자는 두 눈을 감았다. 얼마나 고통스러울까? 평생을 남에게 해 한 번 끼치지 않은, 바보스러울 정도로 착하게만 산 친구에게 왜 자꾸 안 좋은 일이 생기는지 숙자는 이해가 되지 않았다.

"으응. 와…… 어?"

숙자를 알아본 현옥이 불분명한 발음으로 웅얼거렸다.

"괜찮아. 말하지 마. 말 안 해도 돼."

손을 잡으려다 하얗게 감겨 있는 붕대를 보며 숙자는 눈물을 흘렸다. 할 말이 없었다.

"우지…… 마. 저, 저으마, 가서…… 가서 뭐 좀 사와."

현옥이 다시 웅얼거렸다.

정음이 나가고, 숙자는 현옥의 옆에 앉아 터져 나오는 울음을 삼키느라 탁탁, 가슴만 치고 있었다.

"착한 네게 왜 자꾸 이런 일이 생겨. 네가 뭘 잘못했다고."

"헉…… 헉."

극심한 고통 속에서 현옥이 숨을 몰아쉰다.

어쩌면 좋니, 어쩌면 좋아. 숙자는 목 놓아 울고 싶었지만, 입술을 깨물며 참아야 했다. 그러게 우리 서점으로 오라니까, 친구에게 폐 끼치기 싫다고 그렇게 고집을 피우더니. 일 좀 줄이라고 해도 정음이 대학 등록금 마련해야 한다며 싱긋 웃던 친구 생각에 가슴이 미어지는 숙자였다.

한국 최고의 여대에서도 눈에 띄게 예뻤던 현옥이었다. 현옥을 짝사랑하는 주변 학교 남학생들이 넘치고 넘쳤었다. 미국에 오지만 않았어도, 저 좋다는 남자 중에 하나를 골라 결혼해서 잘살 친구였다. 그런데 그놈 때문에, 빌어먹을 그놈 때문에 인생이 이렇게 꼬여 버렸다. 순진한 현옥을 꼬셔서 사랑에 빠지게 만들어놓고는, 다른 놈들 얼씬도 못 하게 사람을 홀려놓고는 저 혼자 살겠다고 발을 뺀 나쁜 놈! 그 인간만 아니었어도 미국까지 오지 않았을 것이다.

"이 모든 게 다 이영민, 그 인간 때문이야. 착한 널 버리고 간 그 오살할 놈의 새끼 때문이야. 그 인간이 미국으로 도망가자 꼬시지만 않았어도. 아니, 그 인간이 너랑 함께 도망만 왔어도 네가 이렇게 풀리지는 않았는데. 나쁜 새끼! 널 버린 그놈은 떵떵거리며 얼마나 잘만 살고 있냐. 훈민이라고 했나? 그 아들놈도 오지게 잘 낳아놨더라."

사랑하는 여자의 가슴에 대못을 박아놓고는 저는 집안 기업 물려받아 승승장구하다 얼마 전에는 젊은이들을 위한 성공지침서까지 낸 가식적인 인간을 생각하자 울분이 터져 나왔다.

"그 빌어먹을 인간 때문에, 힘들게 산 네가 왜 이런 고통까지 겪어야 하는 거니, 응? 말도 안 되는 이 상황을 어떻게 받아들여야 해. 이 오살할 놈의 새끼를 내가 그냥…… 으흐흑."

친구의 고통 앞에 씩씩한 전라도 아가씨 숙자도 무너지듯 울음을 터뜨렸다.

"……그러지 마. 그러지…… 마."

"그래야제. 그래야제. 주책없게 아픈 환자 앞에서 내가 뭐 하는 짓이냐. 현옥아, 내가, 내가 진짜 미안하다. 나라도 힘을 차려야 하는 것인데."

울지 말라는 현옥의 말에 숙자는 애써 마음을 추슬렀다.

"수…… 자야."

현옥이 나지막이 숙자를 불렀다.

"어."

"나…… 나, 부탁이 있어."

현옥의 입가에 자신의 귀를 대며 숙자는 또다시 눈물을 삼켰다.

뚝.

정음의 발걸음이 멈췄다.

가서 뭘 좀 사오라는 고모의 재촉에 급히 나서다 지갑을 챙겨오지 않은 것을 깨달았다. 다시 병실로 들어서려 할 때였다. 열려진 문 사이로 사장님의 목소리가 들려온 것은.

그래서였나? 고모가 훈민을 달가워하지 않은 것이. 훈민의 아버지 때문에 고모가 이곳까지 오게 되었고, 이렇게 고생을 하면서 살게 된 것일까? 뭐가 뭔지 혼란스럽기만 했다.

"후우."

다리에 힘이 풀려 더 이상 서 있을 수가 없었다. 정음은 깊은 숨을 들이마시며 병실 앞에 그대로 주저앉아 버렸다. 벽을 통해 홍 사장님의 분노 어린 외침이 계속해서 들려오더니, 조금씩 잠잠해지기 시작했다. 생각을 정리할 겨를도 없이 문이 열리더니 홍 사장님이 나왔다.

"아가, 여기서 뭐 하나?"

"어, 어디 가시게요?"

"담당 의사 좀 만나보려고. 정음이 네가 고생이 많지? 네 고모도 제 몸 아픈 것보다 네 걱정뿐이구나."

숙자의 눈가가 또 빨갛게 젖어들었다. 현옥의 힘든 삶이, 아무것도 모르는 어린 정음이 가슴을 아리게 한다.

"이그, 예쁜 것."

숙자는 손을 뻗어 정음을 꼭 껴안아주었다.

"호시…… 내, 내가…… 자못되면, 여, 여치 없지만 우, 우리 저…… 음이…… 조…… 좀……."

어눌한 친구의 말이 다시 귓가에 맴돌았다. 숙자는 무너지는 마음을 겨우 추스르며 복도 의자에 앉았다.

"정음아."

"네."

"밥은 먹었고?"

"네."

"잠도 못 잤겠구나."

"아니에요."

"혼자서 많이 무서웠지?"

"그냥…… 너무 놀라고 경황이 없어서요."

"그래, 그랬을 거야. 힘들겠지만 네가 힘내야 해."

"네. 그런데…… 사장님."

정음이 어렵게 입을 뗐다.

"응. 뭐 할 말 있니?"

"조금 전에 사장님이 우리 고모랑 하시는 말, 들었어요."

"말? 무슨?"

"우리 고모가 훈민이 아빠랑 예전에 사귀었다는……."

"아."

"두 분이…… 많이 사랑했었나요?"

"응. 아주 많이 사랑했었지. 그 사람이 현옥이한테 반한 거
지."

"그럼, 결혼도 약속했었겠네요."

"그럼. 결혼도 약속했었지. 아주 잘 어울리는 한 쌍이라고들
했으니까."

"그런데……."

정음은 왜 결혼하지 않았냐고 물으려다 입을 다물어 버렸다. 훈민이 아버지가 고모를 버렸다는 말을 똑똑히 들었으니까.

"왜 결혼을 하지 않았냐고?"

정음의 마음을 훤히 읽은 사람처럼 숙자가 대신 말을 했다.

"훈민이 아빠가 일방적으로 이별을 통보하고 네 고모를 버렸어. 그 사람의 집안이 어마어마했거든. 함께 미국으로 도망가자 그래 놓고 안 나왔었어. 그 사람이. 네 고모랑 끝까지 갈 자신이 없어졌다고 그랬대. 그리고 아무렇지도 않은 듯, 훈민이 엄마 만나서 결혼했고. 신 교수님은…… 그러니까 훈민이 외할머니 말이야. 미국 와서 그 사실을 알게 되셨어. 많이 미안해하셨어. 그래도 어쩌겠어. 이미 훈민이 낳고 잘살고 있는 사람들을."

그랬구나. 정음은 아무 말 없이 고개를 끄덕였다.

"정말 나쁜 인간이야. 전에 봤지? 생긴 것만 번드레해서는."

"전에요……?"

"전에 서점에서 봤잖아."

"아!"

홍 사장님이 분개하시던, 자기개발 서적이 떠올랐다. 그 사람이었구나, 훈민이 아빠가. 고모를 버린 그 사람이.

"그 인간만 아니었으면 네 고모가 이 먼 곳으로 오지도 않았을 거고, 말도 안 통하는 이곳에서 힘들게 살지 않아도 됐을 거고, 오늘 같은 사고도 당하지 않았을 텐데. 네 고모는 다 지난 일인데 괜찮다고 하지만 나는 도무지 용서가 안 되는구나. 어휴, 내가 늙나 보다. 어린 널 두고 이리 쓸데없는 말을 지껄이는 걸 보면. 정음아."

"네."

"혹시, 무슨 일 있으면 언제든 전화해야 해."

"네. 늘 감사하게 생각하고 있어요."

"얘는? 감사라니. 난 네 가족이야. 알았지?"

"네."

"내일부터는 교대해 줄 테니까, 오늘만 고생하거라."

"네."

"그럼 난 담당 의사 좀 만나고 올게."

"네."

홍 사장이 자리를 뜨자 정음은 얼른 병실로 들어갔다. 홍 사장님에게는 다 지난 일이라고 말했으면서, 정작 자신에게는 훈민과 만나지 말라고 한 고모의 태도가 이해되지 않았지만, 지금은 아무런 생각도 할 수가 없었다. 아픈 고모가 먼저였다.

십여 분 뒤, 담당 의사를 만나고 돌아온 홍 사장님의 얼굴이 많이 어두워져 있었다. 정음도 들었던 말, 장담하지 못한다는…… 말을 들은 모양이었다.

"아가, 가서 뭐라도 좀 먹고 오너라."

"별생각 없어요."

"안 돼. 오늘 밤까지 쭉 있어야 되는데 이러다 네 몸까지 상한다. 어서 가서 뭐라도 좀 먹고 와. 아! 류하가 밖에 있을 텐데, 정원 어디서 통화하고 있을 거다. 찾아서 같이 가서 먹고 와. 류하도 쫄쫄 굶었을 거야."

정음은 할 수 없이 자리에서 일어났다.

어디에 있지? 정원을 두리번거리며 찾는데, 어깨 위로 따뜻한 손이 얹어졌다. 류하였다.

"잘 지냈어?"

"류하!"

정음이 힘없이 류하의 이름을 불렀다. 며칠 사이 얼굴이 반쪽이 되어 있었다. 가뜩이나 작은 얼굴에, 동그랗게 큰 눈만 보이는 정음을 보며 류하는 낮은 한숨을 내쉬었다.

"가자."

"어딜?"

"누나 연락 받았어. 밥 먹고 들어가자."

내키지 않아 하는 정음을 데리고 근처 스낵바를 찾은 류하는 샌드위치와 오렌지주스를 정음의 앞으로 밀어주었다.

"억지로라도 먹어. 네가 환자 같아."

"응. 나중에."

대신 아파 줄 수도 없고. 류하는 가녀린 정음의 팔목을 아프게 바라보았다.

"너무 뻔한 말 같지만…… 힘내라."

"응, 고마워."

작게 미소 짓는 정음의 얼굴이 너무 처연해 보였다.

처음부터 신경 쓰이는 아이였다. 가방을 잡고 흔들 때는 동네 깡패 저리 가라 싶게 앙칼지더니, 미안해하며 살살거릴 때는 어린 강아지처럼 귀여워 보였다. 그리고 지금은, 가슴이 뭉글거리도록 아프게 와 닿는다.

"인마! 그런 말…… 안 해도 돼."

고작 열여덟 살 먹은 여자아이의 슬픈 미소는 멀쩡하던 류하의 가슴을 걷잡을 수 없이 소용돌이치게 만들었다.

대한민국, 성북동.

이 박사는 자신의 앞에서 서럽게 우는 딸을 바라보며 깊은 한숨을 내쉬었다. 나이 들어 낳은 딸이라 그런지 이 박사에게는 눈에 넣어도 아프지 않은 소중한 아이였다.

"그만 울어라. 이러다 몸 상한다."

이 박사의 만류에도 딸은 눈물을 그치지 않았다. 천사가 있다면 딸과 같은 모습이 아닐까? 어쩌면 이렇게 착하고 예쁠 수가 있을까? 보는 것도 아까워하며 곱게 키웠었다. 그런 딸의 맑고 커다란 두 눈망울에서 쉴 새 없이 눈물이 흘러내리는 모습을 보는 것은, 이 박사로서는 견디기 힘든 고역이었다.

배가 부른 놈. 이렇게 예쁜 아이를. 어디 한 군데 나무랄 데없이 예쁜 딸을 내치는 훈민 녀석이 괘씸하고 못마땅했다.

"그래서? 그냥 이렇게 들어온 것이냐?"

속없는 녀석. 저 싫다는 놈이 뭐가 그리 좋다고 학기 중에 이렇게 뛰어 들어올 정도로 낙심한 건지……. 쯧쯧. 이 박사는 끓어오르는 분노를 삭이며 차분하게 말했다.

"그래서 너는 내가 어떻게 해주면 좋겠니?"

"훈민이…… 다시 한국으로 불러주세요. 저도 한국으로 들어올래요."

딸이 한참 만에야 울먹이며 대답했다.

"후우, 알았다. 내 이 회장과 의논해 보마."

딸을 내보낸 뒤 이 박사는 전화기를 들었다. 분명 이 회장의 직통 휴대전화 번호였건만, 목소리가 예쁜 비서가 다소곳이 전화를 받는다.

"나 이수철 박사요. 이 회장 좀 바꿔주시오."

퉁명스러운 그의 목소리에 전화기 너머에서 '잠시만 기다리시라'는 대답과 함께 곧이어 호탕한 이 회장의 목소리가 들려왔다.

[이 박사님? 허허허. 이거 어쩐 일이십니까?]

"이 회장, 나, 이수철이오."

세상에 하나밖에 없는 내 딸을 울리다니. 아무리 천하를 호령하는 이영민 회장이라고 해도 도저히 용서가 되지 않았다.

지가 누구 때문에 이렇게까지 성공을 했는데……. 자신이 아니었으면 제가 버린 오다니엘 선교사처럼 중국에서 벌써 죽어 나자빠졌거나, 쫄딱 망해 거리를 헤매다 객사를 했을 것이다.

"다름이 아니라 회장님 아들 문제로 상의드릴 일이 있어서 요."

입가에 띤 웃음을 싹 지운 채 이 박사는 낮고 근엄한 목소리로 본론을 말하기 시작했다.

2권에 계속……